그들에게 린디합을

손보미
소설

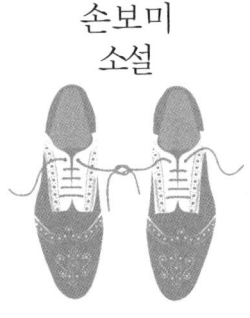

그들에게 린디합을

문학동네

차례

담
요

한과 만났던 마지막 날을 기억한다. 내가 『난 리즈도 떠날 거야』를 출간한 지 얼마 되지 않았을 때였다. 아주 오랜 시간이 흐른 후에 누군가 소설가로서 내 인생을 평가한다면, 그게 누구더라도, 『난 리즈도 떠날 거야』를 내 삶의 전환점으로 다룰 것이라고 확신한다. 등단한 지 꽤 오래되었지만, 별볼일 없는 무명 소설가였던 내게 『난 리즈도 떠날 거야』는 돈과 명성을 안겨주었다. 이 작품이 내게 안겨준 것이 하나 더 있었는데, 그것은 친구인 한과의 절교였다. 한은 『난 리즈도 떠날 거야』를 읽고 몹시 화를 냈고, 결국 나를 다시는 만나고 싶지 않다고 말했다. 자신의 상사인 장의 사적인 이야기가 내 소설에 고스란히 담겨 있으며, 그것이 장에게 큰 상처가 될 거라는 이유에서였다

　한은 자주 장에 대해 이야기했다. 그건 사람들이 흔히 하는 직장 상사 험담 같은 게 아니었다. 오히려 그 반대였다. 장 이야기를 하는 한의 표정은 장에 대한 신뢰와 애정으로 가득했다. 나는 장에 대한 이야

기를 수십 번도 넘게 들었다. 너무 사소하고 하찮은 것까지 이야기해서 저런 것까지 말할 필요가 있을까 싶을 정도였는데, 그렇다고 내가 한의 이야기에 성실히 귀 기울였던 것은 아니다. 사실, 그 당시 나는 장이 실제로 존재하는 사람이라고 전혀 느끼지 못했다. 장은 우리의 대화를 위해 어디선가 나타나 우리 사이에 앉아 있다가, 자신의 이야기가 끝나면 사라져버리는 '이야기 속'의 존재였을 뿐이었다. 그래서 한이 "넌 그분의 인생을 훔쳤어! 그게 얼마나 치졸하고 역겨운 짓인 줄 모르는 거야?"라고 말했을 때에는, 한이 지나치게 화를 낸다는 생각에 조금 어리둥절하기도 했다. 한은 내 전화도 받으려 하지 않았다. 내 쪽에서도 그렇게까지 큰 잘못을 저질렀다는 생각이 들지 않았으므로 적극적으로 나서지 않았다. 게다가 나는 그때 내 성공에 완전히 도취되어 있었다. 이 년 후, 한이 죽을 때까지 나는 한을 만나지 못했다. 대신 한의 장례식장에서 나는 장을 보았다. 누군가 알려주지도 않았는데, 그가 장이라는 것을 나는 단박에 알아차렸다.

그로부터 일 년 후, 겨울이 막 끝나갈 무렵, 허름한 술집 안에서 나는 장과 마주 앉아 있게 된다.

장은 한이 근무하던 파출소의 소장이었다. 한의 말에 따르면 장의 인생은 태어날 때부터 좋은 쪽으로 결정된 거나 다름없었다. 유복한 가정에서 태어났고, 대단한 미남이라고 할 수는 없었지만 누구에게나 호감을 주는 인상이었다. 성적은 상위권이었고 별 어려움 없이 경찰대에 입학했다. 우수한 성적으로 졸업했으며, 졸업 후 의경 기동대에서 의무복무한 후 곧바로 본청의 정보국으로 발령받았다. 만약 장의 부모님이 자신들의 작고 귀여운 아들의 사주를 보았다면, 그들은 이런 말을 들었을 것이다. "이 작고 예쁜 아이의 인생은 삼십대 중반부터 엉망진창이 될 겁니다." 장은 성실한데다가 업무 능력이 뛰어나서 상관들의 총애를 받았지만, 경감 승진을 앞두고 있던 해에 스캔들에 연루되었고, 결국 도시 외곽에 있는 아주 조그마한 파출소로 발령받게 된다. 그리고 그후로 장은 본청으로 나가거나 승진할 기회를 영영 잃어버렸으며, 변두리 파출소를 전전해야만 했다. 당시 그 사건은 연일 매스컴에 보도됐고, 고위간부 여러 명은 경찰복을 벗었다. 장의 지인들은 장이 이런 일을 겪기 전에 아내가 죽은 게 차라리 잘된 일이라고 말하기도 했다. 장의 아내는 장이 한직으로 좌천되기 일 년 전에 죽었다.

장의 아들은 그 당시 일곱 살이었다. 장의 아내는 아들을 임신했을 때 이미 병에 걸려 있었다. 그 몸으로 아이를 출산하는 건 무리였다. 장을 비롯한 주위 사람들은 아이를 지우라고 했지만, 장의 아내는 고집을 부렸다. 모두 장의 아내가 억지를 부린다고 생각했다. 그건 마치 자살과도 같았다. 출산을 감행한다면 산모와 아이 모두 죽을 가능성이 높다고 의사가 경고했지만, 실제로 출산 때 죽은 사람은 아무도 없었다. 장의 아내는 산송장에 불과했지만, 그리고 그 삶은 고통의 연속이었지만, 그렇더라도 수년을 더 살았다. 주위 사람들은 그 수년이 너무 오래 지속된다고 느꼈다. 나중에 술집에서 장을 만났을 때, 장은 나에게 이렇게 말했다. "아내가 죽었을 때, 모두 그녀의 죽음을 자연스럽게 받아들였소. 아무도 의아하게 생각하지 않았지." 장의 표현에 따르자면, 장은 일곱 살짜리 아들과 함께 이 세상에 "덩그렇게 남겨졌다".

　아내가 죽고, 스캔들에 휘말리고, 변두리 파출소로 좌천되었던 사건은 장의 인생에 중요한 영향을 끼쳤고 그때마다 장은 자신의 무언가가 변해간다고 느꼈다. 하지만 그 사건들이 실질적으로―그러니까 겉으로 드러나는―장의 삶을 변화시킨 것은 아니었다. 아내가 죽은 후에도, 십 분 일찍 출근하는 장의 습관은 여전했다. 술을 절제했고, 절망하는 기색도 없었으며, 우울해하지도 않았다. 그는 완고함을 유지했고, 나약하게 굴지 않았으며, 원칙을 지키려고 애썼다. 파출소로 근무지를 옮긴 후에도 마찬가지였다. 최선을 다해서 일했고, 자신의 처지에 대한 변명이나 하소연을 한 적도 없었다. 오히려 그런 면은 사람들의 동정을 샀다. 함께 근무하는 순경들은 장을 좋아했고, 존경했으며 잘해주려고 애썼다. "그렇더라도 소장님은 혼자였어." 한은 이렇게 말했는데, 나는 그게 전적으로 맞는 말이라고 생각한다. 이건 단순히 비유적인 표현이 아니다. 비유적인 표현으로 누군가는 혼자야, 혹은 인간은 혼자야, 라는 말은 쉽게 할 수 있다. 내가 알고 있는 많은 사람들이 그런 말을 하는 걸 좋아한다. 나조차도 그랬다. 인생은 어차피 혼자 살아가는 거야, 살아봤자 별거 없어. 하지만, 실제로 그것을 겪어본 사람들, 문자 그대로 혼자가 되어본 사람들은 감히 그렇게 말하지 못한다. 정말로 혼자가 되어본 적이 없는 사람들이 아무런 양심의 가책도 없이 그런 말을 잘도 내뱉는다.

　장은 그런 말을 할 자격이 있었다.

　장의 아들은 열두세 살 때부터 이미 록음악을 듣기 시작했고, 특히 록밴드 파셀(PARCEL)의 열광적인 팬이었다. 장은 아들이 열다섯 살이 되던 날, 아들을 데리고 파셀의 콘서트에 갔다. 나중에 장은 이렇게 말했다. "그 콘서트 날과 우리 아들의 생일이 같은 날짜였다는 게 정말 기막힌 우연 아니오?" 사람들은 그날 이후로 장이 변했다고 말한다. 한은 이렇게 말했다. "소장님의 마음속에서 무언가가 떨어져나간 것 같아."

그날, 장은 아들을 잃었다.

콘서트는 일곱시 사십오분에 시작되었다. 초겨울이었지만 공연은 실외에서 하기로 되어 있었고, 장은 담요를 준비해갔다. 적당히 두꺼우면서도 그리 무겁지 않은 감색 담요였다. 아들의 코트 위에 담요를 덮어주면서 장은 이렇게 말했다. "네가 감기에 걸린다 해도 너를 보살펴줄 사람이 없잖니." 그 말은 사실이었다. 장의 아들은 거의 혼자자랐다고 해도 과언이 아니었다. 혼자서 밥도 잘 차려 먹었고, 혼자서 숙제도 척척 했고, 혼자서 잠도 잘 잤다. 그애는 무슨 일이 있어도, 아버지를 찾으러 파출소로 오는 법이 없었다. 여덟 살 때부터 쭉 그랬다. 한을 비롯한 파출소 순경들은 그애의 얼굴을 잘 몰랐다. 아니, 아예 몰랐다. 그애가 죽었을 때, 장은 장례식을 치르지 않겠다고 고집을 부렸다. 결국 아무도 그 아이의 영정사진을 볼 수 없었고, 장의 부하직원들은 그애의 얼굴을 영영 알 수 없게 되어버렸다.

무대 밑에 설치된 포그 머신이 작동하기 시작했고, 무대 뒤쪽에 세워진 전광판 가장자리를 둘러싼 백열전구에 번쩍번쩍 불이 들어왔다. 파셀의 멤버들은 크레인 리프트를 타고 공중에서 등장했다. 크레인 리프트가 관객석을 한 바퀴 빙 돌자, 관객들은 그들에게 좀더 가까이

가고 싶어서 폴짝폴짝 뛰었다. 장은 아들을 위해서 첫번째 줄에 있는 좌석을 구했다. 그 좌석을 구하기 위해 장은 기꺼이 발품을 팔았고, 실제 푯값의 세 배를 지불해야 했다. 그 자리는 무대와 불과 십여 미터밖에 떨어져 있지 않았다. 장은 나에게 이렇게 말했다. "나는 아주 오랫동안 이런 생각을 했어요. 내가 만약 그렇게 무리해서 앞자리의 표를 구하지 않았다면 내 아들은 죽지 않았을 거라고요." 파셀이 크레인 리프트에서 무대로 내려왔을 때, 장은 고개를 돌려 아들의 얼굴을 봤다. 장은 그 순간을 이렇게 회상했다. "그렇게 들뜬 표정은 처음 봤소. 환희에 가득찬 표정이라고나 할까. 그게 내가 본 아들의 마지막 표정이라는 게 어떻게 생각하면 다행이지요." 하지만 아들의 행복한 표정은 그리 오래가지 못했다. "나는 늘 그 아이가 죽은 건 내 잘못이라고 생각했어요. 알아요. 당신은 그게 사실이 아니라고 말하고 싶겠죠. 많은 사람들이 그애가 죽은 건 내 잘못이 아니라고 했소. 하지만, 그렇다면 그게 누구의 잘못일까요? 그날 죽은 사람은, 내 아들과 록밴드의 보컬을 포함해서 여섯 명이었소. 그건 물론 많은 숫자지. 하지만 공연장에는 이천여 명의 사람들이 있었소. 그렇다면 그들 중 유독 그 여섯 명이 죽어야만 했던 이유가 무엇이오? 그건 도대체 누구의 잘못인 거요?" 파셀은 첫 곡으로 〈I Kissed You〉를 선택했다. 그들이 전주 부분을 연주하기 시작하자, 관객들은 더욱더 크게 소리를 지르며 머리를 이리저리 흔들고 몸을 움직였다.

그 순간,

녹색 외투를 걸친 왜소한 체구의 남자가 무대 위쪽으로 뛰어올라갔다. 곧이어, 그곳에 있던 대부분의 사람들은 총소리를 들었다. 탕, 탕,

탕. 세 발이 먼저 발사됐다. 툭, 하고 보컬이 쓰러졌고, 붉고 끈적끈적한 피가 무대 위를 적셨다. 경호원이 무대 위로 뛰어올라갔다. 잠시후 네 발이 더 발사됐다. 무대와 멀리 떨어져 있던 관객들도 전광판을 통해 그 상황을 그대로 볼 수 있었다. 영 점 몇 초 동안 정적—대단히 짧은 순간이었지만, 사람들은 그 순간의 정적을 기억했다—이 흐른후 관객들은 두려움에 비명을 질러댔고, 비상구로 빠져나가기 위해 우왕좌왕했다. 그 과정에서 많은 사람들이 다쳤다. "우리 아들은 그밴드의 라이브 연주를 단 한 곡도 제대로 듣지 못했어. 그 이유를 알겠나? 그 개새끼가 첫 곡도 끝나기 전에 총을 쏴버렸거든." 이것은 언젠가 술에 취한 장이 한에게 했던 말이다. 장이 술에 취한 걸 본 건 그때가 처음이자 마지막이었다고 한은 덧붙였다. 나는 이 말을 조금 수정해서 『난 리즈도 떠날 거야』에 실었다. 아마, 한을 무척 화나게 만든 장면 중 하나였으리라.

장은 경찰대학에서 훈련을 받았고, 진짜 총은 수도 없이 만져봤고, 사람을 쏘아본 적도 있었지만, 그 순간에는 그저 힘없는 가장일 뿐이었다. 장은 아들이 무대 위로 달려가는 것을 막지 못했다. 그 대신 장은 아들의 어깨 위에서 담요가 떨어지는 것을 보았다. 아들의 어깨 위에서 떨어진 담요는 장에게 몹시 중요한 물건이 되었다. 그후, 장은 담요를 항상 몸에 지니고 있게 된다. 담요를 가지고 출근했고, 책상에 앉아 있을 때는 담요로 자신의 무릎을 덮었다. 여름이라도 상관없었다. 밥을 먹을 때는 곁에 두었고, 퇴근 후에는 도로 집으로 가지고 갔다. 화장실에 갈 때도 가지고 갔고, 밤에는 덮고 잤다.

당시 신문과 뉴스는 그 사건을 연일 보도했다. "보컬이 쓰러진 후

몇몇 사람들이 무대 위로 뛰어올랐어요. 그들은 왜 그랬을까요?" 나중에 이 사건을 주제로 다큐멘터리영화가 만들어졌을 때, 어떤 여자는 이렇게 말하며 울었다. 그날 밴드의 보컬과 경호원 한 명, 그리고 관객 두 명(그중 한 명이 바로 장의 아들이다)이 즉사했고, 스물일곱 명이 중경상을 입었다. 그리고 그 스물일곱 명 중 두 명이 몇 시간 후 병원에서 죽었다. 장과 나는, 몇 시간 후 죽은 두 명에 대한 이야기를 나누었다. 장은 아내가 출산을 앞두었을 때, 의사가 했던 경고—출산을 감행했다가는 엄마와 아들 둘 다 죽을 수밖에 없을 거라던—가 결과적으로는 맞은 것이 아니냐고 내게 반문했다. 몇 시간 후 죽은 두 명에 대해서는 이렇게 말했다. "왜 신은 그들에게 단 몇 시간의 삶을 더 주신 걸까요?"

'도심의 공연장에서 총기난사 사건 발생.'
　이것이 사건 당시, 신문에 실렸던 헤드라인이다. 『난 리즈도 떠날 거야』를 쓸 때, 여러 번 도서관에 갔었고, 그 사건과 관련된 신문기사나 사진은 대부분 복사해서 보관해두었다. 한의 장례식에 다녀온 날, 그러니까 장을 실제로 본 날, 나는 그 자료들을 다시 꺼내 보았다. 『난 리즈도 떠날 거야』를 탈고한 이후로 처음이었다. 책장 구석에서 파일 케이스를 꺼내서 먼지를 털어냈다. 그리고 자료가 들어 있는 비닐 속지를 한 장 한 장 천천히 넘겨보았다. 잠시 후 나는, 한 장의 사진에서 시선을 떼지 못했다. 처음 보는 것처럼 낯설었기 때문이었다. 하지만 처음 봤을 리가 없다. 나는 모든 자료를 스무 번도 넘게, 아니 서른 번도 넘게 꼼꼼하게 봤다. 모든 기사와 사진 들이 『난 리즈도 떠날 거야』의 배경이 되었다.

그 당시 나는 이 사진을 보고도 아무런 감정을 느끼지 못했던 것이리라. 스무 번도 넘게, 아니 서른 번도 넘게 봤으면서도.

그 사진을 다시 보고, 나는 정신을 차릴 수 없을 정도로 울었다. 나중에는 화장실로 달려가서 변기를 붙잡고 토하기 시작했다. 경찰차가 여러 대 멈춰 있고 다친 사람들이 들것에 실려나온다. 절망한 사람들의 표정. 두 손으로 얼굴을 가린 여자들과 길바닥에 아무렇게나 앉아버린 남자들. 하지만 그 사진의 포인트는 경찰차의 경광등이다. 흑백사진인데도, 쉴새없이 반짝이는 경광등의 빨간 불빛과 파란 불빛이 실제로 보이는 것 같다. 사이렌 소리도 생생하게 들리는 것 같다. 하지만 어떤 경찰도 그들을 지켜주지 못했다. 항상 그렇듯이 사람들은 무력했다. 그날, 도심의 공연장에는 아무런 도움도 존재하지 않았다. 그곳에 있던 대부분의 관객들은 사람들이 죽는 장면을 똑똑히 보았다. 감전이 일어나듯 순식간에 일어난 일이었고, 사람들은 자신이 재투성이로 변했다고 느꼈다. 그들은 아주 오랜 후까지 그 광경을 기억했다. 앞서 말했던 다큐멘터리영화에 나온 다른 한 명의 목격자는 이렇게 말한다. "제 자리는 아주 뒤쪽이었어요. 그런 자리밖에 구하지 못한 남자친구에게 화가 나기도 했지만, 따지고 보면 그랬기 때문에 다치지 않고 빨리 비상구로 나갈 수 있었던 거예요. 거기서 빠져나왔을 때, 누군가 울음을 터뜨렸죠. 우리 모두 울었어요. 거기에 있던 모든 사람들이 오랫동안 울기만 했어요."

『난 리즈도 떠날 거야』에서 화자인 '나'는 '리즈'라는 열여덟 살짜리 여자애에게 긴 이야기를 해준다. 탐정에 대한 이야기이다. 아내와 함께 간 공연장에서 총격사건이 일어나고, 그곳에서 탐정은 아내를 잃는다. 총을 쏜 범인은 그 자리에서 자살한다. 탐정은 범인이 총을 쏜 이유를 찾아 평생을 바치고, 자신이 가지고 있던 모든 것을 잃게 된다. 그리고 나중에는 자신이 무엇을 쫓아 평생을 허비했는지도 모른 채 자살한다는 내용이었다. 긴 이야기를 끝내고 '나'는 '리즈'를 떠난다. 『난 리즈도 떠날 거야』에 대해 한 평론가는 "죽음과 삶에 대한 진지한 사유와 성찰이 돋보이지만, 아이로니컬하게도 끝까지 유머를 잃지 않는 작품"이라고 치켜세웠다. 한은 "옹졸하고 치사하며 거짓투성이"라고 비난했다.

한은 집 앞으로 찾아왔고, 놀이터, 정확하게는 놀이터 중앙에 있는 미끄럼틀 앞에 서서 내 쪽으로 책을 집어던졌다. 새벽 두시였고, 우리는 조금 떨어진 거리에서 마주 보고 서 있었다. 나는 처음에 그게 내 책인 줄도 몰랐다. 책을 집어들고 모래를 털어내고 있을 때, 한이 내게 말했다.

"이게 너의 소설이야? 남의 삶을 네 멋대로 비웃고 평가하는 게, 바로 너의 소설이야?"

나는 누구의 삶도 웃음거리로 만들고 싶지 않았다. 당연한 말이지만, 나는 누구도 비웃고 싶지 않았다. 내가 장을 비웃었을까? 그의 삶을, 죽은 아들의 담요를 끌어안고 사는 장을 멍청하다고 생각했을까? 나도 잘 모르겠다. 물론 그때까지만 해도, 삶과 죽음에 대한 나만의 훌륭한 관점이 있다고 생각했다. 하지만 한이 죽고 난 후, 나는 내 관점이 그저 졸렬한 말에 불과했음을 알게 된다.

놀이터에서 나를 만난 이후, 한은 경찰일을 그만두었다고 했다. 그는 삶의 방향을 완전히 틀어버렸다. 그에게 무슨 일이 있었던 것일까? 만약 한이 죽지 않았다면 나는 다시 그를 만날 수 있었을까? 한의 장례식장에서 장의 얼굴을 보고, 나는 곧바로 그곳을 빠져나왔다. 장은 나타났다가 사라지는 마술이 아니었다. 장은 자신의 인생을 살고 있는 한 명의 진짜 인간이었다. 나는 그때 이상한 기분에 사로잡혔는데, 마치 몸의 일부분이 사라지는 것 같은 느낌이었다. 나는 천천히 심호흡을 했다. 하지만 그 느낌은 사라지지 않고 더욱 심해졌다. 이번에는 내 몸 모두가 사라지고 뇌만 남아 있는 것 같았다. 그 기분은 거의 일 년이나 지속되었다. 그 일 년 동안 소설을 쓸 수 없었다. 잠을 자려고 침대 위에 누우면 내 몸의 일부가 사라져버리고, 남아 있는 부분이 풍선처럼 부풀어오르는 것 같았다. 계속 부풀어올라서 곧 터질 것 같았다.

물론 나는 정상적으로 생활하기 위해 노력했다. 부모님 집에 가서 며칠 머물러보기도 했고, 친구들을 만나거나, 여자를 만나기도 했다. 그럴 때면 모든 것이 정상 같았다. 부모님도, 친구들도, 여자들도, 나에게 문제가 있다는 사실을 알지 못했다. 내게 문제가 있다고 느낀 사람은 출판관계자들이었으며, 내 소설의 팬들이었다. 그들은 내가 끝장났다고 말했다. 나는 송송 공원 벤치에 멍한 표정으로 앉아 있었다. 그리고 한의 장례식 후에 보았던 그 사진에 대해 생각했다. 사진의 강렬한 이미지는 그후로도 오랫동안 내 머릿속에 남아 있게 된다. 어느 누구도 충분한 준비를 할 수 없었다. 뭔가 깨달았을 때는 이미 늦었다. 우리는 아무것도 돌이킬 수가 없었다. 도대체 누가 누구를 구원할 수 있단 말인가? 가끔씩은 부모님이나, 내가 사랑했던 여자들, 친구들을 떠올렸다. 한에 대해 생각했고, 한의 장례식 때 본 장에 대해 생각하기도 했다. 한에 대해서 생각했을 땐, 즐거웠던 기억조차 내 마음을 아프게 했다. 하지만 다행히도 기억은 너무나 단편적이었고, 그 기억조차도 몹시 적었다.

만약 그런 삶이 계속되었다면 나는 어떻게 되었을까? 어느 일요일 아침, 나는 장의 전화를 받았다. 수면제를 먹고도 잠을 제대로 못 잔 나는 얼떨떨한 상태로 장의 목소리를 듣고 있었다. 장은 정중하게 자신을 소개했다. 내 전화번호는 출판사에 문의해 알아냈으며, 무례했다면 미안하다고도 했다. 그리고 이렇게 덧붙였다.

"당신을 꼭 만나고 싶어요. 내 이야기를 들려주고 싶다는 말이오."

아들이 죽은 후, 장은 아들에 대한 이야기를 한 적이 없다. 공연장에서 일어난 사건에 대해서도 마찬가지였다. 딱 한 번, 회식자리에서 만취했을 때를 제외한다면 말이다. 아들을 잃은 후, 장의 생활에는 두 가지 변화가 생겼다. 첫번째는 앞에서도 말했지만, 담요를 항상 몸에 지니고 있게 되었다는 것이다. 두번째는 그가 야간순찰에 집착하기 시작했다는 것이었다. 장은 야간순찰 코스를 네 군데에서 일곱 군데로 늘렸다. 그리고 자신의 야간순찰 횟수도 늘렸다. 장은 차를 몰아서 자신의 순찰구역을 처음부터 끝까지 돌아보는 것을 즐겼다. 자신이 직접 운전대를 잡았는데, 그와 함께 차에 탄 부하직원은 상관이 직접 운전하는 것에 대해 어떻게 처신해야 할지 잘 몰랐다. 하지만 사실 그건 하찮은 문제였다. 낮근무를 하는 장과 밤근무를 하는 장은 전혀 다른 사람이었다. 그는 순찰차 안에서 아무 말도 하지 않았다. 장이 무슨 생각을 하는지 아무도 몰랐다. 사실 장도 자신이 무슨 생각을 하는지 잘 몰랐다. 그는 차를 운전하는 동안에도 무릎에 덮여 있는 담요를 만지작거렸다.

가끔씩은 혼자 순찰을 돌기도 했다. 장이 그러고 싶을 때도 있었고, 근무 상황이 여의치 않아 자연스럽게 그렇게 되는 경우도 있었다. 혼자 순찰을 도는 날이면, 장은 언제나 그랬듯이 순찰차를 몰고 자신의 순찰구역 끝까지 갔다. 그리고 둑길 위에 차를 세워두고 자신의 작은 동네를 바라보았다. 하지만 그에게는 그리 오랜 시간이 주어지지 않았다. 순찰중이었기 때문이다. 둑길 건너편에는 아파트단지가 일렬로 늘어서 있었는데, 몇몇 집들은 새벽 늦게까지 전등을 끄지 않았다. 장은 아무 생각 없이 전등이 켜진 집을 바라보았다. 그러다가, 문득 전등이 꺼지는 장면을 목격할 때가 있었다. 그럴 때마다 그는 설명할 수 없는 감정을 느꼈다. 무언가 이 세계에서 영원히 사라지는 것 같았다. 가슴이 몹시 두근두근거렸고, 숨이 막힐 것 같았다. 모든 집의 전등이 꺼지고 나면 이번에는 장 자신이 이 세계에서 완전히 분리되는 것 같았다. 그런 생각이 들면, 장은 담요에 얼굴을 묻었다.

장은 육 년을 그런 식으로 보냈다.

장은 겨울을 싫어했다. 장은 결국 인성하게 되있는데, 그긴 아들이 죽은 계절이 겨울이었기 때문이다. 그렇지만 좀더 실질적인 이유도 있었다. 차 유리에 끼는 성에 때문이었다. 순찰차는 너무 낡았다. 장은 유리에 긴 성에를 닦아내기 위해 자주 차를 멈춰야 했다. 그날은 그해 겨울 들어 가장 추운 날이었다. 장은 마른 헝겊으로 유리에 낀 성에를 닦아내고 있었다. 그리고 선명해진 차 유리를 통해 마을 앞 놀이터에 두 남녀가 있는 것을 보았다. 그들은 그네에 앉아 있었다. 여자는 갈색 모직 재킷과 검정색 미니스커트를 입고 있었는데, 그 아래에는 얇은 살색 스타킹만 신은 것 같았다. 남자는 검정색 피코트를 입고 있었지만, 그리 두꺼워 보이지는 않았다. 그들은 옷깃을 여민 채, 캔맥주를 마시고 있었다. 얼굴을 가까이 대고 무언가 소곤거리고 있다가, 장이 다가가자 대화를 멈추었다. 장은 그들의 얼굴을 가까이서 보고 깜짝 놀랐는데, 둘 다 너무 어려 보였기 때문이었다. 열아홉, 스무 살 정도로밖에 보이지 않는 앳된 얼굴이었다. 그들의 발밑에는 빈 맥주캔과 담배꽁초가 널브러져 있었다. 장은 손목시계를 보는 시늉을 하며 그들에게 몇 시인 줄 아느냐고 물었다. 남자는 대꾸하지 않았고, 여자가 고개를 가로저으며 대답했다. 척 보기에도 그들은 취한 상태였다.

"글쎄요, 주위가 이렇게 깜깜하고, 아무도 다니지 않으니까 사람들이 잠든 시간인가보죠?"

여자는 작은 입술을 오물거리며 혀가 꼬인 채로 대답했다.

"그래요, 새벽 두시 이십오분. 여기에서 왜 이러고 있나?"

추위 때문에 이빨을 딱딱 부딪치며 여자가 "왜 반말이세요?"라고 물었다. 그리고 "경찰이에요?"라고 덧붙였다. 장은 고개를 끄덕였다.

"내가 경찰이라서 반말을 한 건 아니오. 아가씨, 이렇게 추운데 여기서 뭐하는 거요? 얼어죽으려고 그래요?"

"우리를 심문할 거예요?"

장은, 아무 말도 하지 않고 맥주를 마시고 있는 남자를 힐끗 보았다.

"아니, 아가씨랑 아가씨 남자친구를 집으로 보내려고 그래. 아까 라디오에서 지금 체감온도가 영하 이십 도라고 그러더군. 술도 많이 마신 것 같고, 여기서 이러고 있으면 위험할 것 같아. 부모님이 걱정하실 거요."

체감온도가 영하 이십 도라고 라디오에서 들었다는 건, 거짓말이었다. 장은 순찰차를 탈 때 라디오 같은 건 듣지 않았다. 그는 항상 침묵 속에서 차를 몰았다.

여자가 하, 하고 웃고 약간 익살스럽게 대답했다.

"우린 부부랍니다."

"그래요?"

"네, 그러니까, 우리는 성인이고, 결혼도 했고, 물론 결혼식은 못 올렸지만, 어쨌든 법적으로 아무 문제 없어요. 정말 아무런 문제 없어요. 여기는 자유국가니까, 여기서 얼어죽는 것도 우리 마음이에요. 그렇지, 자기야?"

여자는 남자의 어깨에 손을 올리며 동의를 구했다. 그녀의 손은 추위 때문에 빨갛게 부풀어올라 있었다. 그들은 장갑조차 없었다. 바람이 불 때마다 여자는 몸을 최대한 움츠렸고, 남자는 아무런 생각도 하기 싫다는 표정으로 앉아 있었다. 장은 한참 동안 그들을 바라보다가, 입을 열었다.

"당신들도, 누군가의 소중한 자식일 거야."

장은 아주 잠깐 아들을 떠올렸다. 남자는 혀로 입술을 핥은 후, 팔짱을 꼈다. 그리고 거만한 표정으로 장에게 물었다. 남자는 여자보다는 덜 취한 것 같았다.

"자식이 있어요?"

장은 추위 때문에 빨개진 그의 코를 가만히 바라보았다. 이윽고 장이 입을 열었다.

"아들이 한 명 있소. 올해 스물한 살이 되었어요. 어릴 적에 제 엄마가 죽고, 내가 제대로 보살펴주지도 못했지만, 아주 잘 자라주었지." 게다가 이렇게 덧붙이기까지 했다. "아들과 거의 시간을 보내지 못했어요. 같이 가본 곳이라고는, 파셀의 콘서트밖에 없었어요. 그게 참 미안하오."

장은 왜 자신이 그렇게 말했는지 죽을 때까지 알 수 없을 것 같다고 나에게 말했다. 장이 파셀 이야기를 하자 여자는 작은 소리로 짧게 비명을 질렀다.

"아, 알아요. 보컬이 죽었잖아요. 그 보컬 진짜 잘생겼었는데."

여자는 담배를 하나 꺼내 입에 물었지만, 바람 때문에 불이 붙지 않았고, 결국 담배 피우는 걸 포기했다.

"아마 육 년 전의 일이지? 우리나라에 얼마 없는 정통 록그룹이었는데. 그들의 마지막 콘서트는 엉망진창이었죠."

남자가 여자의 어깨를 안으며 잘난 척하는 표정으로 말했다. 장은 한숨을 내쉰 후 대답했다.

"엄밀하게 말하면, 그날 콘서트는 없었어요. 그는 한 곡도 못 불렀으니까. 나와 내 아들은 바로 그 공연장에 있었소."

남자와 여자는 동시에 장을 바라보았다.

"다른 사람들도 죽었죠." 남자가 약간 주눅 든 채로 말했다.

"사람들이 죽었어." 여자가 남자의 말투를 흉내냈다.

"그래, 그날 많은 사람들이 죽었어요. 누군가의 아내도 죽었고, 누군가의 부모도 죽었고, 또 누군가의 아들도 죽었을 거요."

여자와 남자는 고개만 끄덕일 뿐 아무런 말도 하지 않았다.

"당신들, 여기에 계속 있을 겁니까?"

어린 부부는 여전히 입을 꾹 다문 채로 앉아 있었고, 장 역시 재촉하지 않았다. 그들 셋은 그저 서로를 바라보며 멀뚱히 있었다. 차가운 겨울바람이 그들을 훑고 지나갔다.

"곧 집으로 돌아갈 거예요. 너무 춥네요. 사실은 너무 추워서 귀가 아플 지경이죠. 그러니까 곧 돌아갈 거예요."

잠시 후 남자가 코트의 옷깃을 여미며 대답했다. 그리고 팔을 뻗어 여자의 손을 꼭 잡았다. 어린 부부는 서로의 손을 꼭 맞잡은 채로 장을 올려다보았다.

"다행이군."

장은 이렇게 말하고 순찰차로 돌아갔다. 그리고 운전석에 앉은 순간, 자신이 어린 부부와 대화를 하는 동안 담요를 몸에 지니지 않았다는 사실을 알게 되었다. 장은 조수석에 놓인 담요를 바라보았다. 잠시 후 고개를 들고, 차 유리 밖으로 보이는 건물들을 죽 둘러보았다. 불이 켜진 건물은 없었다. 그리고 장은 놀이터에 앉아 있던 어린 부부를 다시 보았다. 장은 일 분쯤 차 안에서 꼼짝하지 못했는데, 그건 심장이 너무나 심하게 뛰었기 때문이었다. 잠시 후 장은 눈물을 닦아냈다.

"나는 차에서 내려서 그 어린 부부에게 다가갔지. 그리고 내 담요를 주었소."

"담요를 주었다고요?"

"그래요. 그냥 주고 싶었죠. 왜 그런 생각이 들었는지는 나도 모르겠어요. 나는 그들에게 담요를 덮으라고 했지. 추위가 좀 가실 테니까. 생각해봐요. 그렇게 추운 날 얇은 스타킹 하나만 신고 거기에 앉아 있자면 얼마나 춥겠어요? 그게 바로 몇 달 전의 일이오."

그때 우리는 허름한 술집에 함께 있었다.

"자, 이제 내 이야기는 다 끝났소."

장이 나를 바라보며 말했다. 나는 혼란스러웠다. 나는 분명히 장이 화를 내거나, 나를 비난할 거라고 생각했다. 하지만 그는 그저 자신의 이야기를 해줬을 뿐이었다.

"전 잘 모르겠습니다. 왜 이런 이야기를 저에게 해주시는 겁니까? 저에게 화가 나지 않으셨습니까?"

장은 소주잔을 집었다. 그러면서 고개를 설레설레 흔들었다.

"이건 담요의 죽음에 대한 이야기입니다. 나는 당신이 이 이야기를 들어주기를 바랐어요."

"담요의 죽음이라고요?"

"그렇소."

나는 장이 비꼬는 거라고 생각했다. 내가 뭔가를 말하려고 했을 때, 장은 나의 말을 가로막았다.

"『난 리즈도 떠날 거야』는 아주 흥미로웠소."

"죄송하게 생각하고 있습니다……"

"뭐가 죄송합니까? 나는 소설 같은 거 몰라요. 문학, 예술 그런 것

26

들, 난 몰라요. 하지만 『난 리즈도 떠날 거야』는 재미있었어요. 그 소설에서 마음에 안 드는 유일한 부분은 '나'가 '리즈'를 떠나는 거였어요. 그것만 빼면 다 좋았어요."

나는 소주잔만 만지작거렸다. 솔직히 말하자면 나는, 그때 울고 싶었다. 장은 계속 이야기를 이어갔다.

"내가 어린 부부에게 왜 그런 거짓말을 했는지 모르겠어요. 아마 죽을 때까지 알 수 없을 테죠. 이봐요, 우리가 죽기 전까지 알 수 없는 것들이 너무 많아요. 내가 당신을 만나 이런 이야기를 하고 있는 이유도 모르겠소. 그냥 이래야 한다는 생각이 들었소. 하지만, 죽을 때가 되면 알 수 있지 않겠소? 그 모든 것들의 이유를."

나는 결국 울먹이며 장에게 물었다.

"정말, 우리가 죽을 때가 되면 뭐든 알게 될 거라고 생각하십니까?"

"물론 농담이죠."

장은 불쾌해진 얼굴로 익살스럽게 웃었다.

나는 다시 소설을 쓰기 시작했다. 그후에 발표한 작품에 대해 한 평론가는 이렇게 평가했다. "그의 소설은 눈부시게 발전했다." 하지만 과연 그랬을까? 여전히, 가끔 잠을 이루지 못하는 밤이 있다. 여전히, 몸이 부풀어오르는 듯한 느낌에 사로잡히는 밤이 있다. 그런 밤이면 나는 장이 야간순찰을 돌 때 그랬던 것처럼, 창밖의 건물을 죽 둘러본다. 그리고 장이 나와 헤어지기 직전 했던 말을 떠올린다.

그날, 우리가 헤어지기 직전에 장은 이렇게 말했다.

"그 부부에게 왜 담요를 주었느냐고 아까 물었죠? 사실 내가 순찰차로 돌아오기 직전, 어린 부인이 술에 잔뜩 취한 목소리로 이런 말을 했소. '아들과 다른 공연을 보러 가세요. 사람들이 죽지 않는 콘서트요. 사람들이 즐겁게 노래 부르고, 춤추는 그런 콘서트 말이에요. 사람들이 죽지 않고, 살아 있어서 행복한 노래만 흘러나오는 곳이요. 나도 그런 곳에 가고 싶거든요.' 나는 차 안으로 돌아왔고, 조금 울었소. 그리고 나는 그들에게 되돌아갔소. 그랬더니 그 어린 부인이 나에게 뭐라고 했는지 알아요? 어린 부인은 이렇게 말했소. '우린 인간쓰레기예요'라고. 나는 아무런 대꾸도 하지 않았소. 다만 그 부부의 머리를 잠시 동안 쓰다듬어보았소. 그 작고, 동그랗고, 차가운 아이들의 머리를 말이오."

Lindy Hop

폭우

그녀의 남편은 전자제품 상점의 판매원이었는데, 어느 날 손님이 없는 매장을 어슬렁거리다가 갑자기 넘어졌다. 그는 평소에도 익살스럽게 행동하는 걸 좋아했고, 다른 사람들의 시선을 즐기는 편이었기 때문에 동료들은 그가 일부러 장난을 치는 거라고 생각했다. 이런 상황 때문에 병원에 가서 제대로 된 치료를 받을 시간이 약간―그게 비록 일이 분에 불과하다 해도―지체되었고, 그 사실을 알게 된 그녀는 매우 불쾌해져서 울어버렸다. 다행히도 그녀의 남편은 가벼운 뇌진탕이라는 진단을 받았고, 의사는 간단한 검사를 몇 가지 더 한 후 일주일쯤 병원에서 휴식을 취한다면 별일 없을 거라고 말했다. 입원해 있는 동안 그녀의 남편은 매우 편안해 보였고, 실제로 그는 자신의 인생을 통틀어 이토록 컨디션이 좋았던 적이 없었다고 말하기도 했다. 그녀는 규모가 작은 무역회사의 접수원이었는데, 근무가 끝나면 곧장 병원으로 가서 남편의 휴식이 완전해질 수 있도록 도왔다. 며칠 후,

그녀의 남편은 퇴원하고 싶다는 의사를 밝혔고, 결국 닷새째 되는 날 저녁에 그녀는 남편을 데리고 집으로 돌아왔다. 다음날, 그녀는 다른 날과 마찬가지로 농담을 던지며 쾌활한 모습으로 출근하는 남편을 보면서 어떤 감정들이 되살아나는 것을 느꼈다. 그날 저녁, 일찍 퇴근해서 저녁식사를 준비하던 그녀는 자신들의 결혼생활을 되돌아보며 일종의 회한에 잠겼고, 앞으로는 뭔가 달라질 것 같다는 막연한 기대에 사로잡혔다. 그들에게는 아주 약간의 여윳돈이 있었다. 어쩌면 그녀의 남편은 그 돈으로 전문대학에 입학할 수도 있다. 대학을 졸업한다면 지금보다 더 좋은 직장을 얻을 수 있을 것이다. 그들은 아이를 가질 수도 있다. 그녀는 남자아이를 원했다…… 그날 저녁 내내 그녀는 조금 들뜬 상태였지만 문득문득 불길한 예감이 들 때가 있었다. 그러나 그녀는 그것을 대수롭지 않게 생각했다. 그 바람에 그녀는 이 이야기를 구성해내는 중요한 사건의 면면—이를테면 그날, 그녀의 남편은 장식용 아로마 향초를 몇 번이나 넘어뜨렸고, 젓가락은 사용하지 않았으며, 숟가락을 떨어뜨렸고, 물컵도 두 번 이상 놓쳤다—은 보지 못했거나, 혹은 보고도 못 본 척했다. 그날 저녁 이후 그녀는 충만함과 불안감을 동시에 느끼며 구름 위를 떠다니는 느낌에 사로잡혔다가, 나흘 후 아침 그의 남편이 울상이 되어서 "여보, 나 아무것도 보이지 않아"라고 말했을 때, 비로소 땅 위로 내려올 수 있었다.

　그들이 다시 병원을 찾았을 때, 어떤 의사는 "안구에 직접적인 이상이 있는 것은 아닙니다"라는 문장으로 시작하는 딱딱하고 학술적인 말을 늘어놓았고, 또다른 의사는 "일종의 스위치만 켜주면 시력이 돌아올 겁니다"라는 문학적 비유를 곁들여 설명했다. 공통적으로 그

이야기들은 그들에게 끊임없이 희망을 불어넣어주었다. 그리고 그것은 그가 이 년 동안 세 번의 수술을 받는 원동력이 되었다. 마지막 수술비를 마련하기 위해 그들은 더 작고 누추한 집으로 이사해야만 했고 얼마 정도 빚을 져야만 했다. 남편이 세번째—마지막—수술을 받던 날, 대기실에 있던 그녀는 마치 중요한 손님을 기다리는 사람 같았고, 약간의 중압감을 느끼고 있었다. 그녀는 자주 자신의 낡은 스웨터 소매로 콧물을 닦았다. 그러다가 대기실에 널브러져 있는 잡지들을 읽기 시작했다. 마치 무언가를 읽는 행위가 자신의 초라한 스웨터를 감춰주기라도 한다는 듯이. 하지만 불행하게도 거의 모든 잡지가 그녀에게 별 재미를 주지 못했고, 어떤 것은 단 한 글자에도 집중할 수 없을 정도였다. 그 이유를 그녀의 심리상태나, 혹은 병원 대기실에 있는 잡지—골프나 테니스를 다뤘거나, 혹은 고전음악이나 발레, 라이프스타일과 관련된—가 그녀의 통속적인 취향과 몹시 동떨어져 있었던 것에서 찾을 수도 있겠지만, 사실 그렇게 판단을 내리는 건 좀 부당한 측면이 있다. 왜냐하면 그곳에 있는 잡지들은 너무나 오래된 것들이었기 때문이다. 이 병원의 원장은 잡지를 사는 일을 쓸데없다고 여겨서 수년 전부터 구매를 금한 상태였다. 그녀가 조금이나마 흥미를 느낄 수 있었던 건『BlueShoe』라는 블루스 음악 전문 잡지였다(이 잡지는 미국에서 1990년대에 발간된 것으로 한국에는 1994년과 1995년에 걸쳐 총 여덟 권이 발간되었지만, 수시가 맞지 않는다는 이유로 발간이 중지되었다. 그녀가 읽은 것은 1995년 여름호였다). 그녀는 블루스가 음악의 한 종류라는 것조차 몰랐고 그저 끈적끈적하고 야한 춤에 불과하다는 인식을 가지고 있었지만, 그날『BlueShoe』에서 읽은 어떤 블루스 음악의 노랫말을 오랜 후까지 기억했다. "나를 여기에 두지 말아요. 내가 중력을 이기고 날아오를 수 있게 도와주세요. 나는 그렇게 음탕한 여자가 아니랍니다." 잠시 후 레지던트가 수술이 끝났음을 알려주었고, 집도의에게 더 자세한 이야기를 듣는 것이 좋겠으니 따라오라고 했다. 그녀는 읽던 잡지를 가방에 쑤셔넣은 후, 레지던트를 따라 좁은 복도를 천천히 걸어갔다.

*

그들은 빗줄기를 뚫고 고메 식당에 도착했다. 조금 늦었을 뿐 그들 부부가 고메 식당 방문을 아예 취소한 건 아니었다. 부부는 매달 마지막 주 화요일 저녁마다 고메 식당에서 식사를 하곤 했다. 식당 주인인 미스터 장은 비에 젖은 그들을 위해 수건을 건네주며 말했다. "엄청나게 쏟아지는군요. 태풍이 올라오는 중이라고 합니다." 잠시 후, 미스터 장은 절인 올리브가 담긴 그릇과 와인을 들고 그들의 테이블로 다가왔다. 부부는 기숙사가 딸린 중학교로 진학한 아들을 집으로 데려오느냐 마느냐 하는 케케묵은 주제로 이야기를 나누는 중이었다. 미스터 장의 등장으로 그들의 이야기는 잠시 끊겼다. 미스터 장은 사십대 후반으로 아직 결혼은 하지 않은 것으로 알려져 있었다. '미스터 장'은 단골들이 지어준 별명이었다.

미스터 장은 와인을 따르면서 지나가는 말투로, 그러나 깍듯한 태도로 질문했다.

"아이가 어디 멀리 있나봅니다."

"이야기한 적 없나요? 우리 아들은 우수한 학생들만 받는 중학교에 다니고 있어요. 기숙사가 딸린 학교죠. 지금은 이학년이에요." 부인이 대답했다.

"많이 보고 싶으시겠습니다."

"네, 아주 많이요. 이번 방학에는 집에 올 거예요."

사람들은 그들이 아주 잘 어울리는 한 쌍이라고 생각했다. 남편은 사십대 초반으로 결코 나이보다 젊어 보인다고 할 수는 없었고, 지쳐 보이는 인상이었지만, 이목구비가 뚜렷하고 신뢰감을 주는 표정을 짓는 남자였다. 아내는 남편보다 다섯 살이 어렸다. 전형적인 미인은 아니었지만 얼굴을 보면 책이 빽빽하게 꽂힌 고급 원목 책장과 반들반들하게 닦인 값비싼 경첩, 혹은 작지만 격식 있는 티테이블이 연상되는 여자였다. 미스터 장은 직업적인 호기심과 관찰력으로, 그녀가 '이번 방학에는'이라고 표현한 것을 알아차렸지만, 역시 직업적인 감각으로 그것에 대해 질문해서는 안 된다는 것 또한 알고 있었다.

식당 문을 닫을 시간이 훌쩍 넘은 뒤에도, 그들 부부는 이야기에 열중해 있었다. 자주 있는 일이었다. 때로 그는 격양된 몸짓을 보였고, 그녀는 이따금씩 두 손으로 냅킨을 쥐어짰다. 직원들을 먼저 퇴근시킨 미스터 장은 그들에게 다가가서 물잔을 채워주었다. 부부는 그제야 식당에 남은 손님이 자신들뿐이라는 것을 알았다.

"우리가 너무 늦게까지 있었군요. 미안합니다. 곧 돌아가겠어요."

"아닙니다. 괜찮습니다. 더 필요하신 거 없습니까?"

미스터 장은 웃으며 그들의 대답을 기다렸다.

"손님도 없는데, 우리랑 한잔하면 어떻습니까?" 그가 말했다.

미스터 장은 잠시 망설이다가 대답했다.

"술은 마시지 않겠습니다만, 영업시간이 끝났으니 그럼 잠깐 앉겠습니다."

미스터 장은 그들 옆에 앉았다. 그녀가 입을 열었다.

"난 어제 밤늦게까지 집에서 혼자 TV 쇼를 하나 봤어요. 이이는 어제 동료 교수들과 늦게까지 술을 마셨거든요." 그리고 무슨 대단한 비밀이라도 누설하는 듯 목소리를 낮추고 "이이는 얼마 전에 전임발령을 받았답니다"라고 덧붙였다. 그가 멋쩍은 듯이 웃었다.

"어쨌든 어제 유명한 여배우가 나왔는데…… 이름이 뭐더라? 얼마 전에 무슨 영화에도 출연한 여자인데…… 우체국의 편지를 훔치는 이야기였는데, 여보, 혹시 그 영화 기억해요?"

그는 잘 모르겠다는 듯 어깨를 으쓱거렸다.

"그 여자는 이혼녀인데 말이에요. 자기 아이에게 집중력 장애가 있다는 거예요. ADHD 말이에요. 여덟 살짜리 아이였는데."

"요즘은 그런 애들이 워낙 많으니까." 그가 맞장구를 쳤다.

"그런 이야기를 들으면 걱정되지 않습니까?" 미스터 장이 물었다.

"뭐가요?" 그녀가 물었다.

"내 아이가 저러면 어쩌나, 뭐 그런 생각."

"글쎄요, 우리 아들은 한 번도 우리 속을 썩인 적이 없어요. 공부도 잘하고. 훌륭한 아들이죠."

그가 아내 쪽을 바라보며 말했다. 그녀는 남편의 말에 대꾸하지 않았고, 대신 익살스러운 태도로 미스터 장에게 질문했다.

"우선 결혼부터 하는 게 어떠세요?"

"전 이것저것 걱정이 많은 사람이라서 말입니다."

그녀가 웃으며 말을 받았다.

"사장님은 그런 생각을 할 필요 없어요, 영리하신 분이니까요. 결혼을 하고 애를 낳으면 그 아이도 분명 머리가 좋을 거예요."

"제가 영리한지 그렇지 않은지 부인이 어떻게 아십니까?"

미스터 장이 약간 심술궂은 표정을 하고 물었다.

"난 생긴 것만 봐도 그 사람이 영리한지 아닌지 알아요. 대학 다닐 때 정식으로 관상을 좀 배웠거든요. 남편과 결혼한 이유도 남편의 관상이 좋아서였는걸요."

그가 웃음을 터뜨렸고, 미스터 장도 따라 웃었다.

"여하튼 그 여배우가 말하기를, 자기 애가 옆집에 혼자 사는 노인과 지나치게 친해졌다는 거예요. 거의 매일 그 집에 놀러 가고, 자신이 집에 있어도 옆집에서 놀고 오겠다고 가서는 몇 시간이 지나도 돌아오지 않더라는 거죠. 우리 모두 알다시피 여배우는 매우 바쁜 사람이고 옆집 사람과 친목을 나눌 시간 같은 건 없잖아요. 옆집 노인과 왕래는 없었지만, 가끔 지나가다 본 모습이나, 오고가며 들은 이야기로 판단했을 때, 노인이 별로 마음에 들지 않았던 거죠. 위험하다는 생각을 했나봐요. 그래서 옆집에 가서 자신의 아이와 어울리지 말아 달라 부탁했다고 하더라고요. 좀 무례한 행동이지 않나요?"

미스터 장은 고개를 끄덕였다. 하지만 남편은 되물었다.

"여배우가 방송에 나와서 그런 이야기를 했단 말이야?"

"그렇다니까요." 그녀는 대답할 가치도 없다는 듯이 무성의하게 대답했다.

잠시 후 그들 부부가 계산을 하기 위해 일어났다. 어느새 비가 그쳤고, 비냄새가 섞인 늦여름 밤의 아련한 바람이 열어놓은 문을 통해 들어왔다. 미스터 장이 보기에 그들 부부의 표정은 어딘가 부자연스러웠고, 화가 난 것처럼 보였으며 또 얼마쯤은 슬퍼 보였다. 미스터 장은 차 쪽으로 걸어가는 부부의 뒷모습을 한참 바라보았다.

*

남편이 시력을 잃은 후, 그녀는 별다른 불평 없이 자신의 역할에 충실했다. 집에 돌아오면 좁은 탁자에다 저녁식사를 차렸다. 식사가 끝나면 돈 계산에 열중했다. 그녀는 빨리 빚을 갚고 싶었지만 그녀의 월급과 남편이 받은 퇴직금만으로는 어림도 없었다. 그녀가 계산기와 씨름하는 동안, 남편은 점자책을 읽거나 라디오를 들었다. 그는 게스트들이 우르르 나와서 청취자들이 보내온 웃긴 사연을 읽어주는 걸 좋아했다. 그는 그녀에게 컴퓨터 자판에 점자를 표시해줄 것을 부탁했고, 그녀가 출근해 있는 동안 재미있는 이야기를 자판으로 쳤다. 그리고 그녀가 돌아오면 출력해서 방송국으로 보내줄 것을 부탁했다. 그녀는 그것을 읽어본 적도 없었고, 절반 정도는 방송국으로 보냈지만, 나머지 절반은 잃어버렸다. 어쨌든 남편의 사연이 소개된 적은 단 한 번도 없었다. 어느 날 항상 듣던 채널이 지겹다고 생각한 그는 라디오 채널을 이리저리 돌리다 우연히 자신이 사는 구의 홍보직원이 하는 이야기를 들었다. "우리 구는 구민들의 문화생활 수준을 높이고자 합니다. 그 계획의 일환으로 아주 저렴한 수업료로 수강할 수 있는, 다른 구와 차별화되는 강좌를 열 예정입니다." 구청에서는 '도서관의 역사'라든지, '이탈리아 음식의 격조' '플로베르와 디킨스'라는 이름의 강좌를 야심차게 열었고, 각 분야의 권위자에게 고액의 강의료를 지불하고 수업을 맡겼다. 구청의 이러한 노력은 지역 뉴스에 '시민과 함께하는 인문학' 내지는 '구민 곁의 품격 높은 문화탐방'이라는 제목으로 대대적으로 홍보되었고, 호평이 잇따랐다. 그는 아내에게 그 강좌에 대해 이야기해줬고, 일주일에 한 번쯤은 이런 강좌를 들어도 좋을 것 같다고 말했다. 결국 그녀가 선택한 강좌는 '미국의 대중음악'이었다. 미국에 대해 좋은 인상을 가지고 있었고, 남편이 시력을 잃은 후에는 라디오를 즐겨 들었기 때문에 대중음악에 대해서도 잘 알고 있었다.

매주 수요일 저녁이 되면 그녀는 자신의 유일한 외투를 걸치고 차가운 바람을 헤치며 집에서 두 정거장 떨어진 구청까지 걸어갔다. 그녀는 강좌를 들으러 걸어가는 그 길과, 강의실의 냄새, 네모반듯한 책상, 그리고 항상 값비싼 캐시미어코트를 걸치고 오는 강사를 좋아했다. 강사는 미국에서 대학과 대학원을 다녔다고 했으며, 그에 걸맞게 미국의 대중음악뿐만 아니라, 영화, 소설, 시, 연극에 대해서도 해박한 지식을 가지고 있었다. 그녀는 노트에 강의 내용을 빽빽하게 기록해두었다가 집으로 돌아오면 남편에게 얘기해주었다. 그는 눈을 감은 채 의자에 앉아 그녀의 이야기를 늘었다. 그녀는 아무것도 보지 못하는 그가 눈을 감고 있는 것이 어떤 의미인지 항상 궁금했지만 물어본 적이 없었다.

강좌가 열린 지 석 달쯤 지났을 때, 구청장은 갑자기 각 부서의 책

임자를 불러모았고, 장시간의 회의를 거쳐서 강좌들을 모두 없애기로
결정해버렸다. 어느 수요일, '미국의 대중음악' 강사는 이 수업은 더
이상 진행되지 않을 것이고, 다음주 이 시간부터는 '생활요가'가 진행
될 예정이니 원하는 사람은 계속 수업을 듣고, 아니면 환불을 받으라
고 친절하게 설명해주었다. 강사의 얼굴에서는 실망감이나 아쉬움을
찾아볼 수 없었고, 오히려 홀가분하다는 인상이었다. 수업이 끝난 후,
그녀는 빈 교실에 혼자 우두커니 앉아 있었다. 버림받은 기분이었고,
굴욕적인 느낌이었다. 이십 분쯤 후, 그녀는 벗어두었던 외투를 걸쳐
입고 건물 밖으로 천천히 걸어나왔다. 주차장을 통과해서 뒷문 쪽으
로 나가면 훨씬 빨리 집에 도착할 수 있다는 것을 알고 있었기 때문에
그녀는 항상 그 길을 통해 집으로 가곤 했는데, '미국의 대중음악' 강
사는 그녀가 건물 밖으로 나오던 그 시간에 주차장 한가운데 서서 전
화통화를 하고 있었다. 캐멀색 캐시미어코트를 걸친 그는 마치 통화
를 하고 있는 상대가 바로 앞에 있기라도 한 듯이 흥분해서 주먹을 쥐
고 크게 흔들어대고 있었다. 그 바람에 그는 손에 들고 있던 차 키를
떨어뜨렸고, 곧바로 주웠지만, 몇 발짝 가지 못해 다시 주먹을 흔들다
가 또 떨어뜨리고 멈춰 서버리는 우스꽝스런 짓을 반복하고 있었다.
그녀는 그 모습을 가만히 바라보았다. 그리고 전화통화가 끝날 때까
지 기다렸다가 그에게 다가갔다. "안녕하세요." 강사가 그녀를 알아
보는 데까지는 약간의 시간이 필요했다. "저는 선생님의 '미국의 대
중음악'을 듣던 학생이에요. 정말 선생님을 존경해요." 그녀는 강사
가 자신을 알아보지 못할까봐 불안함을 느꼈고, 그래서 강사가 "아,
안녕하세요"라고 인사했을 때, 안도했다.

                *

집으로 돌아오는 차 안에서 그들은 아이에 대한 문제로 또다시 실랑이를 벌였다. 아파트 주차장에 도착했을 때, 아내는 차 문을 소리나게 닫고는 집 안으로 들어가버렸다. 그는 차 안에 남아서 아파트 앞에 일렬로 심어놓은 관목의 실루엣과 가로등 불빛에 반짝이는 물웅덩이, 그리고 비에 젖은 보도의 끝을 멍하니 바라보다가 결국 소방차 전용 주차공간으로까지 시선을 옮겼다.

몇 년 전에 집에 불이 난 적이 있었다. 그가 연락을 받고 집에 도착했을 때, 바로 저 자리에서 소방차 몇 대가 돌아갈 채비를 하는 중이었다. 누군가 물었다. "당신이 아이 아버지요?" 당시 열두 살이었던 아들은 멀끔한 모습으로 옆집에 사는 할머니의 손을 꼭 잡고 있었다. 당시 그녀는 혼자 살고 있었는데, 몇 년 전 남편이 심근경색으로 죽고 자녀들은 모두 결혼해서 따로 살고 있었다. 그녀는 가끔씩 그들 부부에게 급한 일이 생길 때마다 아들을 돌봐주곤 했다. 하지만 불이 났던 그날 밤은 아내가 아들과 함께 있기로 되어 있는 날이었다. "다행히 큰불은 아니었어요." 옆집 할머니는 그에게 변명하듯 말했다. 화재 때문에 가장 많은 피해를 본 곳은 아들의 방이었다. 더 정확하게 말하면 그 방을 제외하고는 별 피해가 없었다. "아드님 방에서 불이 시작되었습니다." 소방대원은 그렇게 말했었다. 아들의 앨범이나 옷, 일기장, 상장과 성적표 같은 것들이 다 사라져버렸다. "글쎄, 자꾸 이녀석이 집에 가 있겠다고 하지 뭐겠수. 자기도 다 컸다고 하도 고집을 부리기에, 밥만 먹이고 집으로 보냈는데, 이런 일이 생길지 누가 알았겠수." 할머니가 그에게 설명했다. 그는 아들에게 물었다. "엄마는 어디 갔어?" 아이는 눈을 내리깔고 입술을 앙다문 채 고개를 흔들었다. 열두 살. 그는 그때 처음으로 이 아이가 '성장하고' 있다는 사실을 깨달았다. 차마 아들의 손을 잡아주거나 안아줄 수 없었다. 할머니가 미소를 지으며 그에게 말했다. "아이가 참 의젓해요." 그녀는 작년에 폐암으로 죽었다. 폐암 진단을 받고 난 후 일 개월도 채 살지 못했다. 이제 그 집에는 그녀의 막내아들 부부가 거주하고 있는데, 그들과는 별로 왕래가 없었다.

화재가 일어난 후 그들 부부는, 아니 그들 가족은 화재에 대해 한마디도 하지 않았다. 다만 그는 가족과 좀더 많은 시간을 보내려고 노력했다. 몇 달 후에 아이는 도시 외곽의 기숙사가 딸린 명문 사립중학교로 진학하고 싶다고 말했다. 학비가 비싸고 우수한 학생들만 들어갈 수 있는 곳이었다. 아이가 일곱 살이 될 때까지 그들 가족은 미국에 거주했기 때문에 아들은 또래보다 영어를 능숙하게 구사할 수 있었다. 부부는 아들을 적극적으로 지원해주었다. 그 학교에 들어간다면 같은 재단의 고등학교에 입학할 수 있고, 그렇게 된다면 명문대 입학은 따놓은 당상이었다. 아들이 입학시험에 합격했을 때 부부는 부러움의 시선을 한몸에 받았다. 하지만 언제부터였을까? 아내는 아들을 멀리 보낸 것이 잘못된 선택이라고 말하기 시작했다. 그리고 틈만 나면 아들을 집으로 데려와서 근처의 중학교로 전학시켜야 한다고 주장했다. 그럴 때마다 그는 '아들의 미래'를 위해 거기에 두는 것이 올바른 일이라고 아내를 달랬고, 그러면 그녀는 또 그의 말에 수긍하곤 했다. 하지만 또 어떤 때, 그들은 이 문제로 격렬하게 싸우기도 했다. 싸움이 있을 때마다 아내는 문을 '탁' 하고 닫고 어디론가 가버리곤 했다. 그들이 거실에서 싸우고 있었다면 그녀는 침실 문을 탁, 닫고 방 안으로 들어가버렸고, 방 안에서 싸우고 있었다면 다른 방으로 문을 탁, 닫고 들어가버렸으며, 차 안이라면 이런 식으로 차 문을 탁, 닫고 집 안으로 들어가버렸다. 그는 문을 닫는 행위를 통해 아내가 이 사태를 다른 식으로 해석하고 싶어하는 것이라고, 그러니까 단순히 화를 표현하는 것 이상의 의미가 있을지도 모른다고 생각했다. 그래도, 그는 언제나 그 문을 다시 열었고, 그들이—그러니까, 그와 아내가—닫힌 세계 속에 함께 있도록 만들었다.

잠시 후 그가 집으로 들어갔을 때 아내는 외출복 차림으로 멍하니 침실 화장대 앞에 앉아 있었다. 그 모습 때문에, 그는 어떤 미국소설을 생각해냈다. 한 남자가 오랜 실패 끝에 자신에게 남겨진 가장 큰 보물이 바로 아내라는 것을 깨닫게 된다는 이야기였다. 그는 뭔가 이상한 감정을 느꼈는데, 그게 욕정이라는 것을 깨닫기까지 그리 오랜 시간이 걸리지는 않았다.

"뭐가 잘못됐어?"

"아이가 왔다 갔어요. 빨랫거리를 가져다놓았네요."

아들은 언젠가부터 집에 꼭 들러야 할 일이 있으면 그들이 없는 시간을 골라 몰래 왔다 가곤 했다. 그들은 그것을 어떤 식으로 받아들여야 할지 몰랐다. 잠시 동안 그들 부부는 아무 말도 하지 않으려고 애썼다. 잠시 후 그녀는 어디론가 전화를 걸기 시작했다.

"어디에 전화하는 거야?" 하지만 그는 그녀가 어디로 전화를 거는지 알고 있었다. 전에도 몇 번 이런 일이 있었다. 마지막은 육 개월 전이었다. 그녀는 그의 연구실로 불쑥 찾아와서는, 아이를 데리러 가자고 했었다. 학교와는 이미 이야기가 끝났다고 말했다. 늘 그랬다. 하지만 그들은 단 한 번도 아이를 데리고 오지 못했다. 그는 수화기를 들고 있는 아내의 등을 바라보았다.

"안 돼, 그러지 마. 우리가 이런 짓을 하면 할수록 걔는 우리를 더 싫어할 거야."

그녀는 전혀 상관하지 않았고, 잠시 후 수화기를 내려놓더니 이렇게 말했다.

"이상하네요. 전화를 받지 않아요. 일단 출발해야 할 것 같아요."

그리고 "같이 갈 거죠?"라고 덧붙였다.

*

그날, 그들은 주차장 계단 옆에 서서 자판기 커피를 함께 마셨을 뿐이었다. 그녀는 강의 내용을 필기한 노트를 펼쳐서 보여주었고, 강사는 감탄한 듯 고개를 끄덕였다. 그녀는 문득 남편의 마지막 수술날 잡지에서 읽었던 노래가사를 읊었다. "나를 여기에 두지 말아요. 내가 중력을 이기고 날아오를 수 있게 도와주세요. 나는 그렇게 음탕한 여자가 아니랍니다." 그녀는 『BlueShoe』에 대해 이야기했고, 이 노래를 아느냐고 물었다. 강사는 빈 종이컵의 바닥을 바라보면서 잡지에 제목이 함께 나와 있지 않았느냐고 되물었다. 그녀는 도통 기억이 나지 않았다. "죄송해요. 제가 기억력이 좋지 않아서요. 하지만 노래를 부른 가수나 그 노래에 대해서는 전혀 설명이 없었는걸요. 그냥 노래

제목하고 가사만 있었어요. 제목은 잊어버렸구요." 그녀는 자신의 얼굴이 빨개졌다고 생각했고, 그것 때문에 속상했다. 강사는 지금 당장은 잘 모르겠지만 어쩌면 나중에 제목이 생각날지도 모르겠다고 말했다. 그리고 『BlueShoe』를 가지고 있느냐고 되물었다. 그녀는 고개를 끄덕이며 원한다면 그 잡지를 드릴 수도 있다고 말했다. 그리고 다시한번 그에게 진심을 담아서 말했다. "선생님 강의는 정말 유익했어요. 전 정말 많은 걸 배웠답니다."

헤어질 때, 그녀는 노트의 마지막 장을 찢어서 자신의 전화번호를 적어주었다. "혹시 그 노래에 대해 알게 된다면 전화 한 통만 주시겠어요?" 그날 밤, 그녀는 남편에게 그날의 강의 노트를 읽어주었고, 강사와 자판기 커피를 마신 이야기를 해주었다. "아주 똑똑하신 분이더라고. 우리는 상상할 수도 없을 정도로 말이야." 하지만 그녀는 강좌가 폐강되었다는 이야기는 하지 않았다. 다음주 수요일이 되었을 때, 강의를 들으러 가지 않는 그녀에게 남편이 무슨 일이 있는 거냐고 물었다. 그녀는 몸이 좋지 않아서 쉬고 싶다고 대답했다. 그들은 함께 저녁을 먹고 라디오를 들었다. 그리고 그녀는 남편이 라디오에 보낼 사연을 자판으로 치는 것을 도와주었다. 그리고 또다시 일주일이 지나고 수요일이 되었을 때에도 여전히 그녀는 집에 있었고, 그 다음주에도, 또 그 다음주에도 마찬가지였다. 하지만 그녀는 여전히 강좌가 폐강되었다는 이야기는 꺼내지 않았고, 남편도 더이상 캐묻지 않았다. 언젠가 저녁을 먹던 그녀가 남편에게 물었다. "내 얼굴이 기억나?" 그는 그녀의 얼굴을 떠올려보았다. 가끔 그녀는 거울 속에 비친 자기의 얼굴을 가만히 바라볼 때가 있었다. 서른세 살에 불과했지만 흰 머리칼이 드문드문 보였고, 볼은 축 늘어져 있었으며, 피부는 거칠었다. 밤중에 자다가 깨기도 했다. 그녀는 좁고 너저분한 방과 음식물 냄새가 진동하는 싱크대, 바퀴벌레가 드나드는 화장실을 둘러보았고, 마지막에는 남편의 잠든 얼굴을 바라보았다. 별다른 일도 하지 않고 집에만 있는 남편의 배와 등에는 지나치게 살이 붙어 있었다. 그녀는 남편이 마지막 수술을 받는 동안 대기실에 앉아 있던 자신의 모습을 종종 떠올렸고, 이유는 알 수 없었지만, 그 때문에 약간의 괴로움을 느꼈다. 겨울이 끝날 무렵, 그녀는 남편이 교통사고로 병원에 있다는 연락을 받았다. 그 당시 그는 지팡이를 가지고 혼자서 외출을 하곤 했다. 그녀가 응급실에 갔을 때, 남편은 왼쪽 다리에 깁스를 한 채 마치 죽은 사람처럼 눈을 감고 누워 있었다. 그녀는 자신의 심장박동이 빨라지는 것을 느꼈다. 남편의 부상은 경미했고 이 주쯤 지나자 완치되었다. 하지만 그녀는 나중에까지 그 느낌—가슴속에서 무언가 요동치던 그 느낌—을 생생하게 기억했다. 그후로 그는 혼자 외출하는 것을 그만두었고, 항상 집 안에서 자판을 두드리곤 했지만, 사연을 방송국으로 보내달라는 이야기는 더이상 하지 않았다. 그녀는 타자 소리를 들을 때마다 무언가가 부서지는 느낌에 사로잡혔고, 마치 벌을 받는 것 같은 기분이었다.

3월의 마지막 주 수요일, 그녀는 전화 한 통을 받았다. 목소리를 듣자마자 그녀는 누구인지 알아차렸다. '미국의 대중음악' 강사였다. 그는 그동안 여행을 다녀왔으며, 문득 생각이 나서 전화를 걸었다고 말했다. "예의에 어긋나는 줄은 알지만, 도대체 그 가사가 어떤 노래인 줄 모르겠어서요. 혹시 그 잡지를 볼 수 있을까요?『BlueShoe』를

요." 그녀는 온 집 안을 뒤져서 그 잡지를 찾아내려고 했지만, 결국 찾지 못했다. 하지만 그럼에도 그녀는 강사를 만나러 갔다. 그들은 이번에는 구청 근처에 있는 허름한 카페에서 만났다. 그녀는, 잡지는 다음 주에 가져다주겠노라고 말했다. 그렇게 그녀는 수요일 저녁마다 다시 외출하기 시작했다. 남편에게는 강좌를 다시 들으러 가는 거라고 말했다. 어떤 면에서 그 말은 완전한 사실이었다. 다음에 만났을 때, 그녀와 강사는 구청에서 멀리 떨어진 카페에서 함께 커피를 마셨다. 강사는 음악, 영화, 소설, 시, 연극에 관한 이야기를 해주었고, 그녀는 그것을 열심히 필기했다. 남편에 대해 말하기도 했다. 남편이 맹인이라고 이야기하자, 강사는 맹인 뮤지션에 대한 이야기를 해주었다. 그 날 밤, 그녀는 언제나 그랬던 것처럼 남편에게 강의 노트를 읽어주었고 끝에 이렇게 덧붙였다.

"내가 읽어주는 걸 이해할 수 있어?"

*

비가 다시 내리기 시작했다. 이전보다 훨씬 더 거세진 빗줄기가 차체를 때리는 소리가 차 안을 가득 메우고 있었다. 와이퍼가 쉴새없이 움직였지만, 시야는 계속 흐려지기만 했다. 늦은 시간인데다 비까지 와서 외곽고속도로는 한산했고, 그것이 문득 그를 두렵게 만들었다. 아까부터 그의 아내는 입을 꾹 다문 채 운전을 하고 있었다. 그는 아내가 미친 짓을 하고 있다고 생각했지만, 얘기를 꺼낼 엄두가 나지 않았다. 어떻게든 다시 집으로 돌아가야 했다.

"걔는 집으로 돌아오려고 하지 않을 거야."

그가 이렇게 말했을 때, 아내가 물었다.

"왜 그렇게 확신해요?"

"저번에 어떤 일이 있었는지 기억 안 나? 우리한테 전화해서 망신스러운 일 좀 당하게 하지 말아달라고 한 거 잊었어?"

"이번에는 억지로라도 끌고 와야 해요."

"돌아가자. 비가 너무 많이 와. 사고가 날지도 몰라. 내일 아침에 다시 가도 늦지 않아."

"난 당장 데려올 거야."

그는 아내의 옆얼굴을 바라보았다. 그녀는 잔뜩 화가 난 것처럼 보이기도 했고, 감당할 수 없는 슬픔에 잠긴 것처럼 보이기도 했다. 그는 조금 전 느꼈던 욕정은 착각이고, 자신이 느낀 감정은 아내를 때리고 싶었던 건지도 모른다는 생각이 들었다. 그는 어떤 감정의 갈기들이 말 그대로 자신의 몸을 헤집으며 어디론가 끌고 가려고 한다는 것을 알았다.

"걔는 돌아오지 않아. 시간이 필요해."

그가 이렇게 말하자, 그녀가 갑자기 갓길에 차를 세웠다. 그리고 조금 떨리는 목소리로 물었다.

"시간이라고요? 무슨 시간?"

그도 자기가 하는 말이 무슨 의미인지 잘 몰랐다.

"비상등 켜."

그는 그렇게만 말하고 입을 다물어버렸다. 그 이야기를 하려면 어쩔 수 없이 화재가 났던 날 밤으로 돌아가야만 했다. 그는 그녀에게 그날 어디에 갔었느냐고, 왜 아이와 함께 있지 않았느냐고 물어야만 했다. 하지만 그는 묻지 않았다. 그날 그녀가 집에 있었다면 화재는 일어나지 않았을 거라는, 그랬다면 아이는 그런 식으로 우리 곁을 떠나지 않았을 거라는, 혹은 화재가 일어났다 하더라도 아이가 불길 속에 혼자 남겨지는 일은 없었을 거라는 말이 그의 목구멍에서 맴돌았다. 하지만 그는 그런 이야기는 하지 않을 것이다. 그는 아내를 비난하고 싶은 마음이 없었다. 비는 점점 더 거세지고 있었다. 하늘이 번쩍, 했고, 곧 저 멀리서 무언가 무너지는 소리가 들려왔다. 그러다 문득 어쩌면 불을 낸 게 아이 자신이었는지도 모르겠다는 생각이 떠올랐는데, 그것은 무서운 생각이었고 재빨리 버려야 할 생각이었다. 그녀는 핸들에 얼굴을 묻고 있었다. 여전히 비상등을 켜지 않은 상태였기 때문에 그는 비상등을 켜기 위해 손을 뻗었다. 그녀는 여전히 핸들에 얼굴을 묻은 채로 그를 제지했다.

"위험하잖아. 비도 이렇게 오는데 빨리 집으로 돌아가자, 제발."

"상관없어요."

"여보, 제발. 너무 위험해. 죽을 수도 있다고."

"왜 내게 그날, 불이 났던 날 밤 어디에 있었는지 묻지 않는 거죠?"

그녀가 고개를 들고 그에게 물었다. 차 안은 깜깜했지만 가끔 도로 위를 지나는 다른 차들의 불빛이 비쳐들면서 순간적으로 기묘한 무늬가 만들어졌다가 사그라졌다.

그는 빗줄기가 차창을 때리는 소리 때문에 정신이 아득해지는 걸 느꼈다.

"당신을 보호하려고 그랬어."

"나를 보호하려고요? 무엇으로부터요?"

그는 뭐라고 대답해야 할지 몰라 머뭇거렸다. 그녀가 다시 물었다.

"당신의 부정(不貞)으로부터요?"

"그게 무슨 소리야?"

그는 아내를 바라보았다. 무슨 생각을 하는지 알 수 없었다.

"그게 무슨 소리야?" 그는 다시 한번 물었다.

"그날, 집에 불이 났던 날, 내가 어디에 있었는 줄 알아요?"

"어디에 있었는데? 그날 당신이 집에만 있었더라면 걔가 이런 식으로 우리를 떠나진 않았을 거야. 나는 이 말을 하지 않으려고 지난 삼년간 노력해왔어. 그런데 당신은 지금 나에게 뭐라고 하는 거야?"

어둠 속에서 그녀의 얼굴은 일그러졌고, 잠시 아무 말도 하지 않았다. 그녀의 눈에 눈물이 차오르는 것 같았다.

"그게 무슨 말이죠? 걔가 우리를 이런 식으로 대하는 게 나 때문이라는 거예요?"

"그날 당신이 아이를 버려뒀었잖아."

"당신은요? 당신은 그 아이를 버려두지 않았어요? 나를 버려두지 않았어요?"

"무슨 말이야?"

"난 그날 당신을 따라갔었어요."

그녀는 차창의 빗방울을 걷어내려고 노력하는 와이퍼를 노려보며 다시 한번 말했다.

"당신을 따라갔었다고요."

그녀는 그렇게 말하고 와이퍼를 껐고, 한 손으로 눈물을 닦았다. 이제 아무것도 보이지 않았다. 온통 물뿐이었다.

"세상에, 정말 이 이야기 하고 싶지 않았는데."

그는 어떤 말을 해야 할지 몰랐다. 그녀는 터져나오는 울음을 참으며 말을 이었다.

"그날 밤 당신은 그 여자 집으로 갔죠. 그 여자의 집으로요. 난 건물 앞에 차를 세우고 집 안으로 들어갈까 말까 고민하고 있었어요. 그리고 두 시간 후쯤 당신이 여자와 나오는 걸 보았어요. 그 여자랑요."

*

강사를 집으로 초대하자는 이야기를 꺼낸 것은 그녀의 남편이었다. "똑똑한 선생님의 이야기를 나도 직접 듣고 싶다고." 그녀는 가난하고 초라한 생활을 강사에게 보여주고 싶은 마음이 조금도 없었다. 하지만 불행하게도 그녀의 남편은 이 일을 아주 용의주도하고 섬세하게 다뤘다. 그는 직접 강사에게 전화를 걸었다. 그리고 강사가 초대에 응할 때까지 아주 끈질기지만 한편으로는 예의바르게 굴면서 결국 승낙을 받아냈다. 그녀는 남편이 아주 잔인하게 굴고 싶어한다는 걸 알았고, 어떻게든 이 약속을 취소시키고 싶었지만, 결국은 체념하고 말았다. 그녀는 집을 깨끗이 정리하고, 집 안 구석구석에 살충제를 뿌렸으며, 음식물 쓰레기도 내다버렸다. 그녀의 남편은 그녀가 그런 일들을 처리하는 동안 손 하나도 까딱하지 않았고 그저 라디오에서 들려오는 웃긴 이야기에 귀를 기울이고 또 무언가를 자판으로 쳤을 뿐이었다. 그녀는 꽃집에서 사온 제라늄 화분 몇 개를 선반 위에 올려놓았다. 그녀는 선반과 벽 사이에서 『BlueShoe』를 발견했지만, 그것을 다시 쑤셔넣어버렸다. 저녁식사를 준비하던 그녀는 처음 남편이 퇴원했을 때, 그를 위해서 요리하던 일이 떠올랐지만 타자 소리 때문에 그 생각을 그만두었다.

그날 저녁, 강사는 그들의 집으로 왔다. 나중에 이 방문에 대해 무언가 말하도록 아내에게 강요받았을 때, 그가 맨 먼저 떠올린 것은 냄새였다. 불쾌하고 기묘한 냄새. 식사를 하기 전에 그들은 비좁은 탁자에 둘러앉아서 강사가 선물로 가지고 온 CD 몇 장을 차례로 들었다. 스티비 원더나, 다이앤 슈어, 레이 찰스 같은 맹인 뮤지션의 CD였다. "여보, 이 뮤지션들은 모두 눈이 먼 사람들이야." 그녀가 남편에게 말했지만, 남편은 아무런 대꾸도 하지 않았다. 그들이 마지막으로 들은 것은 〈중력에 맞서서Defying gravity〉라는 노래였다. 맹인 뮤지션의 곡은 아니었고 〈위키드Wicked〉라는 뮤지컬에 삽입된 노래였다. 강사는 친절하게도 가사를 번역해주었다. "아주 아름다운 가사예요."

한계를 인정하는 건 지쳤어요. 남들이 말했다고 해서 받아들이진 않을 거예요. 내가 바꿀 수 없는 것도 있지만 내가 해볼 때까진 절대 모르는 거예요. 차라리 중력에 맞서겠어요. 난 중력에 맞설 거야. 작별인사를 해줘요. 당신은 날 끌어내리지 못할 거예요.

그리고 이렇게 덧붙였다. "그때 말씀하신 가사와 아주 비슷하죠?" 음악을 듣는 동안 그녀의 남편은 눈을 감고 있었다. 그녀가 남편에게 물었다. "여보, 뭘 듣고 있어?" 그녀의 남편이 대답했다. "노래. 노래를 듣고 있잖아." 그들은 〈중력에 맞서서〉를 리플레이시켰고, 그녀는 준비해놓은 음식을 탁자로 가지고 왔다. 그녀는 강사가 식사하던 도중 남편의 모습을 뚫어지게 바라보는 것을 알고 있었지만, 아무런 말도 하지 않았다.

"그렇게 쳐다보지 마세요."

그녀의 남편이 불쑥 말했다. 그녀가 뭐라고 말하기도 전에 남편이 먼저 입을 열었다.

"선생님은 어떻게 그렇게 똑똑할 수 있습니까? 어떻게 그렇게 모르는 것이 없습니까? 저에게도 좀 알려주세요."

그녀의 남편은 숟가락을 탁자 위에 올려두고, 깍지를 끼고 그 위에 턱을 받쳤다. 아무것도 보이지 않는다는 것이 확실했지만, 그는 마치 무언가 보인다는 듯이 행동하고 있었다. 그녀는 그런 남편을 보자, 그가 교통사고를 당했을 때 죽은 사람처럼 눈을 감고 누워 있던 모습이 떠올랐고, 그때 느꼈던 감정들이 다시 한번 자신에게 되돌아오는 것을 느꼈다.

"전 똑똑한 사람이 아닙니다. 이 세상엔 저보다 똑똑한 사람들이 훨씬 많아요."

"그렇겠죠. 제가 아무리 재미있는 이야기를 라디오에 보낸다 한들, 그보다 더 재미있는 이야기들이 이 세상에 널리고 널렸다는 것과 마찬가지 이지이겠죠."

"어떤 이야기들을 보내셨습니까?"

"웃기는 이야기들이죠."

"좀 들려주실 수 있으십니까?"

그녀는 옆에서 고개를 절레절레 흔들고 있었다.

"원하신다면."

그녀의 남편은 자신의 웃기는 이야기를 시작했다. 하지만 그날 밤, 저녁식사가 놓인 작은 탁자에 둘러앉은 사람들은 아무도 웃지 않았다. 잠시 후에 강사는 전화를 한 통 받았고, 곧 집으로 돌아갔다. 그녀는 바깥까지 그를 배웅하러 나갔고, 그의 차가 떠나는 것을 지켜보았다. 그녀는 저 멀리 사라져가는 차의 뒤꽁무니를 보면서 지난 몇 년간의 일이 자신에게 어떤 의미가 있는지에 대해 생각해보았다. 집으로 돌아왔을 때, 그녀의 남편은 〈중력에 맞서서〉를 들으며 자판을 치고 있었다. 그녀는 CD플레이어를 꺼버렸다. 그리고 남편에게 말했다. "그분은 어쩌면 그렇게 모르는 게 없을까? 아내분도 아주 공부를 오래 하신 분이래. 아들이 한 명 있는데, 아들도 아주 똑똑하대." 그리고 이렇게 덧붙였다. "여보, 우리가 아이를 낳으면 아이는 똑똑할 수 있을까? 그럴 수 있을까? 아마 우리는 그렇게 똑똑한 아이는 낳을 수 없을 거야. 그렇겠지? 왜냐하면 우리는 멍청하니까." 그녀는 남편의 눈이 먼 것도, 그들이 아이를 낳을 수 없는 형편인 것도, 그리고 그 밖에 그들이 겪고 있는 불행의 모든 원인이 오로지 그들의 멍청함 때문이라는 것을 깨달았으며, 그것이 그들이 가지고 있고, 또 앞으로 가질 수밖에 없는 인생의 한 부분이라는 것도 깨달았다. 하지만 그녀가 그런 생각을 하거나 말거나 그녀의 남편은 계속 자판만 치고 있었다.

*

    그는 그날에 대해 생각하고 있었다. 밥을 먹을 때 시력을 잃은 남편의 손놀림은 아주 기묘했지만, 그것을 대하는 아내의 태도는 놀라울 정도로 자연스러웠다. 그는 마치 완전한 정상인 같았다.

    "차라리 내게 어디 가느냐고 한 번이라도 물어보지 그랬어? 그럼 당신은 그때 매주 수요일마다 아이를 혼자 놔두고 나를 따라다녔다는 거야?"

    "결국 다 내 탓인 거죠."

    "돌아가자, 집으로 돌아가야 해."

    그들은 여전히 차에 비상등도 켜지 않고, 와이퍼도 작동하지 않은 상태로 갓길에 서 있었다. 비는 계속해서 쏟아지고 있었다.

    "여보, 여기에 이렇게 있는 거 너무 위험해. 죽을 수도 있다고."

    "상관없어요."

    "당신이 생각하는 그런 게 아니야. 그냥 그 여자가 내가 처음 들어보는 노래에 대해 말했어. 그리고 『BlueShoe』에 대해 말했어. 그거 정말 희귀한 잡지잖아. 그걸 한번 보고 싶었고, 그 여자가 말하는 노래가 뭔지도 알고 싶었을 뿐이야. 그래서 그 여자를 만났던 것뿐이야. 당신이 생각하는 그런 게 아냐."

    그녀는 아무런 대답도 하지 않았다.

    "그 집에 들어갔을 때, 아주 안 좋은 냄새가 났어. 불쾌하고 기괴한 냄새였어. 우리 집으로 당장 돌아오고 싶었다고. 거기엔 그런 의미밖에 없어. 당신이 생각하는 그런 게 아니라고. 거기엔 불쌍한 부부가 있었을 뿐이야."

"알아요, 눈이 먼 남편."

"어떻게 알아?"

"여보, 그 여자랑 잤어요?"

그녀는 입술을 지그시 깨물었다. 어둠 속에서 그녀의 이마와 반듯한 콧날과 그리고 가느다란 목이 그의 눈에 들어왔다.

"당신도 봤을 거 아냐. 못생기고 가난한 여자였어. 나와 어울리지 않아."

그는 어둠 속에서 반짝이는 그녀의 눈을 보았다. 이윽고 그녀가 입을 열었다.

"여보, 어떻게 그런 말을 할 수가 있어요?"

그녀는 다시 핸들 위로 엎드렸다. 그는 폭우와 저 멀리서 들려오는 천둥소리와 모든 것이 멈춰버린 자신들의 차에 대해 생각했다. 그들의 차는 이 세계의 아주 좁은 곳을 차지하고 있어서, 이대로 사라져버릴 수도 있을 것 같았다.

"그 여자를 만난 건 그때가 마지막이야. 그 집에서 밥을 먹는데 우리 집에 불이 났다는 연락을 받았고, 난 곧바로 돌아왔어. 그게 다야."

그녀는 핸들에 얼굴을 묻은 채로 물었다.

"그 여자에게 다시 연락한 적도 없어요?"

"그래."

하지만 그건 거짓말이었다. 며칠 후 전화해보았지만 그 여자는 전화를 받지 않았다. 그리고 몇 달 후 그는 그 집을 직접 찾아갔지만, 결국 초인종을 누르지 못하고 돌아왔다.

"좋아, 우리 아들을 데리러 가자, 당장 데리고 오자."

그는 이제 그저 이곳을, 이 자리를 벗어나서 원래의 자리로 돌아가고 싶다는 생각이 간절했다. 하지만 그녀는 차를 출발시키지 않았다. 그는 어쩌면 지금이야말로 그녀를 정말로 때려야 하는 순간인지도 모른다고 생각했다.

그때 그녀가 말했다.

"그애는 우리에게 돌아오지 않을 거예요. 나도 알고, 당신도 알고 있죠. 우리는 그애를 영영 잃어버렸어요."

그들의 차는 아주 오랫동안 거기, 그런 식으로, 잠시 이 세계에서 사라져 있었다.

*

부부가 돌아간 뒤, 미스터 장은 테이블을 정리하기 시작했다. 우선 부부가 먹은 디저트 접시, 와인잔, 포크와 스푼 등을 주방으로 가져가서 싱크대에 넣어두었다. 식탁보를 걷어냈고, 새로운 식탁보를 덮고 빳빳해지도록 분무기로 물을 좀 뿌려주었다. 그리고 삼각형 모양으로 만든 새 냅킨을 세워두었다. 마지막으로 그들이 앉았던 의자를 테이블 안으로 잘 밀어넣었다. 그는 매장의 전등 스위치를 모두 내리고 나서 주방으로 돌아와 설거지를 시작했다. 설거지를 다 끝낸 뒤 미스터 장은 할로겐등만 남겨놓고 주방의 다른 전등불을 꺼두었다. 인스턴트커피 한 잔을 만들고, 싱크대 앞에 간이의자를 끌어와서 앉았다. 비가 쏟아지고 있었고, 간간이 천둥 번개가 치고 있었다. 미스터 장은 자신과 상관없는 이 세상의 불행들, 이를테면 갑자기 불어난 물 때문에 떠내려가는 사람들과 부서진 간판의 파편이나 나무 때문에 다친 사람들, 혹은 들이친 물 때문에 집을 잃거나, 자동차를 잃어버린 사람들을 생각했다. 또한 이 시간에도 어디선가 일어나고 있을 범죄와 아이를 잃어버린 부모, 부모를 잃어버린 아이, 병으로 쓸쓸하게 죽어가는 사람들, 원치 않은 아이를 낳고 있는 여자들에 대해서도 생각했다. 그리고 폭우 속에서 슬픔과 분노 때문에 멈춰버린 사람들에 대해 생각했다.

미스터 장은 인스턴트커피를 한 모금 마셨고, 자신이 누리고 있는 이 평안한 삶에 깊이 감사했다.

침묵

그녀는 지저분한 싱크대에 몸을 기댄 채, 집 안으로 들어오는 그를 바라보고 있었다. 그가 문을 열자, 차가운 공기가 집 안으로 한꺼번에 밀려들었다. 벌써 날은 밝았고, 좁은 거실로 누런 햇살이, 그가 들어오기 전에 이미 들어와 있었다. 일기예보에서는 눈이 내릴 거라고 했지만, 하늘은 맑았다. 그는 부엌에 서 있는 그녀를 발견하고 멋쩍게 웃음을 지었다.

"더 자지 않구. 왜 이렇게 일찍 일어났어?"

그는 코트를 벗지도 않고 거실 소파에 털썩 소리나게 앉았다. 난방이 잘 되지 않았기 때문에 집 안은 싸늘했다. 그는 낮은 목소리로 젠장, 이라고 중얼거렸다. 전날 밤, 그녀가 오후 타임 일을 끝내고 집으로 돌아왔을 때, 그는 집에 없었다. 예상은 하고 있었다. 얼마 전부터 이런 일이 잦아졌다. 이런 일이 있을 때마다 그녀는 밤새 그를 기다리면서 울 수밖에 없었다. 그녀는 밤새 울었기 때문에, 지금은 많이 차분해진 상태였다.

그녀는 싱크대에서 몸을 떼고 천천히 걸어나와 소파 끄트머리에 걸터앉았다. 그와 대화를 하고 싶었지만, 얼굴을 맞대거나 눈을 바라보면서 이야기하는 건 원하지 않았기 때문이었다. 그래 봤자 좁은 소파는 그들의 거리를 그리 멀리 떨어뜨려주지는 못했다.

"얘기해봐."

그녀는 여전히 그를 바라보지 않고 말을 걸었다. 그녀는 그가 이런 상황에서 무작정 도망가지 않기를 바랐다. 그건 그녀가 그에게 바라던 그 많은 것 중 포기할 수 없는 단 하나였다. 그녀는 자신이 그를 위해 얼마나 많은 것을 포기했는지 기억해냈다.

"이야기?"

그는 아무것도 모르겠다는 표정으로 그녀를 바라보았고, 조금 웃었다. 그녀는 그의 얼굴을 바라보지 않고 있었지만, 그가 웃고 있다는 사실은 알 수 있었다.

"그래, 밤새도록 어디서 뭐했느냐고."

그로 말할 것 같으면, 굉장히 피곤했고, 그가 바라는 것은 대화가 아니라, 따뜻한 아침식사를 끝낸 후, 침대로 기어들어가 잠을 청하는 것뿐이었다. 그는 그녀를 다루는 법을 잘 알고 있었다. 전에도 몇 번 이런 일이 있었지만, 그때마다 그는 아무런 이야기도 하지 않고, 방으로 들어갈 수 있었다.

"이리 와봐, 내 사랑."

그는 팔을 들어 그녀의 머리카락을 쓰다듬었다.

"이러지 마."

그녀는 그의 팔을 밀어냈다. 그는 그녀에게 다가갔다. 그리고 두 팔로 그녀를 안으려고 했다. 그녀는 그런 그의 행동에 자신이 항상 말려들었다는 것을 알고 있었다. 똑같은 일이 반복되는 것이 그녀를 슬프고 무기력하게 만들었다. 그의 얼굴이 그녀의 얼굴에 가까이 다가왔을 때, 그녀는 화를 참을 수 없었다. 그에게서는 역시, 술냄새가 났다. 그는 술냄새를 없애려고 몹시 노력했지만, 그녀를 속일 수는 없었다.

"맙소사, 또 술을 마셨어?"

"……"

"말해봐. 술 마신 거야?"

그는 더이상 쉽게 이 상황을 모면할 수 없으리라는 걸 깨달았다. 그는 갑자기 이 모든 것이 지겨워졌고, 모든 걸 끝내고 싶다는 생각이 간절해졌다.

"뭘 그렇게 매일 말해보라는 거야? 지겨워죽겠어, 알아? 난 이제부터 잘 거야. 따뜻한 식사를 원하지만, 그것 정도는 포기하겠어, 알아들어? 난 잘 거라구! 그러니까 나한테 이래라저래라, 뭔가를 말해봐라, 어째라 하지도 마, 집어치우라구, 알아들었어?"

"제발 이야기를 좀 해봐."

"내가 술 마셨을 거라고 예상 못 했어? 짐작하고 있었잖아."

그녀는 곧 방문이 닫히는 소리를 들었다. 그녀는 자신들의 집을, 햇살 사이로 떠다니는 먼지, 더러운 벽지, 널브러져 있는 물건, 한쪽 다리가 부러진 탁자……를 바라보았다. 그는 오늘도 일하러 나가지 못할 것이다. 그녀는 그가 일하는 곳으로 전화를 걸었다. "그이가 많이 아파요, 아마 독감에 걸린 것 같아요." 아마 믿지 않겠지. 아마 이곳도 곧 그만두게 될 거야.

그는 코트도 벗지 않고, 침대에 누워서 더러운 이불을 만지작거렸다. 그는 술 마신 걸 들킨 게 정말이지 실수라는 생각이 들었다. 부주의했어. 하지만, 술냄새를 완벽하게 없앴더라도 어쨌든 그녀는 알아챘을 것이다. 그는 이불을 빨아야겠다고 생각했다. 나쁜 냄새가 났다.

그녀가 방문을 열고 여전히 그를 보지 않기 위해 고개를 숙인 채로, 조용히 말했다.

"술 마시고 그년이랑 뒹굴었어? 아니면 그년이랑 뒹굴고 술을 마셨어?"

하지만 곧, 그녀는 자신의 질문은 어떤 핵심도 건드리지 못했다는 것을 깨달았다.

그녀와 그가 처음 만난 것은 오 년 전의 일이었다. 그녀는 금주센터의 자원봉사자였다. 그리고 그는, 당연한 말이지만, 금주를 하기 위해 그곳에 왔다.

그녀는 막 대학을 졸업한 후였다. 대학에서 그녀는 일문학을 전공했다. 대학을 졸업한다고 해서 뭔가 달라질 거라고 생각하지는 않았지만, 그렇게까지 나빠질 줄은 몰랐다. 그녀는 자신의 전공을 좋아했고, 자신의 전공을 살리는 직장을 가지고 싶었다. 하지만 삼류 대학을, 그것도 좋은 성적으로 졸업하지도 못한 그녀에게 일자리는 주어지지 않았다. 그녀는 대학 다닐 때 하던 아르바이트를 계속하면서 그럭저럭 지냈다. 아르바이트는 여러 가지였지만, 가장 수입이 좋았던 것은 일본에서 제작된 포르노를 번역하는 일이었다. 엄밀히 말하면 포르노는 아니었다. 일본에서 만들어질 때는 포르노였지만, 우리나라로 들어오면서 많은 장면이 잘려나갔다. 그렇다 하더라도, 그 아르바이트를 하면서 그녀는 그것을 처음 보았다. 처음에는 울면서 일을 했고, 그다음에는 그 모든 일들이 웃겨서 견딜 수가 없어졌다.

대학을 졸업하고, 여기저기 원서를 넣어보았지만, 취직은 되지 않았다. 그녀는 어두컴컴한 방에서 일본에서 제작된 포르노를 보고, 보고, 또 보면서 번역을 했다. 그녀는 포르노에 나오는 대사들이 도대체 무슨 소용이 있는지 알 수 없다고 느꼈다. 신음소리, 그녀는 그게 전부라고도 느꼈다. 맞아, 신음소리가 이 세계의 전부야, 그녀는 생각했다. 그것이 사실이라고 생각했고, 그것이 사실이라는 것이 또한, 그녀를 마음 아프게 했다. 그녀는 어두운 방 안에서 일본 포르노를 틀어놓고 라면을 씹으면서 자신의 삶을 진저리치게 후회했다. 그렇게까지 자신의 삶을 후회해본 것은 처음이었다. 그리고 불행하게도 그 후회는 지금까지도 계속 이어지고 있었다.

여하튼 그때, 그녀는 자신의 삶을 고양시킬 무언가가 필요했다. 그래서 그녀는 금주센터에서 자원봉사를 시작했다. 확실한 것은 그 일을 시작한 것이 누군가를 구원하기 위한 것은 아니었다는 점이었다. 그리고 구원받은 것은 오히려 그녀였다. 적어도 그때는 그렇게 생각했다.

그는 그녀에게 자신은 자의로 금주센터에 왔다고 설명했다. 술에 취하면 그는 둘 중의 하나가 되었다. 아무 여자나 유혹해서 섹스를 하거나, 아니면 옆의 누군가에게 시비를 걸어서 싸움을 하는 것이었다. 싸움은 쉽게 끝나지 않아서 결국 누군가는 피를 봐야 했다. 그러니까, 그는 매일 밤 어떤 여자와 섹스를 하지 않으면, 누군가의 피를 흘리게 하거나, 혹은 자신의 피를 보아야만 했다. 그건 대단히 끔찍한 일이었다. 그의 직업은 자꾸 바뀌었다. 이탈리안 레스토랑의 직원에서 편의점 직원으로, 편의점 직원에서 서점의 파트타임 직원으로, 서점 파트타임 직원에서 비디오가게 직원으로…… 늘 그런 식이었다.

일주일에 한 번씩 알코올중독자들은 자신의 삶과 술의 연관성에 대해 깊이 생각하고 토론하는 시간을 가졌다. 그들은 깊은 생각을 하면 할수록 술에 대한 유혹을 참을 수 없었기 때문에 그 시간이 고역이었지만, 그런 의미에서 오히려 그들에게 꼭 필요한 시간이기도 했다. 그는 자신의 상태를 발표하는 자리에서 이렇게 말했다.

"전, 사실 저 자신을 아주 잘 제어하는 인간입니다. 일을 할 때는 사장에게 칭찬을 듣는 일도 많았죠. 전, 그래요, 제가 하는 일이 그다지 대단한 일들은 아니었지만, 그래도 항상 완벽하게 일을 해냈죠. 동료들은 장난삼아 저를 퍼펙트맨이라고도 불렀단 말입니다. 술을 본격적으로 마시기 시작한 건 재작년 겨울부터였죠. 이유요? 이유라면 셀 수 없이 많았어요. 부모님, 직장, 여자, 빚…… 그렇고 그런 이유들이죠. 하지만, 모르겠어요. 저는 그것들이 정확한 이유는 아닐 거라는 생각이 들어요. 그저, 전 재작년 겨울부터 자신을 제어할 수가 없어졌어요. 무언가 알 수 없는 기분이 저를 사로잡았고…… 그리고…… 저를 놓아주질 않았어요. 설명하기 어렵군요. 하지만 굳이 이유를 대자면, 제가 이렇게까지 술을 마시는 것은, 이 빌어먹을 세계 때문이죠."

다른 주정뱅이들이 박수를 쳤다. 이 빌어먹을 세계가 술주정뱅이를 만든다. 그것이 그들의 주장이었다. 그녀는 그 주장이 말도 안 된다고 생각했지만, 그가 무척이나 마음에 들었다.

얼마 후, 그와 그녀는 함께 카페에 앉아 있게 되었다. 그녀는 그에게 자신이 번역일을 한다고 말했다. "어떤 종류의?" 그녀는 솔직하게 일본 포르노를 번역한다고 말했다. "자막을 만드는 일이에요. 당신이 일본 포르노를 본 적이 있다면, 그중 절반은 제가 번역한 거예요." "전 안 봐요. 포르노는." 그녀는 그의 말을 믿지 않았지만, 왠지 그 말은 그녀를 기분좋게 만들었다. 그들은 그날 함께 잤다. 그는 술에 취하지 않았고, 완전히 제정신이었다. 그는 그녀에게 전에 섹스를 해본 적이 있느냐고 물었다. 그녀는 처음이었지만, 처음이 아니라고 말했다. 그녀는 그가 자신을 구원해줄 거라고 믿었고, 그 역시 그녀가 자신을 구원해줄 거라고 믿었다. 그들은 모두 구원받는 이야기가 시작될 거라고 믿었다. 모든 것이 완벽하게 흘러가는 것 같았다. 적어도 그때는 그렇게 보였다.

그녀는 방문 앞에 서서 침대 속으로 기어들어간 그를 바라보았다. 정확하게 말하면 그녀의 시선은 그가 덮은 이불로 향해 있었다. 그녀는 그의 얼굴, 그의 눈을 바라보면서 마음을 진정시키고 이야기를 할 자신이 없었다. 그녀가 그렇게 서 있었던 건 실제로는 그리 오랜 시간이 아니었는지도 모르지만, 그들에게는 그 시간이 몹시 길게 느껴졌고, 마치 이 세상의 모든 것이 정지한 것처럼 느껴졌다. 살아 있는 거라고는 불안한 감성, 그뿐인 것처럼 느껴졌다. 그는 결국 침대에서 일어나 앉았다.

"뭘 하자는 거야?"

그녀는 이 질문에 몹시 슬픈 표정을 지으면서 대답했다.

"이야기를 하자는 거야."

"그럼, 좋아. 당신이 먼저 해봐."

그는 어깨를 한번 으쓱거리고는 말했다. 난 할 얘기 없어, 라고 덧붙이려다가 그만두었다. 사실 할 이야기가 없는 건 아니었다. 그는 알고 있었다. 아내에게 자신이 무언가 설명해야만 했다. 하지만 그 생각을 하게 되면 그는 왠지 몹시 불쾌해져버렸다. 자신을 휩싼 공기가 모두 더러워지는 것 같았고, 못 견디게 술이 그리워졌다. 그렇게 술을 그리워하는 자기 자신을 발견할 때면, 그는 서글퍼졌다. 우리가 언제부터 이렇게 되어버린 걸까? 한때는 모든 것이 좋았는데. 그녀가 한숨을 쉬었다. 그녀는 방문을 열어놓은 채 소파에 앉았다. 워낙 좁은 집이었기 때문에, 침대 위에서 그는 소파에 앉아 있는 그녀의 모습을 볼 수 있었다. 그녀는 두 손으로, 피곤한 듯이 얼굴을 문질렀다.

"술을 왜 마셨어? 또 직장을 잃어버리기를 원하는 거야? 난 아직도 그 진절머리나는 일본 포르노 번역을 하고 있어. 내가 얼마나 그 일을 싫어하는지 알잖아."

"그럼 하지 말든가."

"뭐?"

"나도 집에서 그딴 신음소리 듣는 거 싫어, 진절머리난다구. 내 생각엔 그것 때문에 당신 머리가 이상해진 것 같아."

"자기가 그런 말 할 자격이나 있다고 생각해? 세상에, 그나마 우리가 먹고사는 게 무엇 덕분인 줄 알아? 자기가 술 때문에 직장을 잃어버린 게 도대체 몇 번째인지 알기나 해?"

"반년간 세 번."

68

"친절하기도 하셔라."

그녀는 낮게 코웃음을 쳤다. 결혼을 하고 삼 년 정도는 괜찮았다. 그녀는 대학 졸업장이 전혀 필요하지 않은 옷가게 점원이 되었고, 그는 다시 이탈리안 레스토랑에서 일을 시작했다. 그는 워낙 일을 잘했기 때문에 술을 끊었다는 사실만으로도 다시 일을 시작할 수 있었던 것이다. 그들은 여기저기서 돈을 빌려, 허름하지만 자신들만의 보금자리를 마련했고 화분이나 예쁜 쿠션 들을 사다 모으기도 했다. 평범한 날들이 흘러갔다. 그래, 사실 평범한 일상은 아니었다. 그들은 항상 돈이 없었다. 항상 빠듯한 생활을 해야만 했다. 아이 같은 건 생각도 할 수 없었다. 그녀는 자신이 그만둘 수 있을 거라고 믿었던 일을 다시 시작해야만 했다. 힘들기도 했지만, 그들은 이 생활을 멈춰서는 안 된다는 일종의 의무감 같은 것을 가지고 있었다. 적어도 그녀의 생각은 그랬다. 언제나 좋은 쪽으로 생각하려고 애썼다. 그래도, 우리는 사랑하고 있잖아. 그들은 그렇게 살아갈 수 있었다. 적어도 어느 날 그가 술에 만취해서 들어오기 전까지는.

그날, 처음 그 일이 시작된 날, 그녀가 오후 타임 일을 끝내고 집으로 돌아왔을 때 그는 집에 없었다. 그녀는 그의 근무시간을 알고 있었다. 그날 새벽 그는 술에 취해 집으로 돌아왔는데, 옷매무새는 단정했고, 핏자국 같은 건 찾아보려야 찾을 수가 없었다. 처음에 그 일을 겪었을 때, 그녀는 그에게 다른 말은 한마디도 하지 않았다. 무언가 말을 꺼낸다는 것 자체가 그녀를 두렵게 만들었다. 그는 다시는 이런 일이 없을 거라고 맹세했다.

하지만 그 일은 끝나지 않았다. 그런 일이 반복되면 반복될수록 그

녀는 자신이 코딱지 같다고 느꼈다. 그녀는 그에게 자주 사실을 알고
싶다고 말했다. 그는 그녀에게 말해줄 만한 사실이 없다고 느꼈다.

그들은 허구한 날 싸웠다.

깨끗하고 아담했던 집은 좁고 냄새나고 지저분한 곳으로 변했다.
무엇이 그들을 이렇게 만들어버린 것일까? 외도가 먼저였을까? 술이
먼저였을까? 무엇이 핑계고, 무엇이 진짜 이유일까? 그 모든 일이 핑
계인 걸까? 진심이란 건 없었던 걸까? 가끔, 그녀는 그들이 결혼한 것
이 너무 어렸을 때라고 생각했다. 그들은 그때 너무 어려서 아무것도
몰랐으며, 모든 것을 너무도 쉽게 믿어버렸다. 아이를 가졌어야 하는
건지도 몰랐다. 그는 그렇게 생각했다. 하지만, 정말이지 아이 같은
건 꿈도 꿀 수 없었다. 그때도 그랬고, 지금도 마찬가지였다.

그가 침대에서 나왔다. 그리고 문간에 기대어서 그녀를 잠시 바라
보았다. 사실, 그도 정신을 차려보면 자신이 어디 있는지 잘 알 수가
없는 횟수가 많아졌다. 그녀는 소파 위에 무릎을 세우고 앉아서 그 위
에 얼굴을 얹었다.

"그 여자 때문이야?"

그는 그녀가 그런 말을 한다는 것이 마음 아팠지만, 그보다는 분노
를 훨씬 더 많이 느꼈다. 그는 자신의 분노가 어디에서 오는 건지 잘
알 수 없었고, 자기가 분노를 느끼는 것이 올바른 태도인지도 잘 알
수 없었지만, 그것을 참을 수도 없었다.

"그 여자 얘기는 이제 그만할 수 없어? 도대체 사실이 아니라고 몇
번을 말해야 해? 왜 일을 자꾸 어렵게 만드는 거야?"

"내가 일을 어렵게 만들고 있다고? 천만에, 일을 이 지경까지 만든

것은 당신이잖아? 잊어버렸어?"

아니, 그는 잊지 않았다. 그건 그녀도 마찬가지였다. 죽을 때까지 난 잊을 수 없을 거야, 그녀는 자주 생각했다.

"당신을 사랑해."

그는 그녀의 옆에 앉았다. 그녀의 머리를 쓰다듬어주고 싶었지만, 그래도 되는지 확신할 수 없었다.

"집어치워."

그녀는 아무런 감정이 담기지 않은 목소리로 대답했다. 사실 그도 자신의 말이 진심인지, 아니면 그저 상황을 모면하려는 임기응변에 불과한 건지 알 수 없었다. 모든 것이 엉망이었다. 그는 더이상 참을 수가 없어졌다. 그는 싱크대 쪽으로 다가갔다. 그는 상체를 숙이고 싱크대 하부장을 열었다. 그가 매우 작고, 애처로워 보인다고, 그녀는 생각했다.

"뭘 찾아?"

그녀의 물음에 그는 대답하지 않았다. 잠시 후, 그가 그 안에서 꺼낸 것은 맥주였다. 그녀는 그가 맥주를 집 안에 숨겨놓았다는 사실을 믿을 수가 없었다.

"그건 뭐야? 세상에, 이 집 안에서 술을 마셨어?"

"아니야."

"그럼 그건 뭐야?"

"뭐가?"

"당신, 쓰레기야."

그녀는 거실바닥 여기저기에 널브러져 있던 포르노 비디오테이프를 하나 집어들었고 곧 벽으로 던져버렸다. 별로 요란스런 소리가 나지는 않았다. 그는 순식간에 맥주 한 병을 비웠고, 두번째 맥주병을 집어들었다. 차라리 주먹으로 내 얼굴을 치라구, 그는 그렇게 말했다.

"당신은 인간 말종이야!"

그는 그녀의 말에 담담하게 대답했다.

"그럴지도."

초인종이 울렸을 때, 그가 문을 열려고 자리에서 일어났고, 그녀는 문을 열지 말라고 경고했다. 도대체 이런 상황에서 타인의 방문을 누가 바랄 것인가? 하지만, 그의 생각은 좀 달랐는데 누군가가 이 개똥 같은 상황에 지저분한 개입이라도 해서 자신이 좀 편해지기를 바랐다. 그건 확실히 비겁한 생각이었지만, 그가 그때 할 수 있는 가장 현명한 생각이기도 했다.

"문 열지 마."

"싫어."

"문 열면 난 당신 죽여버리겠어."

"좋으실 대로."

그는 잠시도 망설이지 않고 문을 열었다. 당연한 말이지만, 그녀는 그를 죽이지 않았다. 그럴 수 없는 게 당연했다. 문 앞에는 두툼한 코트를 입은 남자가 서 있었다. 코트가 너무 두꺼워서 마치 코트 천으로 만든 커다란 침대 매트리스로 몸을 감싼 것처럼 보였다.

"누구시죠?"

"전 보시다시피."

침대코트를 입은 남자는 커다란 슈트케이스를 들어 보였다.

"세일즈맨입니다."

"세일즈맨? 이봐, 이분이 세일즈맨이라는데?"

그는 그녀가 들으라고 큰 소리로 말했다. 나도 들었다구, 젠장. 그
녀가 중얼거렸다. 세일즈맨이 이 집을 방문한 것은 처음이었다. 이 동
네는 세일즈맨이라는 사람들이 아예 발을 들여놓지 않는 곳이다. 팔
만한 것도, 살 만한 사람도 없었다. 그녀는 자리에서 움직이지 않은
채 말했다.

"돌아가요! 우린 살 게 없어요!"

"사지 않으셔도 됩니다."

침대코트는 다급한 목소리로 덧붙였다.

"아무것도 사지 않으셔도 됩니다. 제 얘기만 들으시면 됩니다. 시
간을 조금만 내주십시오."

"우린 돈이 없어요."

그는 이렇게 말했는데, 왠지 이 상황이 흡족하게 느껴졌다. 그래서
곧이어 이렇게 말했다.

"그래도 괜찮다면 들어오세요, 원한다면 맥주를 좀 나눠줄 수도 있
어요."

"당신 취했어?"

그녀가 말했고, 뒤이어 침대코트는 고맙습니다, 라고 말하고 재빨
리 집 안으로 들어왔다.

세일즈맨들이란!

그는 코트를 벗으면 걸어주겠다고 했지만, 침대코트는 정중하게 거절했다. 그녀는 제발 꺼지시지, 라고 중얼거렸다. 침대코트는 그녀의 '제발 꺼지시지'를 '제발 앉으시지'라고 잘못 알아들어서 얼른 소파에 앉아버렸다. 소파가 좁았기 때문에 그는 거실바닥에 주저앉았다. 처음에 침대코트는 좀 당황해서 아무 말도 못 했다. 거실바닥에 뒹구는 포르노 테이프는, 침대코트가 이야기를 시작하는 데 굉장한 부담감을 안겨줬다. 게다가 남자는 뭐가 그렇게 재미있는지 히죽히죽 웃고 있었고, 여자는 굉장히 화가 난 표정이었다. 그녀는 꺼지라는 말을 듣고도 자리에 앉아버린 이 세일즈맨을 자신이 처리할 수나 있는 건지 자신이 없었다. 먼저 입을 연 것은 히죽거리며 웃고 있던 그였다.

"우린 부부입니다."

그가 말했다. 그리고 더러운 이불이 펼쳐져 있는 침대를 가리켰다. 방문이 열려 있었기 때문에 그 안이 훤히 들여다보였다.

"저곳이 우리의 침실입니다."

그녀는 그의 이런 말들이 참을 수 없을 정도로 역겨웠지만 침대코트는 그것이 자신의 긴장을 풀어주려는 것처럼 느껴져서 어느 정도는 마음이 편안해졌다.

"아늑하군요."

그 말을 듣고 그녀는 웃었는데 정말 웃기지도 않는 개소리라고 느꼈다. 침실이라고? 이 집의 방은 저것 하나뿐이라구, 그녀는 마음속으로만 생각했다. 침대코트는 부드럽게 웃으면서 슈트케이스를 열었다. 슈트케이스에서 나온 팸플릿에는 이렇게 적혀 있었다.

'당신의 몸이 변형되고 있다.'

그녀가 엄지손가락의 손톱을 물어뜯었다.

"그러니까, 정말 우리의 몸이 변형되고 있다는 말입니까? 그렇다면 정말 큰일인데!"

그가 장난스럽게 말했다. 그녀는 그가 취한 것이 틀림없다고 생각했고 갑자기 걱정이 되기 시작했다.

"네…… 이건 상징적인 표현이 아닙니다."

'상징'이라는 단어를 사용할 때 침대코트의 미간에는 주름이 잡혔다. 그 단어가 마음에 들지 않았기 때문인데, 그 외의 어떤 다른 단어를 사용하면 좋을지 아무리 생각해도 알 수가 없었던 것이다.

"그럼, 발을 예로 들어보죠. 구두를 잘못 신으면 발모양이 변형될 수 있습니다. 아마 다 아시리라고 생각되지만, 뼈가 바깥쪽으로 튀어나오기도 하고, 엄지발가락이 밖에서 안으로 구부러지면서 둘째 발가락 위로 올라가는 무지외반에 걸리기도 하죠. 실제로 이런 변형을 겪은 여자분들이 아주 많습니다. 그래요, 사모님의 발을 한번 보세요. 부끄러워하실 필요 없습니다. 자신의 상태를 정확히 아는 게 중요하니까요. 자, 보세요. 사장님, 보이십니까? 양말을 신었지만, 그래도 알 수 있지 않습니까? 엄지발가락이 튀어나와 있잖아요."

침대코트가 그녀의 발을 가리켰다.

"내 발 보지 마요. 내 발가락을 가리키는 당신 손도 치우고, 내 발을 조금이라도 더 쳐다보면 난 정말 가만 안 있겠어요. 그리고 그 사장이라느니, 사모님이라느니 그 말도 다 집어치워요."

침대코트는 얼른 손을 치웠다. 그가 웃었다.

"죄송합니다. 규모가 큰 신발회사들은 인종별, 지역별, 성별로 발을 조사해서 그들의 평균적인 발모양을 연구합니다. 변형을 최대한으로 줄이기 위해서죠. 물론 개인별 맞춤 신발을 팔기도 하구요. 하지만 그것들은 믿을 게 못 되죠. 그들이 신발을 만들기 위해 재는 것이라고는 발 길이와 발볼의 넓이, 그 둘뿐입니다. 그것만으로는 부족합니다. 부족하고말고요."

"아, 신발장사시군요?"

그가 다 알겠다는 투로 말했고, 맥주를 한 모금 더 마셨다.

"신발뿐만이 아닙니다. 속옷도 마찬가지입니다. 자신의 몸에 딱 맞는 속옷을 입지 않으면, 뼈의 모양이 변형됩니다. 특히 여자분들의 브래지어는 가슴 모양이나, 가슴뼈, 등뼈에 영향을 주죠. 물론 발가락처럼 눈에 띄지도 않고, 그 변형이 빠르게 진행되지도 않습니다. 아주 천천히 변형되기 때문에 당시에는 아무도 모르죠. 하지만 어느 순간이 되면 누구나 알게 됩니다. 뼈는 있어야 할 자리에 있지 않고, 튀어나와 있거나, 다른 부분으로 밀려 있죠. 그건 아주 오랫동안, 누구도 모르게 진행되기 때문에, 알게 되었을 때는 누구도 손쓸 수 없는 상태가 되는 겁니다. 이미 늦은 거죠."

"말도 안 돼. 속옷 따위로 뼈모양이 바뀐다는 말 따윈."

그가 말했다. 침대코트는 개의치 않고 계속 말을 이었다.

"속옷뿐만이 아니라, 우리가 흔히 입고 다니는 옷도 마찬가지입니다. 자신의 몸무게, 키, 체지방, 근육의 형태, 이런 것들을 정확하게 체크해서 옷을 만들어 입지 않으면 마찬가지 결과가 나타납니다."

"우리 아버지는 다섯 번이나 교통사고를 당했었죠. 뼈가 일곱 군데나 부러진 적도 있었지, 하지만 살아나셨소. 결국은 돌아가셨지만, 뼈모양이 변형된 것 때문에 불평하신 적은 단 한 번도 없었소. 그런 걸로 불평을 늘어놓을 처지가 아니셨거든."

그가 맥주를 한 모금 더 털어넣으면서 미소를 지었다.

"과학적인 근거가 있습니다. 원하신다면……"

"뼈가 부러져도 살 사람은 살지. 뼈가 멀쩡하다 해도 죽을 사람은 죽어."

"뼈가 부러지는 것과는 질적으로 다른 겁니다. 제 생각에는 부러지는 건 차라리 운이 좋은 일에 속하는 것 같습니다."

침대코트는 다급한 몸짓으로 슈트케이스를 뒤졌다. 그는 더이상 관심 없다는 듯한 표정으로 맥주를 들이켜며 창밖을 바라보았다. 아침까지는 맑았는데, 하늘이 잔뜩 흐린 게, 곧 눈이 한바탕 쏟아질 기미였다. 그는 지금 시각이 점심때를 훨씬 지났다는 것을 깨달았고, 자신은 한 끼도 못 먹었다는 것도 알게 되었다. 하지만 배가 고프지는 않았다. 그는 자신의 아내를 보았다. 머리카락은 헝클어져 있었고, 눈밑은 거뭇거뭇했다. 그는 거실바닥에 흩어져 있는 포르노 테이프들을 보았다. 무언가 잘못되었어, 하지만 내가 뭘 어떻게 하겠어? 그는 생각했다.

그녀는 팔짱을 끼고 물끄러미 침대코트를 바라보다가 문득 열린 방문을 닫아야 한다는 생각이 들었다. 왜 그런 생각이 들었는지는 알 수 없었다. 자신들의 침실을 누군가에게 보인다는 게 수치스럽다거나 하는 문제가 아니라는 것만은 확실했다. 그녀는 고개를 돌려 방을 바라보았다. 지금 일어나서 방문을 닫아도 될까? 여긴 그녀의 집이었고 뭐든지 그녀 마음대로 할 수 있었다. 하지만 지금 자신이 방문을 닫는 것이 적절한 행동인지 아닌지, 그녀는 판단을 내릴 수가 없었다.

"그러니까 내 말은 뼈모양이 조금 변형된들 어떻겠냐는 말이오. 죽기라도 하나? 안 그래, 여보?"

그가 맥주병을 내려놓으면서 그녀를 바라보았다. 그녀는 가만히 고개를 끄덕였는데, 그런 아내의 모습을 바라보고 있자니 왠지 초조함이 느껴졌다. 사실은 배가 고픈 건지도 몰랐다.

"몸은 중요한 거죠. 제가 말씀드리고 싶은 것은……"

침대코트가 여전히 슈트케이스를 뒤지면서 대답했다. 그러면서 침대코트는, 입술로 혀를 핥았다. 그가 물었다.

"맥주 좀 마시겠소?"

"아뇨, 전 일하는 중에는 술을 마시지 않습니다."

"도덕군자시구먼!"

그는 그렇게 말하고 맥주 한 병을 더 땄다.

"몸은…… 아주 소중한 겁니다. 그러니까, 제가 말씀드리고 싶은 것은 뼈나 관절, 혹은 우리들의 몸, 이 모든 것들에 대해 우리가 너무 쉽게 생각한다는 점입니다. 요컨대 가장 큰 문제는 우리가 그것을 대하는 태도죠. 우리는 그걸 극복해야만 합니다."

침대코트는 슈트케이스에 얼굴을 처박고 '변형된 뼈에 대한 과학적 근거'를 찾으려고 있는 힘을 다하고 있었다. 그녀는 다시 손톱을 물어뜯기 시작했다. 지금 방문을 닫을까? 어째야 할까? 그녀는 남편의 얼굴을 바라보았다. 그러다가 그녀는 자신이 그의 얼굴을 제대로 바라보는 것이 아주 오랜만이라는 것을 알았다. 어떤 감정이 천천히 그녀의 몸을 통과하고 있었다. 그건 마치, 그녀가 오랫동안 가지고 있던 그 무언가와 그녀 자신을 분리하기 위한 신중하고 예민한 작업 같았다. 도대체 그건 무엇과의 분리였을까?

"그 무거워 보이는 코트가 지금 당신의 몸을 변형시키고 있는 것 같은데?"

그는 한 손으로는 맥주를 들고, 다른 한 손으로는 침대코트의 코트를 가리키면서 한껏 비꼬듯이 말했다. 그의 말을 듣고 침대코트가 슈트케이스를 뒤지는 것을 그만두고 고개를 들었다. 그것은 갑자기 일어난 일이었고, 그녀는, 어째서 그런 생각이 들었는지 모르겠지만, 침대코트가 화를 낼 거라고 예상했다. 하지만 침대코트는 화를 내지 않았다. 그저 왜 그렇게 당연한 것을 물어보느냐는 표정으로 그를 똑바로 바라보면서 아주 낮은 목소리로 신중하게 대답했다.

"전 그저 세일즈맨일 뿐이니까요."

그 말을 듣고 그는 마시던 맥주를 탁자 위에 내려놓았다. 그녀는 남편의 한쪽 팔을 지그시 잡은 후 방문을 닫기 위해 자리에서 일어났다. 방문을 닫고, 그녀는 문에 기댄 채로 남편과 세일즈맨을 바라보았다. 방문을 닫으면 마음이 편해질 거라고 생각했지만, 그런 일은 생기지 않았다. 세일즈맨은 다시 슈트케이스를 뒤지기 시작했고, 그는 그런 세일즈맨을 물끄러미 바라보고 있었다.

눈이 내리기 시작했다.

그녀가 오후 타임 일을 나가기 전에 그녀와 그는 식탁에 앉아서 늦은 점심식사를 했다. 식사를 하기 전에 그는 취해서 비틀거리면서, 바닥에 널브러져 있던 포르노 테이프들을 주워서 정리했다. 그녀가 던진 테이프는 필름이 조금 풀려 있었는데, 그가 손가락으로 필름을 감았다. 그녀는 그냥 둬, 라고 말했다. 그녀는 그가 그 테이프들을 만지는 것을 자신이 아주 싫어한다는 사실을 깨달았다. 그녀는 제발 그만둬, 라고 부탁했다.

남은 쌀이 없었기 때문에 그들은 따뜻한 밥 대신 딱딱한 식빵조각을 씹을 수밖에 없었다. 식빵을 씹으면서 그는 계속 맥주를 마셨지만, 그녀는 아무 말도 하지 않았다. 하지만 그녀는 자신이 무엇을 생각하고 있는지 그에게 알려야 할 필요성을 느꼈다. 그녀는 그들에게 닥친 이 모든 일을 자신들이 도저히 극복할 수 없으리라는 걸 알았다. 그녀는 씹던 빵을 접시에 내려놓았다.

"오늘 월급을 가불해서 쌀을 사올게. 그리고 자기, 식당에는 내일 꼭 나가봐."

그는 자신이 어떤 말을 해야 할지 몰랐다. 딱딱하고 좁은 구멍 속에 빠진 것 같았다. 그는 잠시 생각하다가 혀가 꼬인 채로 대답했다.

"미안해. 지금은 머리가 아픈데, 술이 깨면 빨래를 좀 할게."

"좋은 생각이야."

"그래."

"저기, 나도 술 좀 주겠어?"

그녀가 말했고, 그는 물컵에 맥주를 따라서 그녀 앞에 두었다. 그녀는 그것을 들었다가 그만 도로 내려놓았다.

"아냐, 생각이 바뀌었어. 난 일하러 가야 하니깐 마시지 않을래."

80

"그래?"

그는 그녀를 쳐다보지도 않았다. 그리고 그녀 몫으로 따라놓은 맥주를 자신이 마셨다. 그녀는 의자에 등을 기대고, 팔짱을 꼈다. 그러다가 한쪽 손으로 자신의 턱을 문질렀다.

잠시 후 그녀가 입을 열었다.

"내 생각에…… 우린 끝장난 것 같아."

"그래?"

"응."

그들은 더이상 아무 말도 하지 않았다. 식사를 다 끝낸 후 그녀는 그에게 커피 한 잔 마시겠느냐고 물었다. 그는 커피에 맥주를 섞어 마셔도 되느냐고 물었고, 그녀는 마음대로 하라고 대답했다. 그녀는 거실에서 커피를 마셨고, 그는 식탁에 앉아서 맥주와 커피를 섞어서 홀짝홀짝 마셨다.

"여보, 난 지금 일하러 가야 해."

"알아."

"당신도 나갈 거지?"

"뭐?"

그녀는 방으로 들어가 두꺼운 코트를 입고, 털모자를 눌러쓴 후, 장갑을 꼈다. 그녀는 거울에 비친 자신을 오랫동안 바라보았다. 그가 비틀거리며 다가와서 뒤에서 그녀를 껴안았다. 본능적으로 고개를 숙인 그녀는, 지독한 술냄새가 섞인 뜨겁고 축축한 그의 숨결을 느꼈다. "한번 할까?" 그가 속삭였다. 그녀는 두꺼운 코트와 장갑과 자신의 머리통보다 작은 털모자의 압박감을 느낄 수 있었다. 그녀는 천천히 심호흡을 했다. "당신, 완전 맛 갔어." 그렇게 말한 후 그녀는 고개를 들었다. 그녀의 앞에는 쪼그라든 자기 자신과 그런 자신을 껴안고 있는 그가 있었다.

Lindy Hop

그들에게 린디합을

스윙댄스의 가장 대표적인 장르인 '린디합(Lindy hop)'의 명칭이 어디서 유래했는지 아는 사람은 그리 많지 않다. 대부분의 사람들이 'hop'이라는 용어 때문에 들썩거리는 움직임에서 유래했다고 생각하지만, 사실 이 명칭은 '들썩거림'과는 전혀 상관이 없다. '린디합'이라는 명칭이 처음으로 생긴 것은 1927년 5월의 일이다. 당시 뉴욕 타임스의 기자였던 조 멜런은 무도회장에서 스윙재즈에 맞추어 춤을 추는 커플을 보았고, 그 춤에 완전히 빠져버렸다. 잠시 후, 조 멜런은 춤을 췄던 남자에게 다가가서 당신들이 춘 춤이 무엇이냐고 물었다. 그 질문을 받은 이가 바로 천재 댄서로 이름을 날리던 쇼티 조지(Shorty George, 본명은 조지 스노든, 키가 작디는 의미에서 붙여진 별명)이다. 모두 알다시피, 그는 훗날 프랭키 매닝과 더불어 린디합의 선구자로 불리게 된다. 하지만 그때 쇼티 조지가 그 춤은 이름도 없는 길거리 춤에 불과하다고 솔직하게 말하지 않은 것은, 그 춤에 특별한 애정이 있었기 때문은 아니었다. 그저 천재 댄서라는 자신의 이미지에 먹칠을 할 거라는 생각 때문이었다. 그때, 마침 옆 의자에 놓여 있던 신문이 쇼티 조지의 눈에 들어왔다. 그날은 린드버그가 대서양을 최초로 횡단한 날이었다. 1면에는 이런 헤드라인이 있었다. 'Lindy Hops The Atlantic(린디가 대서양을 넘어갔다)' 쇼티 조지는 그 헤드라인의 가장 앞 두 단어를 말했다. '린디합'. 조 멜런은 '린디합'을 더 감상한 후, 집으로 돌아가 기사를 썼다. 헤드라인은 이것이었다. '린디합이 뉴욕의 플로어를 장악하다!' 린디합은 그런 식으로 등장했다.
— 찰스 맨디 주니어, 『스윙에 대한 열네 가지 이야기』 중에서

스윙댄스는 흔히 '잃어버린 세대'라고 불렸던, 바로 그 시대 젊은이들의 춤입니다. 당시 기성세대는 이 춤을 경멸했죠. 직업을 가질 생각도 없고, 참전할 생각도 없는 한심한 젊은이들이 자신의 처지를 망각하려고 추는 삼류 저질 춤이라고요.
— 엘렌 듀비치와의 인터뷰, 〈댄스, 댄스, 댄스〉 중에서

1

나는 항상 그들이 행복하기를 바란다. 더불어, 다시 한번 길광용 감독님의 명복을 빈다.

2

〈댄스, 댄스, 댄스〉라는 제목의 다큐멘터리를 만들겠다고 결심했을 당시, 길광용 감독은 서른일곱 살이었고, 관객 수가 오백만을 넘은 메가 히트작만 이미 세 편을 만들었던 스타 감독이었다. 어느 날 그는 "이 세상의 모든 춤을 아우르는 작품"을 만들고 싶다는 생각에 사로잡혔고, 삼 년이 넘는 시간 동안 혼자 카메라를 들고 남미와 유럽, 북미와 오세아니아를 왔다갔다했다. 그동안 길감독에게 어떤 일이 있었는지 구체적으로 알려진 것은 없다. 다만 건강이 아주 나빠졌으며, 거의 모든 재산을 탕진했다는 소문이 돌았다. 길감독의 성격이 말할 수 없을 정도로 괴팍해졌다는 이야기도 돌았다. 길감독이 귀국했을 당시, 그를 만났던 PD는 이렇게 말했다. "삼 년이라는 시간이, 이 세상의 모든 춤에 대해 알기에는 부족할지 모르겠지만, 한 인간이 미치기에는 충분한 시간 아닙니까?" 하지만 그때 길감독이 겪었던 일 중 사람들 입에 가장 오르내릴 만한 것이 있었다면, 그건 아내와의 이혼이었다. 놀랍게도 이 일은 그 당시 누구에게도 알려지지 않았고, 몇 년 동안 비밀에 붙여졌다. 이 소식이 알려졌을 때, 많은 사람들은 어떻게 오랫동안 이 일이 알려지지 않을 수 있었는지 궁금해했다.

길감독이 〈댄스, 댄스, 댄스〉를 완성하기까지 걸린 시간은 오 년이다. 이 작품은 오랜만에 발표하는 길감독의 신작이라는 기대에 휩입어, 다큐멘터리로는 이례적으로 서울에서만 일곱 개의 개봉관을 잡았다. 하지만 결과는 재앙에 가까웠다. 당시 가장 잘나가던 영화잡지인 『현재의 영화』는 '악마와 내기라도 했나? 무모한 선택을 한 길감독'이라는 (다소 유치한) 제목의 평론을 싣기도 했다. 그 글에서 그나마 악의가 느껴지지 않는 문장은 이것이다. "백오십 분짜리 이 가공할 만한 다큐를 보고 있노라면, 도대체 뭐가 뭔지 알 수가 없어진다. 하와이의 훌라춤과 아르헨티나의 탱고가 아무런 논리도 없이 교차편집된 장면을 보고 있노라면 '영화란 무엇인가?'라는 근본적인 질문을 할 수밖에 없게 된다." 또다른 유력 영화잡지 『무비스』에서 한 평론가는 이렇게 말하기도 했다. "이 영화는 병적인 집착의 결정체다. 이 춤에서 저 춤으로 아무런 설명이나 예고도 없이 왔다갔다하고, 여러 종류의 음악이 오버랩된다. 셀 수 없이 많은 장소와 셀 수 없이 많은 사람들이 등장하지만, 정작 이 영화가 말하고자 하는 바는 무엇인지 알 길이 없다. 춤의 역사도, 댄서들의 열정도, 육체의 아름다움도 보여주지 않으려고 기를 쓰는 이상한 영화." 익명을 요구한 한 평론가는 빈정거림이 다분한 평을 내놓기도 했다. "새로운 영역의 '예술'영화. 다큐도 아니고, 극영화도 아닌 이 이상한 '필름'을 이해하려면 적어도 백년은 지나야 할 것. 백 년 후에도 사람들이 여전히 이 영화를 이해하지 못한다면? 그럼 할 수 없는 거고!" 이것은 어떤 면에서는 완전히 틀린 지적이었지만, 또 어떤 면에서는 완전히 옳은 지적이기도 했다. 우리 모두가 잘 알고 있듯이 이 익명의 평론가가 했던 예언(!)은 들어맞았다. 〈댄스, 댄스, 댄스〉는 미국의 영화평론가이자, 길감독의 친구이기도 했던 로버트 파슨스에 의해 재조명되었고 미국에서 시작된 이러한 평가는 유럽을 거쳐 한국으로 돌아왔다. 올해 『현재의 영화』 신년 특대호의 주제는 "영화의 새로운 역사, 〈댄스, 댄스 댄스〉"였다. 물론, 이 영화가 재조명되기까지 백 년이나 걸리지는 않았다. 그러기까지 걸린 시간은 '고작' 육 년 정도였다. 영화가 개봉한 지 육 년 후의 일이고, 길광용 감독이 자살한 지 사 년 후의 일이다.

재작년 10월, 미국에서 최초로 길감독의 회고전이 열린 이후로 〈댄스, 댄스, 댄스〉 이외의 다른 작품들도 덩달아 비평적인 측면에서 관심의 대상이 되고 있다. 특히 올해 칸영화제에서도 길감독의 회고전이 열릴 예정이라는 정보가 흘러나오면서, 길감독에 대한 관심은 정점을 이루었다. 심지어는 그의 생애를 영화로 제작하겠다는 이야기도 나오고 있다. 이러한 분위기를 타고 작년부터 쏟아져나오기 시작한 이 영화에 대한 분석과 평가 속에는 귀를 기울일 만한 요소들이 분명히 있었다. 하지만 이상하게도 거의 모든 평자들은 〈그들에게 린디합을〉에 대해서는 완전히 무관심했다. 결론부터 말하자면 이러한 무관심이 부당했음은 물론이다. 표면적으로 봤을 때, 이 영화와 〈댄스, 댄스, 댄스〉의 공통점이라고는 단지 춤에 대한 영화라는 사실밖에 없는 것처럼 보인다. 물론 영화에 관심이 좀 있는 사람이라면 이 영화가 길광용 감독에게 바치는 헌사와도 같은 작품이라는 사실을 알고 있었을지도 모르겠다. 실제로 영화의 마지막에는 이런 자막이 뜬다. "이 작품을 고 길광용 감독님에게 바칩니다." 오 년 전 〈그들에게 린디합을〉이 개봉했을 당시, 영화의 공동 연출자 중 한 사람이었던 문정우씨는 이 영화가 〈댄스, 댄스, 댄스〉의 영향을 받았다는 사실을 숨기지 않았다(그는 길감독의 〈댄스, 댄스, 댄스〉의 조감독 출신이다). 오히려 터놓고 말하는 쪽이었다. "이 영화는 〈댄스, 댄스, 댄스〉의 대사 중 일부분에서 영감을 얻어서 만들어졌습니다." 문정우씨가 영향을 받았다고 말한 내레

이션은 영화에서 그대로, 다시 인용된다.

"스윙댄스는 아주 오랜 역사를 가진 춤은 아니다. 하지만 그것이 바로 이 춤의 매력이다. 어느 날 갑자기 등장했고, 그리고 어느 날 갑자기 사라졌다. 그리고 아무런 예고도 없이 다시 나타났다."

그러나 동시에 문정우씨는 자신의 영화가 〈댄스, 댄스, 댄스〉와 그 이상으로 얽히는 것은 원하지 않았다. 비록 영화의 개봉 시기가 이미 고인이 된 길감독의 이혼 소식이 뒤늦게 신문에 대서특필되던 시기와 완벽하게 일치했다 하더라도 말이다(게다가 길감독의 이혼은 그가 조감독이었던 〈댄스, 댄스, 댄스〉를 찍던 중에 이뤄졌다. 이 기사가 〈그들에게 런디합을〉의 초반 홍보에 결과적으로 좋은 영향을 끼쳤음은 부인하기 어려울 것이다). "하지만 실질적으로 〈댄스, 댄스, 댄스〉와 제 영화는 아무런 관련이 없다는 사실을 분명히 하고 싶군요." 특히 그는 이런 말도 했다. "제가 〈댄스, 댄스, 댄스〉의 조감독으로 알려져 있긴 하지만, 실제로 영화를 만드는 데 참여한 것은 아닙니다. 사실 그 영화는 길감독님의 일인 작품에 가깝죠." 따지고 보면, 문정우씨의 말은 거의가 다 사실이다. 이것을 설명하려면 길감독이 입국했을 당시로 되돌아가야 한다. 한국에 들어왔을 때 길감독은 사실상 〈댄스, 댄스, 댄스〉를 만들 의지가 사라진 상태였다. 길감독을 방문했던 석준 감독은 그 당시를 이렇게 회상한다. "글쎄요. 어떤 사람들은 길감독이 미쳐서 돌아왔다고 하지만, 내가 보기에는 정상이었어요. 다만 〈댄스, 댄스, 댄스〉에 대해서는 전혀 언급하지 않더군요. 제가 그 영화에 대해 질문하면 곧바로 다른 이야기를 하려고 했어요. 하지만 그는 다정다감하게 내 이야기를 들었고, 자신의 이야기를 했어요." 석준 감독의 이러한 언급에 과장이 약간은 섞여 있겠지만, 그래도 대부분은 사실일 것이다. 한국으로 들어온 후 길감독은 사람들을 만나면 예의 바르게 굴려고 애썼다.

이것은 그리 알려지지 않은 사실이지만, 사실 길감독은 〈댄스, 댄스, 댄스〉뿐 아니라, 영화에 대한 모든 애착을 잃어버린 듯이 행동했다. 그는 삼 년 동안 찍어온 필름을 어딘가에 숨겨두었고, 아무에게도 공개하지 않으려고 했다. 심지어는 제작자에게까지 그랬다. 제작자 S씨(그녀는 자신의 실명이 이 글에 실리는 것을 원하지 않았다)는 그 당시를 떠올리는 것만으로도 그때 느꼈던 당혹스러움이 되살아나는 듯 고개를 절레절레 흔들었다. "나는 그를 압박할 수밖에 없었죠. 하지만 그는 고집불통이었고, 나중에는 내 전화를 받으려고 하지도 않았답니다. 어쩔 도리가 없었죠. 소송을 걸까, 생각하기도 했어요." 하지만 그 말은 거짓말이다. 영화가 만들어지지 않았다 하더라도 소송에 들어가는 일 따위는 없었을 것이다. 그녀는 이야기를 이어갔다. "어느 날 갑자기 길감독에게 전화가 왔어요. 〈댄스, 댄스, 댄스〉의 마무리 작업을 원한다고 하더군요. 그러면서 자신의 일을 도와줄 만한 사람이 필요하다고 말했어요. 영화 관련 종사자가 아니어야 한다고 했고, 입이 무거운 사람이어야 한다고 했어요." S씨가 길감독에게 소개시켜준 사람이 바로 문정우씨였다. 문정우씨는 당시 S씨의 제작사에서 근무하던 사내 변호사 중 한 명이었다. 어째서 S씨는 하필이면 그를 길감독에게 소개시켜주었던 걸까? 어쨌든, 길감독이 나머지 작업을 했던 일 년여 동안, 문정우씨는 자질구레한 자료 수집과 막바지 작업을 도왔다. 건강이 나빠서 장시간 비행이 무리였던 길감독 대신 삼 개월 정도 외국에 나가 있기도 했다. 문정우씨는 〈댄스, 댄스, 댄스〉를 만들 당시 사람들에게 자주 "그분은 감독으로서 정말 훌륭한 분이다"라고 말했다(이 얼마나 의미심장한 말인지!). 문정우씨는 〈댄스, 댄스, 댄스〉가 개봉한 직후 한국을 떠났다. 그리고, 삼 년 후 한국으로 돌아와 〈그들에게 린디합을〉을 발표했다.

대부분의 평자들은 위에서 언급한 사실 이외에 〈댄스, 댄스, 댄스〉와 〈그들에게 린디합을〉이 가지고 있는 공통점을 찾지 못했다. 아니, 찾을 생각도 하지 못했다는 것이 더 정확한 표현이리라. 두 영화의 공통점에 대해 처음으로 언급한 사람은 성일정 평론가였다. 그는 무척 날카롭고 정확한 안목을 가진 비평가로 평가받아왔지만, 어쩐지 두 영화의 공통점을 주장하는 글에서는 혼란스러움과 어지러움이 느껴진다.

성일정씨는 『보편적인 영화』 재작년 겨울호에 길광용 감독의 작품 세계를 다룬 「서사의 가장 마지막 기원」이라는 글을 발표했다(『보편적인 영화』는 작년 여름호를 마지막으로 폐간됐다. 몇 안 되는 좋은 영화잡지 중 하나였는데, 안타까운 마음을 전한다). 그는 이렇게 썼다. "〈그들에게 린디합을〉을 보고 있으면, 이상하리만치 길광용 감독의 영화에서 받았던 느낌을 그대로 받게 된다. 영화의 기술적인 측면이나 사용하는 기법은(〈댄스, 댄스, 댄스〉에 일관적인 기법이라는 게 존재한다면 말이다) 비슷한 구석이 거의 없지만, 나는 이 영화의 세계관이 길광용 감독이 〈댄스, 댄스, 댄스〉에서 보여주었던 그것과 완벽하게 일치한다는 생각을 떨칠 수 없다." 놀랍게도 성일정씨는 이 주장에서 한발 더 나아갔다. "혹시 이 작품이 길광용 감독의 유작은 아닐까?" 그 당시 많은 평자들이 지적했듯이 성일정씨의 이런 주장은 '어처구니없게 느껴지'는 것이었다. 성일정씨는 이렇게도 말했다. "〈댄스, 댄스, 댄스〉에서 스윙댄스를 다룬 부분을 보라. 다른 춤에 비해 턱없이 적은 분량이다." 그건 사실이다. 하지만 그것이 무슨 의미가 있단 말인가? "만약에, 〈그들에게 린디합을〉의 공동연출로 이름이 올라가 있는 (알려지지 않은) 다른 한 명이 길광용 감독이라면? 그가 전혀 새로운 방식으로 〈댄스, 댄스, 댄스〉의 주석을 단 것이라면?"

그렇다면 성일정씨가 이 글에서 말한 다른 한 명의 알려지지 않은 감독은 누구였을까? 〈그들에게 린디합을〉의 엔딩크레디트에 '문정우'와 함께 올라와 있는 다른 감독의 이름은 '임안나'이다. 하지만 그 당시 임안나에 대해서 알려진 것은 하나도 없었다. 문정우씨는 '임안나'에 대한 질문을 받을 때면 늘 노코멘트로 일관했다. 다만, 딱 한 번 "임안나씨 때문에 〈그들에게 린디합을〉이라는 영화가 탄생할 수 있었다"라는 요지의 말을 한 적이 있긴 하다. 그렇다면 성일정씨의 주장대로 '임안나'는 길감독의 가명일까? 이걸 사실이라고 가정한다면 이 영화를 둘러싼 일련의 상황들이 좀 우스꽝스럽게 느껴지기 시작한다. 길감독은 왜 자신의 이름을 숨겨야만 했을까? 그것도 임안나라는 지극히 여성스러운 이름으로? 굳이 자신이 죽고 나서 이 영화를 개봉하게 할 필요가 있었을까? 이러한 궁금증에 대한 해답의 실마리를 안겨줄 길감독의 인터뷰가 하나 있다. 길감독은 자신의 여섯번째 작품이자, 칠백이십삼만의 관객 스코어를 기록한 영화인 〈문리버〉에 관한 인터뷰에서 이렇게 말했다.

춤에 대한 영화를 한번 만들어보고 싶어요. 이런 생각을 하게 된 건 아내 때문이었죠. 아내는 장 자크 밀레노 감독의 〈부유한 여인들〉이라는 영화를 무척 좋아하는데, 그 영화에 춤을 추는 여자가 한 명 나옵니다. 춤을 추는 장면을, 아내는 하루에도 몇 번씩 돌려보곤 했어요. 아내는 그 춤의 이름이 린디합이라는 것을 알려주었고, 자신도 그런 기품 있는 댄스영화에 출연하고 싶다고 말했죠.

재미있는 사실은 〈부유한 여인들〉이 댄스영화가 아니라는 점이다. 게다가 〈부유한 여인들〉에 춤추는 장면은 딱 한 번 나온다. 프랑스 전역을 떠들썩하게 했던 시체유기사건을 영화화한 이 작품에서, 프랑스계 미국배우 로리 모디아노는 브라스밴드의 연주에 맞추어 배우이자 스윙댄서였던 프랭키 매닝과 린디합을 춘다. 하지만 이 영화는 장 자크 밀레노 감독의 작품 중에서도 범작으로 평가받고, 이 장면 역시 그리 널리 알려진 것도 아니다. 그리고 솔직히 말하자면 춤을 추는 로리 모디아노와 프랭키 매닝의 모습은 우아하지도 않다. 하지만 길감독의 아내는 바로 그 춤에 빠졌고, 그 영화를 '기품 있는 댄스영화'라고 불렀다. 길감독의 이야기를 더 들어보자.

아내는 저와 결혼하고 나서 거의 모든 작품활동을 그만두었는데, 그게 항상 미안했습니다. 그녀는 결혼 후 집에서 제 뒷바라지만 했죠. 그녀가 없었다면 지금 이 자리까지 오기 정말 힘들었을 것 같습니다. 그런 의미에서 제 영화들은 **그녀의 영화**이기도 하죠. 그래서 가능하다면 그녀를 위해 **린디합**에 관한 영화를 만들고 싶어요.

사실 이 인터뷰에서 가장 주목할 만한 점은 길감독이 결혼 후 처음이자 마지막으로 아내에 대해 구체적으로 언급했다는 사실이다. 이날 길감독을 인터뷰한 소설가 손보미씨는 길감독이 아내의 이야기를 갑자기 꺼내서 놀랐다고 말하며 이렇게 너스레를 떨었다. "더이상 허지민씨의 근황이나 소식을 알려주지는 않았지만, 길감독이 직접 아내 이야기를 꺼냈다는 건 의외였죠. 내가 이토록 인터뷰를 잘하는 사람이었나, 하는 생각까지 들었다니깐요." 잘 알려졌다시피 길감독과 그의 아내인 허지민은 길감독의 데뷔작인 〈달콤한 잠〉에서 처음 만났다(〈달콤한 잠〉 역시 최근 들어 길감독의 역작으로 평가받고 있다). 허지민은 열여섯 살의 어린 소녀에 불과했고, 길감독 역시 스물여덟 살의 초짜 감독이었다.

〈달콤한 잠〉은 흥행에 성공한 영화는 아니다. 하지만 길감독은 이 영화를 통해 감독으로서 입지를 굳히는 데 성공했고, 허지민은 배우로서 강한 인상을 남기는 데 성공했다. 허지민은 정말이지 반짝반짝 빛나는 소녀였다. 평소에는 재잘재잘거리며 꾸밈없이 행동했지만, 큐 사인이 떨어지면 금방 배역 속으로 빨려들어갔다. 겨우 열여섯 살에 불과한 여자아이가 그토록 풍부한 표정으로 연기할 수 있다는 사실은 놀라웠다. 이 영화 덕분에 허지민은 훗날 자신을 일약 스타로 만들어준 〈할리우드 레이디〉의 주연을 맡을 수 있었다. 하지만 그들은 더이상 함께 작업하지 않았을뿐더러 길감독은 젊고 매력적인 천재 감독으로 항상 많은 여배우들에 둘러싸여 있었기 때문에, 여배우들 중 한 명일 뿐인 허지민과의 관계에 주목했던 사람은 아무도 없었다. 아마도 제작자 S씨는 그 당시 이 상황에 대해 어렴풋이나마 알고 있었던 것 같다. 나중에 S씨는 그 결혼에 대해 이렇게 말했다. "솔직하게 말하자면, 기분이 좀 상했죠. 왜냐구요? 나에게 비밀로 했기 때문이죠!"

길감독은 자신과의 결혼 때문에 허지민이 연기를 그만둔 것처럼 이야기하고 있지만 그것도 사실이 아니다. 냉정하게 말하자면, 배우로서의 허지민의 인생은 그전부터 이미 끝난 상태였다. 〈할리우드 레이디〉 이후 이렇다 할 작품활동을 하지 못했을뿐더러 매일같이 알코올과 약물 중독 문제로 언론에 계속 이름이 오르내렸다. 그중에서 윔블던에서 준우승을 했던 테니스 선수와의 스캔들은 최악이었다. 그녀는 재기 가능성이 없었고, '너무 어린 나이에 성공했기 때문에 일찍 재능을 탕진하고 타락해버린 여자'로 사람들의 입에 오르내렸다. 길감독과 허지민이 결혼을 발표했을 때, 사람들은 여러 가지 이상한 추측을 내놓았다. 결혼의 이유에 대한 온갖 황당한 소문이 나돌았고, 길감독과 허지민의 결혼식이 비공개로 치러졌던 이유에 대해서도 마찬가지였다. 그리고 또 다시 한번 냉정하게 말하자면 그러한 소문을 억측이라고 비난할 자격이 허지민에게는 없었다. 많은 사람들은 허지민이 결혼 이후 연예계로 컴백할 거라고 추측했지만, 그녀는 한 번도 공식석상에 얼굴을 내밀지 않았다. 심지어 길감독이 〈문리버〉로 각종 영화제에서 상을 휩쓸었을 때에도 마찬가지였다. 다만 길감독은 수상 소감 마지막에 항상 이렇게 덧붙였다. "나의 아내에게 감사합니다. 사랑합니다." 그럼에도 불구하고 그들의 결혼생활이 불행하다는 기사는 주기적으로 나왔다. 기사의 내용은 너무나 치졸하고 역겨웠고 또한 너무나 구체적이었다. 하지만 그 이야기들을 지금 여기서 할 필요는 없는 것 같다. 다만 우리가 확실하게 알 수 있는 사실은 길감독이 애초에 구상했던 영화는 댄스 전반이 아니라, 린디합에 대한 것이었다는 점이다. 그리고 길감독은 그 영화를 자신의 아내를 위해 만들고 싶어했다. 그렇다면 어째서 정작 〈댄스, 댄스, 댄스〉에서 스윙댄스는 그토록 성의 없게 다뤄진 것일까?

 〈그들에게 린디합을〉이 그리 성공한 영화는 아니지만, 앞서 말했듯이 그나마 〈댄스, 댄스, 댄스〉나 길감독과 엮인 덕에 조금의 관심이나마 얻을 수 있었다. 어떤 사람들은 문정우씨에 대해, 길감독의 명성을 이용하려고 한 사기꾼이라고 말하기도 했다. 하지만, 돌이켜 생각해보면 그 모든 상황에는 무언가 부자연스러운 면이 있었다. 〈그들에게 린디합을〉이 개봉됐던 시기도 그렇지만, 문정우씨가 이 영화에 대해 말할 때는 뭔가 숨기고 있다는 인상을 주었다. 하지만, 〈그들에게 린디합을〉에 대한 일반적인 인식은 길광용 감독이라는, 자살로 삶을 마감한 젊은 감독에게 바치는 헌사 그 이상 그 이하도 아니었다. 작년 여름에 윤주윤씨가 이 영화가 〈댄스, 댄스, 댄스〉를 교묘하게 베꼈다는 의혹을 제기하기 전까지는 말이다. 만약 윤주윤씨가 그러한 의혹을 제기하지 않았다면, 〈그들에게 린디합을〉은 그런 식으로 사라져버렸을 것이다.
 윤주윤씨는 평범한 회사원이었고, 작년 5월, 미국에서 두번째로 열렸던 회고전에 참석하기 위해 일부러 휴가를 내서 뉴욕에 갔을 만큼 길감독의 열성적인 팬이었다. "첫번째 회고전은 일 때문에 가지 못했습니다. 그때 어찌나 마음이 답답하던지. 저는 아주 오래전부터 감독

님의 팬이었습니다. 감독님의 작품들이 재조명을 받기 전부터, 감독
님이 살아 계실 때부터요. 역사와 전통을 자랑하는 그런 팬입니다. 하
하." 그런데, 길감독의 회고전이 열리던 뉴욕의 한 극장에서 〈댄스,
댄스, 댄스〉를 보고 난 후 윤주윤씨를 휩싼 감정은 감격이나 흥분이
아니었다. "아, 물론 그건 굉장한 경험이었습니다. 하지만 좀 이상한
생각이 들었어요. 〈댄스, 댄스, 댄스〉의 어떤 장면들을 어디선가 본
것 같다는, 뭐 그런 생각요. 하지만 그건 당연한 느낌이었죠. 왜냐하
면 전 〈댄스, 댄스, 댄스〉를 DVD로 소장하고 있었고, 그걸 몇 번이
나 봤기 때문이에요. 그렇지만, 뭐랄까, 그건 정말이지 딱히 설명할
수 없는 이상한 기분이었어요." 하지만 그는 그것에 대해 곧 잊어버
렸고, 회고전이 끝난 후에는 관광차 며칠 더 뉴욕에 머물렀다. 그런데
서울로 돌아오는 비행기 안에서 그는 다시 〈댄스, 댄스, 댄스〉에 대한
생각에 사로잡혔고, 집에 도착하자마자 〈댄스, 댄스, 댄스〉의 DVD를
보기 시작했다. 그가 〈그들에게 린디합을〉을 봐야겠다고 생각한 것은
깨어 있은 지 마흔아홉 시간이나 지난 후였다. "왜, 난데없이 그런 생
각이 들었는지 모르겠어요. 전 개인적으로 〈그들에게 린디합을〉이 좋
은 작품이라고 생각해요. 감독님께 바치는 영화로 손색이 없다고, 감
독님께 바칠 영화로 그 이상 적절한 것도 없을 거라고 생각했어요. 그
런데, 그 영화를 보다 문득 깨달았어요."

성일정씨는 〈댄스, 댄스, 댄스〉와 〈그들에게 린디합을〉은 이를테면
같은 세계관을 공유한 영화라고 말했다. 어쩌면 그 말은 사실인지도
모른다. 하지만 윤주윤씨가 발견한 것은 그보다 훨씬 더 현실적이고
물리적인 것이었다. "〈댄스, 댄스, 댄스〉는 백오십 분짜리 영화죠. 백

오십 분 중 스윙댄스에 대한 부분은 단 십 분에 불과합니다. 그런데 스윙댄스를 다룬 부분을 보면 뭐랄까 성의가 없다고 할까, 영화 속에서 따로 논다고 해야 하나, 사실 이 영화는 여러 종류의 댄스가 뒤섞여서 처음부터 끝까지 순서도 없이 튀어나왔다가 사라졌다 하잖아요? 그런데 스윙댄스는 딱 한 번, 그 부분에서만 나오고 더이상 나오지 않아요. 이상하죠. 정말 이상합니다." '역사와 전통을 자랑하는 팬'인 윤주윤씨의 날카로운 지적처럼, 분명히 이 영화에서 스윙댄스를 다루는 부분은 좀 어색하다(물론 앞서 말했듯이, 성일정씨도 이 점을 지적한 바 있다). 〈댄스, 댄스, 댄스〉의 스윙댄스 부분과 〈그들에게 린디합을〉을 번갈아 보면서 윤주윤씨는 순간적으로 깨달았다. "〈댄스, 댄스, 댄스〉에서는 매년 미국 알링턴에서 열리는 스윙댄스 대회를 보여줍니다(더 정확하게는 린디합 대회이다. 정식명칭은 ILHC이며, International Lindy Hop Championship의 약자이다). 대회에 나온 댄서들의 모습을 그냥 아무 기교 없이 보여줄 뿐이죠. 그 외에는 엘렌 듀비치 여사와의 짧은 인터뷰 장면이 있고, 블루스 음악을 연주하는 흑인밴드를 보여주는 장면(성일정씨는 이 부분이 빔 벤더스 감독의 〈더 블루스 : 소울 오브 맨〉에 대한 오마주라고 말하기도 한다), 마지막 스윙바 장면이 전부입니다. ILHC와 블루스밴드를 빼면 나머지는 아주 짧게 스치듯이 보여줄 뿐이고요. 그런데, 놀랍게도 〈댄스, 댄스, 댄스〉에 나왔던 댄서들이 〈그들에게 린디합을〉에 그대로 나옵니다. 그들은 인비테이셔널 잭앤질(Invitational Jack and Jill : 임의로 짝지어진 커플이 순서대로 나와서 정해진 안무 없이 즉흥적으로 춤을 추는 것)에서 일등을 한 커플입니다." 하지만, 그건 어쩌면 당연한 일이 아닐까? 린디합에 대한 다큐를 찍는다면, 린디합 최고 댄서가 등장해야 하는 것이 아닌가? 윤주윤씨는 이렇게 말한다. "아닙니다. 이건 그렇게 단순한 문제가 아닙니다. 왜냐하면 〈그들에게 린디합을〉에 나오는 샤론 데이비스와 후안 비야파네는 〈댄스, 댄스, 댄스〉에서 잭앤질을 할 때와 똑같은 옷을 입고 있거든요. 게다가 그 배경을 자세히 보면 〈댄스, 댄스, 댄스〉와 똑같습니다. 얼핏 다르게 보이지만, 세세한 부분을 살펴보면 알 수 있습니다. 게다가 그들의 얼굴은 마치 방금 운동을 끝낸 사람들처럼 땀으로 번들번들거립니다. 도대체 이런 걸 뭘로 설명할 수 있을까요?" 그뿐 아니다. 〈댄스, 댄스, 댄스〉에서 엘렌 듀비치 여사가 인터뷰를 했던 공원도, 그리고 사람들이 모여 춤을 추던 스윙바도 〈그들에게 린디합을〉에 다시 나온다. 다만, 〈그들에게 린디합을〉에 다시 나온 공원은 해가 질 무렵이고, 스윙바는 텅텅 비어 있다는 차이점이 있을 뿐. 윤주윤씨는 이렇게 덧붙였다. "이건 단순한 우연이 아닙니다."

이 사실이 알려지자, 뒤늦게 많은 영화평론가들이 이 두 영화를 비교하는 데 열을 올렸다. "그전에는 〈댄스, 댄스, 댄스〉나 〈그들에게 린디합을〉에 관심이 전혀 없던 사람들까지도 이 둘에 대해 이야기하고 싶어 난리를 쳤죠." 영화평론가협회의 회장인 심성주씨의 말이다. "이런 사실이 영화계에 있는 사람이 아니라, 평범한 직장인에 의해 밝혀졌다는 것도 좀 자존심 상하는 일이기도 했고요." 그렇다면 성일정씨는 어땠을까? 성일정씨의 반응은 좀 의외이다. "그게 그렇게 중요한 일이라고 생각되지 않는군요." 대부분의 관계자들은 결국 〈그들에게 린디합을〉에서 쓰인 필름의 일부가 〈댄스, 댄스, 댄스〉에서 훔친 것이라는 결론을 내기까지 이르렀다. 하지만 그걸 확인할 방법이 없었다. 심성주씨는 자신의 소견을 이렇게 밝혔다. "하지만, 적어도 우리는 그의 작품을 보호할 필요가 있다고 느꼈습니다. 필름을 도난당한 것이 사실이라면 처벌까지는 아니더라도 조치가 필요할 것으로 생각되었습니다. 나쁜 선례를 남길 수는 없었으니까요." 당시 길감독 영화에 관련된 모든 권리는 그의 제작자이자 동료였던 S씨가 가지고 있다고 알려져 있었다. "아닙니다. 그건 사실이 아니에요. 저는 그의 오랜 친구로서 실무적인 일을 도왔을 뿐입니다. 적어도 돈에 대한 권리를 저는 가지고 있지 않습니다." 그렇다면 누구에게? "그건, 길감독의 전 부인이 가지고 있습니다."

이 무렵, 길감독의 전 부인인, 허지민은 서울에 없었다. "제가 알기로 지민이는 길감독과 이혼한 직후 한국을 떠났어요." S씨의 말이다. "이혼한다고 했을 때 정말 놀랐습니다. 결혼한다고 이야기했을 때보다 더요." 이혼할 당시 길감독과 허지민의 관계는 어땠을까? "아무런 문제가 없었어요. 이건 정말이에요. 길감독은 지민이에 대한 루머들을 전혀 신경쓰지 않았어요. 때로는 이상하다고 느껴질 정도였죠. 결혼 후에도 그들에 대한 루머가 많았잖아요? 그들은 별로 신경쓰지 않았어요. 신경쓰지 않는 정도가 아니라, 농담거리로 주고받을 정도였다니까요. 그리고 정말로, 지민이는 길감독과 부부였을 때 가장 행복해 보였어요." 이 말은 사실일까? 어디서부터 어디까지가 사실이고, 또 어디서부터 어디까지가 쇼비즈니스에 종사하는 사람들이 흔히 떠는 허풍에 불과한 걸까? 어쨌든 S씨는 길감독의 실질적인 일들을 거의 도맡아했었고, 현재도 회고전을 비롯해서 온갖 실무에 관련된 문제들이 그녀의 손을 거치고 있는 실정이다. 그렇다면 그녀는 〈댄스, 댄스, 댄스〉와 〈그들에게 린디합을〉에서 보이는 이러한 교묘한 공통점을 전혀 몰랐을까? 그녀는 언제나처럼 거리낌없는 태도로 대답했다. "네, 몰랐어요. 아마 전 영원히 몰랐을 거예요." 이러한 상황을 외국에 있던 문정우씨에게 전해준 사람은, 역시 S씨였다. 그를 길감독에게 소개시켜준 것이 그녀였으므로 약간의 죄책감도 들었으리라. S씨는 문정우씨가 길감독의 필름을 훔쳤다고 생각했을까? "뭐…… 글쎄요." 계속 거리낌없이 대답하던 그녀가 최초로 대답을 얼버무리는 순간이었다.

한국에서 이러한 소동이 절정으로 치달을 무렵, 마침내 문정우씨는 『현재의 영화』를 비롯한 유수한 영화잡지의 편집장과 신문사 기자 몇 명에게 초대장을 보냈다. "〈댄스, 댄스, 댄스〉와 〈그들에게 린디합을〉에 대해 여러분이 가지고 있는 궁금증을 밝힐 예정입니다. '임안나'씨도 함께합니다." 일종의 간담회였다. 이 초대장을 받은 사람들은 처음에는 이것이 몹쓸 장난이라고 생각했다. "좀 우스꽝스러웠어요." H신문사의 기자인 K씨의 말이다. 하지만 D신문사의 기자인 J씨는 이렇게 말했다. "솔직히 좀 기대가 되었죠. '임안나'의 실체를 알 수 있는 최초의 자리이니까요." 그녀는 이렇게도 말했다. "아마, 초대받은 모든 사람들이 그런 생각이었을 겁니다." 간담회에 초대된 사람들 중에 영화계나 쇼비즈니스와 상관이 없는 사람은 윤주윤씨뿐이었다. "모르겠습니다. 그냥 너무 떨렸어요." 그는 여전히 그날의 긴장감이 되살아난다는 듯이 대답했다. 내가 생각하기에 누구보다도 참석해야 할 사람은 성일정씨였지만, 그는 간담회에 오지 않았다. 간담회는 문정우씨가 머물고 있다는 호텔의 펜트하우스에서 이루어졌다. 거실에는 페르시아에서 공수해온 양모로 만들어진 부드러운 카펫이 깔려 있었고, 천장에는 거대한 프랑스제 샹들리에가 반짝거렸다. 실내에는 말러 교향곡 1번이 흐르고 있었다. "그 곡이 사람들의 마음을 처연하게 만들었죠. 뭔가 극적이었어요. 마치 계획된 것처럼." 비평가 R씨는 말한다. 초대받은 열댓 명의 사람들은 서거나 앉아서 준비된 다과를 먹었지만, 편해 보이지는 않았다. R씨는 계속해서 말했다. "우리를 기죽이려고 하는 것 같았어요. 너희들이 나에게 뭔가를 원해? 그렇다면 보여줄게. 뭐 그런 느낌이요. 필요 이상으로 호화로운 곳이었고, 거기엔 분명 우리들을 약 올리려는 꿍꿍이가 숨어 있었다고 봐요." 하지만 그 모든 것을 꾸민 사람은 문정우씨가 아니었다. 사람들은 입을 모아 말한다. "그날의 하이라이트는 무엇보다도 문정우씨가 모습을 드러낸 바로 그때였죠."

하지만 나라면 좀 다르게 말하겠다. 그날의 하이라이트는 문정우씨가 모습을 드러냈을 때가 아니라, 문정우씨를 뒤따라나오던 그녀의 모습이 보이기 시작한 바로 그 순간이었다고.

그들은 미리 준비된 의자에 앉았다. 사람들은 한눈에 그녀기 누구인지 알아보았다. 연예계에서 자취를 감춘 지 십 년도 훨씬 지났지만, 그녀의 모습은 그대로였다. 매끄러운 피부, 사람을 깔보듯 내리깐 눈, 약간 비뚤어진 높은 콧대, 그리고 구불구불거리는 머리칼. 과거에 떠

돌던 추문들이 아무것도 아니라는 것을 그녀는 온몸으로 보여주려는 듯했다. "어리둥절했죠. 우리는 당연히 문정우씨 뒤에 나오는 사람이 누구일까 촉각을 곤두세우고 있었으니까요." 누군가는 이렇게 말했다. "솔직히 임안나라는 이름이 누군가의 가명일 거라고는 추측했지만, 그게 바로 그녀일 거라고는 누구도 상상하지 못했지요. 정말 충격적이었어요." 한편, 윤주윤씨는 여전히 긴장한 듯한 어투로 말한다. "그녀는 정말 아름다웠어요." 약간 시니컬한 반응도 있었다. 『무비스』의 기자인 K씨는 이렇게 말했다. "솔직히 같은 방에서 나왔다는 건, 그들이 함께 생활한다는 의미 아닙니까? 자신의 전남편 작품이 논란에 휩싸인 마당에 필름 절도 의혹을 받고 있는 문정우씨와 함께 생활한다는 걸 그렇게 노골적으로 알리다니, 허지민스럽다고 해야 할까요." 문정우씨를 뒤따라나온 허지민은 별로 긴장하거나 흥분한 기색도 없이 어깨가 드러난 와인색 실크원피스를 손으로 매만졌고, 클러치백에서 거울을 꺼내 자신을 비춰보았다. 그리고 약간 비꼬는 듯한 말투로 느릿느릿하게 말했다. "이제부터 사진을 찍으셔도 좋아요." 하지만 아무도 사진을 찍을 생각은 하지 못했고, 그저 그녀를 바라보기만 했다. 문정우씨가 말했다. "눈치채셨겠지만, 〈그들에게 린디합을〉의 공동 연출자인 임안나는 바로 허지민씨입니다. 질문을 하셔도 좋습니다." 하지만 그 순간 거기 있는 사람들 중 어느 누구도 질문할 생각 같은 건 하지 못했다. 누군가는 말한다. "그때 우리는 허지민에게 완전히 압도되었던 것 같아요." 간담회의 상황을 묘사한 『무비스』의 논평 일부를 한번 보자.

그 모임의 어떤 부분은 굉장히 익살스러웠고, 또 어떤 부분은 굉장히 잔혹했다. 그들은 기자들의 기를 죽이고 싶어했고, 또 어떤 의미에서는 그것을 그들만의 장난이라고 여기는 것 같았다. 그곳에 있던 기자들 중에 도대체 누가 허지민과 문정우가 딱 붙어 앉아 있는 것을 보면서 고 길광용 감독을 떠올리지 않을 수 있었을까? 당황하는 우리들을 보는 것만으로도 그들은 소기의 목적을 달성했다고 생각했으리라.

『현재의 영화』는 별 코멘트 없이 간담회의 내용을 잘 정리해두었다.

간담회가 진행되는 동안 허지민은 거의 한 가지 자세로 앉아 있었다. 그건 아마 그녀가 가장 아름답게 보인다고 생각하는 자세였을 것이다. "문정우씨는 필름을 훔치지 않았어요. 그 필름은 감독님이 생전에 저에게 맡기신 거예요." 허지민은 차분한 말투로 이야기를 이어나갔다. "여러분이 상상하는 것과 다르게, 저와 감독님은 이혼 후에도 종종 왕래를 하고 지냈어요. 감독님이 돌아가시기 팔 개월 전에 마지막으로 뵀어요. 그분은 저에게 보관된 필름과 콘티를 주셨어요. 영화를 하나 만들라고 하셨죠. **제목은 〈그들에게 린디합을〉이라고 하셨어요.**" 문정우는 이렇게 덧붙였다. "전 그 당시 독일에 있었는데, 감독님의 호출을 받고 한국으로 날아왔습니다. 그분은 굉장히 절박해 보이셨습니다. 제 도움이 필요하다고 하셨어요. 그게 바로 허지민씨를 도와 〈그들에게 린디합을〉이라는 영화를 만드는 것이었습니다. 저희는 결국 함께 감독님이 원하는 작품을 만들기 위해 노력했습니다.

하지만 감독님과 이 작품에 대한 의견을 나눈 적은 없습니다. 그후로 감독님은 저희와 아예 만나려고 하시지를 않았거든요." 문정우의 말이다. 이 말을 종합해보면, 길광용 감독은 자살하기 팔 개월 전쯤 허지민과 만나 자신이 찍은 영화의 필름과 콘티 등을 주었다. 그리고 독일에 있는 문정우를 불러들여 그녀와 함께 〈그들에게 린디합을〉이라는 영화를 만들도록 했다는 것이다. 그렇지만, 길광용 감독이 그 작품에 그 이상 관여한 것은 없다는 뜻이기도 하다. 문정우는 계속 이야기를 이어나갔다. "그리고 〈그들에게 린디합을〉이 거의 완성되었을 무렵 감독님이 돌아가셨다는 이야기를 들었습니다. 그때 잠깐 이 영화를 어떻게 해야 하는지 고민에 빠졌던 것도 사실입니다. 그런데, S씨가 저희에게 유언장을 주었습니다. 거기에는 〈그들에게 린디합을〉을 개봉할 것, 그리고 엔딩크레디트에 감독 이름으로 저와 '임안나'를 올릴 것을 부탁하는 내용이 있었습니다." 간담회의 분위기는 차분해 보였지만, 기자들은 질문 몇 개를 제지당했고, 허지민과 문정우는 자신들이 말할 수 있는 것에만 대답했다. 하지만 일의 전말에 대한 궁금증이 거의 다 풀릴 만한 간담회였음은 분명하다.

3

간담회가 있은 지 얼마 후, 대학로의 한 극장에서는 길광용 감독의 회고전이 열렸다. 극장 로비에는 길감독의 영화 스틸사진을 전시해두었다. 영화의 개봉 시기와 역순으로 진열해두었는데 색다른 즐거움이 있었다. 〈댄스, 댄스, 댄스〉〈문리버〉〈우연양과 보편양〉〈나는 봤다〉

〈고양이 삼총사〉〈상상하는 사람〉, 그리고 마지막은 〈달콤한 잠〉이었다. 〈달콤한 잠〉—깜깜한 방 안, 열린 문틈으로 어디선가 빛이 새어 들어오고 거기에 허지민의 뒷모습이 보인다. 아니, 허지민이 아니라, 〈달콤한 잠〉의 주인공 안나. 〈그들에게 린디합을〉의 공동 연출자의 이름은 바로 〈달콤한 잠〉에서 허지민이 맡았던 극중 인물의 이름에서 따온 것이다. 간담회 때도 허지민은 그 사실에 대해 말했다. 하지만 왜? 길감독은 왜 그러한 가명을 그녀가 사용하도록 한 것일까? 길감독은 왜 〈댄스, 댄스, 댄스〉의 조감독으로 문정우씨를 선택했을까? 이 모든 것이 다 우연일까? 물론 윤주윤씨는 이렇게 말할 것이다. "그건 단순한 우연이 아닙니다."

성일정씨의 「서사의 가장 마지막 기원」을 다시 한번 인용하고 싶다.

"이를테면 사람이 아무도 없는 텅 빈 댄스홀을 롱테이크로 오 분이나 보여줄 때, 그리고 시간이 더 흘러 심지어 음악조차도 더이상 들리지 않게 되었을 때, 우리는 그제야 비로소 화면 속에서 무엇인가를 본다. 그건 길감독이 도저히 표현할 수 없었던 일종의, 감정의 간격이다. 그는 오 년에 걸쳐 댄스에 관한 영화를 만들었지만, 나는 그가 진짜 하고 싶었던 이야기는 댄스에 관한 것이 아니었을 거라고 확신한다. 그렇다면 그가 진짜 하고 싶었던 이야기는 무엇일까? 다시 음악이 들리기 시작하고, 남녀가 댄스홀로 들어온다. 잠시 서로를 물끄러미 바라보다가 여자가 남자에게 다가가 그의 귀에 얼굴을 가까이 대고 무언가를 말한다. 다시 여자가 제자리로 돌아오고 그들이 춤을 막 시작하려는 순간, 영화는 끝난다. 여자는 남자에게 무슨 말을 했을까? 내가 생각하기에 바로 그것이, 그러니까 바로 이 십 분 남짓한 부분이

이 영화의 두 시간이 넘는 러닝타임 중에서 길감독이 말하고자 했던 진짜 이야기다. 좀더 적나라하게 말한다면 이 영화의 전체 러닝타임 백오십 분 중 백사십 분은 단지 마지막 십 분을(그리고 어쩌면 〈그들에게 린디합을〉을) 맞이하기 위한 준비단계에 지나지 않았던 셈이다."

간담회가 끝난 후, 허지민과 문정우씨는 다시 독일로 돌아갔다. "이제 속이 시원하네요." S씨가 말했다. 하지만 정말 그럴까? 그 모든 궁금증이 다 풀린 것일까? 그들이 진짜 우리에게 하고 싶었던 이야기는 무엇이었을까? 나는 여러분들에게 묻고 싶다. 여러분들은 〈댄스, 댄스, 댄스〉의 마지막 장면에 나오는 두 남녀가 누구라고 생각하는가? 윤주윤씨는 이 질문에 이렇게 대답했다. "그전에는 전혀 몰랐고 별로 신경을 쓰지도 않았지만, 그날 간담회에서 그들을 본 후 확실하게 알았습니다." 물론 그들은 자신들이 〈그들에게 린디합을〉을 찍을 때 처음 만났다고 했다. 하지만 난 그게 거짓말이라고 생각한다. 거짓말? 아니다. 그렇게 단순하지는 않을 것이다. 나는 그들이, 〈댄스, 댄스, 댄스〉의 엔딩에 등장하는 남녀가 자신들임을 알려주고 싶어했다고 생각한다. 물론 그런 말은 한마디도 하지 않았지만 말이다. 그들은 분명히 우리들에게 그 사실을 알려주고 싶어했다고, 나는 그렇게 느낀다. 그들은 이전부터 아는 사이였고, 또 어쩌면 아는 사이 이상이었다고, 우리가 알지 못하는 이야기가 숨어 있다고. 하지만 S씨는 딱 잘라 말한다. "아니에요. 절대 아니에요." 그리고 홀가분한 표정으로 말을 이었다. "자, 이제 우리들은 길감독님의 작품을 마음껏 회고하면 되는 거군요."

나는 여러분들이 〈댄스, 댄스, 댄스〉를 다시 봤으면 좋겠다. 지금 회고전이 열리는 극장으로 찾아가도 좋고, 아니면 집에서 봐도 좋다. 아니, 집에서 보는 편이 더 좋을지도 모른다. 그렇다면 마지막 부분을 여러 번 돌려 볼 수 있을 테니까 말이다. 그렇게 그 영화를 보고 있노라면, 그러면, 여러분들은 성일정씨처럼 〈댄스, 댄스, 댄스〉의 마지막 장면에서 무언가, 언어로는 도저히 설명할 수 없는 어떤 것을 '볼' 수 있게 될지도 모른다. 그리고 어쩌면 그들이 나누는 마지막 이야기를, (성일정씨의 이야기를 빌리자면) 길감독이 진짜 하고 싶어했던 이야기를 '들을' 수 있을지도 모른다.

"그들에게 린디합을."

Lindy Hop

여자들의 세상

그들은 결혼한 지 오 년 정도 된 부부로 번화가와 비교적 가까운 거리에 있는 아파트에 살고 있었다. 그는 국제금융로에 있는 외국계 금융회사에 팔 년째 근무중이었고 주위 사람들로부터 성실하며 책임감 강한 남자라는 평가를 받았다. 그의 아내는 그보다 네 살 어렸고 음대에서 바이올린을 전공했다. 결혼 전 작은 콘서트홀에서 연주회도 한 번 했고, 시청이나 구청에서 여는 행사에 초대된 적도 여러 번 있었지만, 그는 아내가 연주자로 성공할 거라고 생각해본 적이 없었다. 그녀는 자신이 결혼하지 않았다면 유명 교향악단에 들어갔을지도 모른다고 가끔 말했는데, 그런 아내의 투정을 들을 때마다 그는 진심으로 즐거워했다. 그가 아내를 처음 본 것은 유명 백화점의 창립 십 주년 행사에서였다. 그녀는 어깨가 드러난 푸른색 드레스를 입고 바이올린을 연주하고 있었다. 그는 자주 사람들에게 그때 그녀가 얼마나 아름다웠는지를 이야기하고 싶어했고, 공통점이라고는 전혀 없는 두 사람을 고귀한 사랑으로 이끈 신에 대해 이야기하는 것을 즐겼다. 불경스럽다는 것을 알고 있었지만, 이때만은 구약의 구절을 인용하는 것도 좋아했다. "사랑은 시온 산이 요동치 아니하고 영원히 있음 같도다."*
그들은 만난 지 팔 개월 후 엄숙하고 우아한 결혼식을 올리고 로마로 신혼여행을 떠났다. 거기서 처음으로 사랑을 나눈 그들은 신성한 사랑의 결실로 뱃속의 아이를 얻었다. 그녀는 태교를 위해 가끔 바이올린을 잡을 때를 제외하면 바이올린 연주를 거의 하지 않았는데, 다섯 달 후 그마저도 완전히 그만두게 되었다. 유산을 했기 때문이었다. 슬픔에 잠기긴 했지만 그래도 그들은 그 일을 아주 잘 견뎠다. 그는 종종 이렇게 말했다. "우린 아직 젊고 내 아내는 아주 건강해. 임신은 언제라도 다시 할 수 있다고." 그의 이러한 낙천성이 지금까지—이제 그를 젊다고 말할 수 있을까?—지속되는 것은 충분히 존경할 만한 일이다. 그의 낙천성이 유지되는 이유 중 하나는 그의 아내가 지난 몇 년 동안 변함없이 사랑스럽고 성실한 안주인의 역할을 수행하고 있다는 점이었으리라.

그들은 임신하기 위한 노력에도 소홀하지 않았다. 배란일을 계산했고, 쓴 약을 먹었고, 정기적으로 병원에 들렀다. 지난해 여름에는 베니스와 로마에 일주일간 머물렀다. 베니스는 구색 맞추기에 불과했고 진짜 목적지는 로마였다. 그들은 로마로 돌아간 것이다. 베니스에 머무는 동안 그들은 아기를 가지기 위한 어떤 시도도 하지 않았다. 서로에게 그런 일을 서둔다는 인상은 주고 싶지 않았고, 모든 정력을 로마에서 쏟아야 한다고 은연중에 믿었던 것이다. 그들은 산타마리아 노벨라 역 근처에 있는 고급 식당에서 점심을 먹은 후 배를 타고 베니스

구석구석을 돌아다녔다. 무라노 섬에 들어가서 유리공예품 공장을 견학하거나 산 마르코 광장의 종루 앞에서 사진을 찍었고 저녁에는 리알토 다리 부근에 있는 상점을 구경했다. 저녁이 되면 동남아 사람들이 일하는 노천식당에서 식사를 하고 어깨를 기댄 채로 노을 지는 하늘을 구경했다. 잠들기 전에 그녀는 호텔방의 창문을 열어놓고 바이올린으로 소곡을 연주하곤 했는데, 나흘째 되는 날 아침 호텔측으로부터 오후에 호텔 카페테리아에서 바이올린을 서너 곡 연주해줄 수 있느냐는 요청을 받았다. 그들은 그날 오후에 로마로 떠날 예정이어서 그 요청을 받아들일 수 없었지만, 그 일이 그녀에게 매우 고무적이었음은 틀림없었다. 그녀는 로마행 기차의 일등석에 앉아서 자신의 바이올린 경력에 대해 진지하게 늘어놓기 시작했지만 그 이야기는 길게 가지 못했다. 그가 로마 일정에 대한 이야기를 시작했고 그들은 소리내어 함께 웃었다. 그러나 로마에서 다시 맞은 첫 밤, 그들은 기차여행의 피곤함을 이기지 못한 탓인지 곧바로 잠들어버렸다. 다음날 일어났을 때, 그는 자신이 병들었다고 생각했다. 오후에 그들 부부는 로마 시내를 돌아다니며 쇼핑을 했는데, 그날 밤 그는 밤새 고열과 기침과 통증에 시달려야만 했다. 아침에 그는 아내의 고집 때문에 뜨겁게 데운 오렌지주스와 말린 과일, 그리고 감기약과 비타민을 먹은 후다시 잠에 들었다. 오후에 잠깐 깼을 때 그는 아내가 호텔방에 없다는 것을 알았지만 매우 기진맥진한 상태였기 때문에 금방 다시 잠에 빠져들었다. 다시 깨어났을 때, 밖은 어두워져 있었고 아내가 작은 스탠드 불빛에 의지해서 로마 관광안내 책자를 읽고 있는 것이 보였다. 그는 불빛에 비친 아내를—여전히 아름답긴 하지만 결혼했을 당시와 비교하면 확실히 생기 없어 보이는 얼굴을 보았다. 그녀는 늙어가고 있는 것일까? 그가 깬 것을 알아챈 아내가 말했다. "몸은 좀 어떠세요?" 그는 괜찮다고 대답한 후 그녀에게 물었다. "아까 낮에 어디에 갔었어?" 그러자 그의 아내는 영문을 모르겠다는 표정으로 대답했다. "난 계속 여기에 있었는걸요." 그녀는 옆에 둔 차가운 물수건으로 그의 얼굴을 닦아주었다. "여보, 꿈을 꾼 모양이에요. 하지만 저는 항상 당신 곁에 있어요." 그러고는 갑자기 그에게 "바이올린을 연주해드릴까요?"라고 물었다. 그는 고개를 흔들었다.

"머리가 너무 아파."

"알았어요." 그녀는 고개를 끄덕인 후 차가운 물수건으로 그의 이마를 닦아주었다.

그들 부부는 이탈리아 여행에서 돌아온 이후 전만큼 임신에 대해 적극적으로 굴지 않았는데, 임신에 대한 의지가 사라졌다기보다는 의도적으로 자제한 측면이 강했다. 그들은 임신에 대해 완전히 무관심한 척함으로써 로마에서의 실패를 없던 일처럼 만들고 싶어했다. 물론 그는 어떤 종류의 변화를 받아들여야 했다. 그의 아내는 아마추어 관현악단에 나가기 시작했다. "별로 특별한 모임은 아니에요." 그녀는 약간 상기된 얼굴로 말했다. 일주일에 한 번 정도 모여서 악기 연습을 핑계로 잡담이나 나누는 곳이었기 때문에 수준이 좀 낮다고 생각되기도 했지만, 여하튼 그는 그녀가 그 모임에 나가는 것을 좋은 신호로 받아들였다. 그는 가끔 지지와 존중의 뜻을 담아 바이올린에 떨어진 송진가루를 닦아주기도 했다. 그가 바이올린을 닦는 동안 그녀는 잘 준비를 끝낸 후, 따뜻한 차를 만들어서 그에게 건네주었다. 어느 날 밤 그의 아내는 따뜻한 차를 그에게 건네며 이렇게 말했다.

"우리는 무대에 오르려고 준비중이에요."

"무대?" 아내의 설명에 따르면, 문화 콘텐츠를 다루는 전문기관에서 몇 년 전부터 직업 연주자와 아마추어 연주자가 함께 참여하는 연주회를 진행해오고 있다는 것이었다. 아마추어 연주자들은 누구나 신청할 수 있었는데 여러 가지 서류와 자신들의 연주 모습을 담은 비디오테이프를 제출하도록 되어 있었다.

"예전에 당신 친구 중 한 명이 그 기관에서 근무한다고 말했던 게 기억났지 뭐예요." 그의 아내가 쑥스럽다는 듯이 웃었다. 그들이 사귀기 시작했을 때, 그는 그녀의 환심을 얻고 싶은 생각에 문화계통에서 일하는 사람을 안다는 이야기를 했던 적이 있었다. 그가 말했던 '문화계통에서 일하는 사람'은 대학에 다닐 때 잠깐 사귀었던 여자였다. 경영학과 동기였고, 대학원에서 문화사를 전공한 후 지금의 직장에 들어갔다. 얼굴이 예쁘고 총명했으며 야심만만한 여자였다. 그들은 사귄 지 불과 석 달 만에 헤어졌다. 물론 그는 '문화계통에서 일하는 사람'이 여자라는 사실은 밝히지 않고 그냥 친구라고만 말했었다. 사실 이 발언에는 모호한 측면이 있다. '문화계통에서 일하는 사람'이 그가 한때 사귀었던 여자였을지언정 헤어진 후에도 대학 동기로 함께 여러 해를 보냈으므로 전 연인이라기보다는 친구라고 말하는 편이 이치에 더 맞긴 했지만, 다른 한편으로 그가 딱히 여자를 친구로 여기지 않는다는 점에서 그랬다. 그는 순간적으로 당혹감을 느꼈지만 아내가 말하는 바가 무엇인지 정확하게 알아차렸다. 아내는 그의 한쪽 팔을 부드럽게 쓰다듬으며 낮은 음성으로 침착하게 말했다.

"여보, 나 정말 그 무대에 서고 싶어요. 그냥 그뿐이에요. 난 사람들 앞에서 바이올린을 연주하고 싶어요. 우리는 많은 사람들 앞에서 연주를 하고 싶어요."

"당신을 위한 일이라면 무엇이든 다 할 수 있어." 그는 다 닦은 바이올린을 그녀에게 건네주며 다시 한번 더 중얼거렸다. "무엇이든 할 수 있지."

그는 오로지 아내를 위해서 대학 동기인 그녀의 전화번호를 알아냈고 만날 약속을 했다. 전화기 저편의 여자는 쾌활하게 웃었다. 그들은 시내에 있는 중국음식점에서 만났는데, 그녀는 그에게 악수를 청하며 호들갑스럽게 말했다. "너 정말 안 늙었다!" 그가 쑥스럽게 웃었는데, 그가 생각하기에 하나도 늙지 않은 건 바로 그녀 쪽이었다. 그녀는 하얀색 실크블라우스에 허리의 굴곡이 드러나는 검정색 펜슬스커트를 입고 있었다. 날씬했고, 얼굴의 살이 늘어지지도 않았으며, 목의 주름도 보이지 않았다. 그는 여자와 단둘이 있다는 게 약간 어색하게 느껴졌고 대화할 거리를 찾아 머리를 굴렸다. 그리고 그는 결국 그녀가 결혼한다는 소식을 몇 년 전에 들었던 것을 기억해냈다. "결혼생활은 어때?"

"나 아직 결혼 안 했어." 그녀는 솔직한 태도로 대답했다. "파혼했어. 그것도 벌써 오래전의 일이지만 말이야." 그의 주위에서 파혼한 사람이 없었고, 파혼이라는 단어에서 어둡고 무거운 느낌을 받았지만 놀란 기색을 보이고 싶지는 않았다.

"아, 미안해." 그가 말했다.

"괜찮아." 그녀는 잠시 그를 물끄러미 바라보았다. 그가 별 대답이 없자 그녀는 손을 뻗어 그의 손등을 한번 가볍게 쓰다듬으며 다시 한 번 더 말했다. "괜찮다고." 그는 그녀의 그런 행위에 그를 안심시키려는 의도와 그녀의 과도한 배려가 섞여 있을 뿐이라는 것을, 거기에는 성적인 의미라고는 눈곱만큼도 없다는 것을 느꼈다. 그녀는 곧 지금 만나고 있는 남자친구에 대해 이야기했다. "아주 좋은 사람이야." 그녀는 아주 만족한다는 듯한 말투로 덧붙였다. "너만큼 좋은 남자야."

"뭐 하는 남자야?" 그녀가 미소를 지으며 대답했다. "그이는 사업 준비중이야. 아직 뭘 하고 싶은지 잘 모르겠다지만, 곧 찾을 거라고 생각해." 그는 그녀가 이토록 헌신적이라는 사실을 미처 몰랐기 때문에 놀랐고, 솔직히 좀 감동을 받았다. 그는 넌지시 아내 이야기를 꺼냈다. 그녀는 그 일을 담당하는 부서에 아는 사람이 있으니 부탁을 해 놓겠다고 흔쾌히 대답했다.

"하지만 무엇보다 실력이 가장 중요할 거야." 그녀의 말에 그가 고개를 끄덕이며 대답했다. "아, 당연하지. 당연해." 그가 계속 말했다. "난 사실 그 사람들 실력을 잘 몰라. 아내 혼자가 아니야. 어떤 모임이 있다고. 나는 그 모임에 가본 적이 없고 그 사람들 연주를 들어본 적이 없어. 하지만 실력이 부족하다면 당연히 떨어뜨려야겠지." 그가 명쾌한 태도로 대답했고 그 모습을 본 그녀가 싱긋 웃었다. 식사를 다 끝낸 후 그녀가 말했다.

"근처에 좋은 맥줏집이 있는데 맥주 한잔할래?" 그들은 근처 체코식 맥줏집으로 갔고, 두어 시간 함께 있었다. 헤어질 즈음 그녀가 말했다. "이렇게 오랜만에 친구를 만나다니 정말 좋다." 그가 대답했다.

"그래." 그녀는 그의 손등을 다시 한번 더 만진 후 말했다. "정말 좋아." 그리고 덧붙였다. "우린 좀더 자주 만날 수도 있을 거야."

그가 집에 도착했을 때, 아내는 헐렁한 플란넬 잠옷을 입고 그를 기다리고 있었다. "어떻게 됐어요?" 아내의 얼굴을 보자 그의 마음은 행복감으로 충만해졌다. 말할 필요도 없지만, 그들은 한 번도 파혼한 적이 없고, 서로 미워한 적도 없었다. 얼마나 운이 좋은지! 그들은 서로를 얼마나 믿고 사랑해왔는지! "걱정하지 말라고. 모든 일이 잘 풀릴 거야. 걱정할 거 없어." 그날 밤, 그들은 실로 오랜만에 사랑을 나눴다. 사랑의 행위가 다 끝난 후에도 그는 아주 오랫동안 깨어 있었다. 아내는 그의 옆에서 새근새근 잠들어 있었다. 그는 그날 일어났던 모든 일을 되새겨보았고 더할나위없는 흡족함을 느꼈다.

이 주 후에 그가 대학 동기인 그녀를 다시 만나게 된 것은, 말하자면 그의 의지가 아니라 그의 아내의 의지였다. 아내의 음악단은 예선에 통과했고 심사위원들 앞에서 최종 오디션을 봐야만 했다. 아내의 모임은 일주일에 세 번으로 늘어났다. 그들은 함께 백화점에 가서 그녀가 최종 오디션 때 입을 여러 벌의 옷을 구입했다. 그날 아내는 그의 얼굴을 보고 금방이라도 울음을 터뜨릴 것 같은 표정을 지으며 애처롭게 말했다. "여보, 우리는 꼭 이 무대에 서고 싶다고요!"

그들은 이번에도 중국음식점에서 만나기로 했고 그가 약속시간보다 일찍 도착했다. 잠시 후 그녀가 도착했는데, 그녀는 소매에 주름장식이 달린 베이지색 트렌치코트를 입고 있었다. 그는 그녀가 전보다 훨씬 더 생기 있어 보인다고 생각했고, 자신도 그녀에게 그런 식으로 보였으면 좋겠다고 생각했지만, 거기에 특별한 의미가 있었던 것은 아니었다. 저녁식사를 끝내고 맥줏집으로 가는 길에 그녀가 쾌활하게 말했다. "내 남자친구가 여기 들르고 싶다는데." 그는 좋다고 대답했다. "좋아, 좋고말고!" 진심이었다. 그는 그녀가 사귀는 남자가 어떻게 생겼는지 궁금했다. 하지만 시간이 꽤 흐른 후에도 그녀의 남자친구는 나타나지 않았다. 그녀는 계속 남자친구에게 전화를 걸었지만 통화가 되지 않는 모양이었고 그 때문에 좀 울적해 보였다. 그는 가능한 한 오래 머물면서 그녀의 남자친구를 함께 기다려주고 싶었지만, 어느덧 정말로 집으로 돌아가야 할 시간이 되어서 어쩔 수 없었다. 그는 정말 아쉽다는 의미로 그녀의 손등을 한번 쓰다듬었다.

"난 이만 돌아가봐야 해. 아내가 기다릴 거야."

"넌 정말 좋은 남자야." 그녀가 그의 손을 잠깐—정말로 아주 잠시—잡았다. 그는 자신의 손이 그녀의 손가락과 얽혀 있는 것을 보았다. "내 남자친구 정말 보여주고 싶었는데. 원래 이런 식으로 약속을 어기는 사람은 아니야." 그녀가 변명하듯 덧붙였다. 그는 괜찮다고, 나중에 다시 만나면 된다고 대답해주었다. 그는 진심으로 그녀가 자신에게 미안해하거나 민망해하지 않았으면 좋겠다고 생각했다.

"우리는 친구잖아." 그가 이렇게 말하자 그녀는 좀 웃었다.

"그래, 좀 아쉽네. 둘이 죽이 잘 맞을 거라고 생각했거든."

"우린 다시 만날 수 있을 거야."

그녀가 환해진 표정으로 대답했다.

"넌 정말 자상하고 멋진 남편이구나. 네 아내는 무척 행복할 거 같아." 이렇게 말한 후 그녀가 말을 이었다. "너네 부부랑 우리 커플이 같이 만나는 것도 좋겠다."

"아, 그거 좋은 생각이야." 그가 대답했다. 그는 그것이 정말로 좋은 생각이라고 느꼈고, 꼭 그런 날이 왔으면 하고 바랐다.

그가 돌아왔을 때, 집에는 아무도 없었다. 그는 전화를 해보려다가 그만두고 소파에 기대어 앉았다. 그러다 그는 문득 이런 생각이 들었다. 아내는 오늘 어떤 옷을 입고 연습에 갔을까? 뒤이어 이런 질문도 떠올랐다. 아내는 왜 그렇게 많은 옷을 사 모으는 걸까? 아내와 아내의 관현악단에 대해서…… 아내는 피아노 치는 남자의 손등을 친근감의 표시로 문질렀을까? 아내는 호른 부는 남자의 허벅지에 손을 얹었을까? 아내는 북 치는 남자의 어깨를 안았을까? 아내는…… 오, 세상에! 하나님! 그는 갑자기 엄청난 두려움에 사로잡혀서 한동안 아무 생각도 할 수 없었다. 잠시 후 집으로 돌아온 아내의 얼굴을 봤을 때, 지쳐 보이는 얼굴과 충혈되어 있는 눈자위를 보았을 때, 그는 자신이 한 말도 안 되는 상상 때문에 통렬한 후회에 사로잡혀서 눈물이 날 지경이었다. 이렇게 사랑스러운 여자에 대해 나는 무슨 불결한 생각을 한 것일까? 나의 보살핌을 이토록 절실하게 필요로 하는 이 여자에 대해 나는 무슨 생각을 한 것일까? 그는 고개를 가로저으며 아내의 바이올린을 받아들었다. 아내가 물었다. "친구분 잘 만났어요? 우리 이야기를 했어요?" 그제야 그는 자신이 그 만남의 원래 목적을 까맣게 잊었다는 걸 깨달았다. 하지만 그는 다른 말은 하지 않고 아내의 손을 꼭 잡으며 이렇게 말했다.

"잘됐어. 모든 일이 잘 풀릴 거야. 걱정하지 마. 당신들은 실력이 있으니까." 그의 아내가 그를 꼭 껴안으며 말했다. "여보, 고마워요. 정말 고마워요. 당신이 내 남편이란 게 얼마나 다행인지 몰라요."

일주일 후 그의 아내가 속한 아마추어 관현악단은 최종 오디션에 통과했다는 통보를 받았다. 연주회까지는 보름 정도 시간이 남아 있었다. 그즈음 회사 업무가 늘어나는 바람에 그는 거의 매일 야근을 해야 했지만, 아내를 축하해주기 위해 무리해서 저녁 시간을 냈고 고메식당의 가장 좋은 자리를 예약했다. 그리고 시내 귀금속 매장에 들러 아내에게 줄 최고급 흑진주 목걸이와 귀걸이를 샀다. 그의 아내는 오후 연습 후 바로 식당으로 오기로 되어 있었는데 삼십 분쯤 늦게 도착했다. 그는 아내가 입고 있는 핑크색 실크원피스와 그녀의 귀에 걸려 있는 꽃잎 모양 보석이 달린 작은 귀걸이를 보았다. 그들은 저녁을 먹기 시작했고 그는 식탁 위에 있는 아내의 손을 잡았다. 모든 것이 좋았다. 그런데 식사 도중 그가 별생각도 없이 꺼낸 말에 그의 아내가 울음을 터뜨렸다. 그는 그저 언젠가부터 그들이 아이를 갖는 일에 소홀해진 것 같다는 말을 했을 뿐이었다. 당황한 그는 후식을 먹을 때 주려고 했던 선물을 허둥거리며 건네주었다. 그의 아내는 선물을 보고 금방 울음을 그쳤다. 그녀는 눈물을 닦으며 웃었고 집에 돌아와서도 분위기가 아주 좋았지만, 그 분위기는 사랑을 나누는 데까지 이르지 못했다.

연주회를 며칠 앞둔 도요일, 그는 전날의 숙취와 피로 때문에 아주 늦게까지 잠을 잤고, 정오가 다 되어서 깨어났다. 그는 그의 아내가 이 방 저 방을 왔다갔다하며 옷을 갈아입느라고 분주한 것을 보았고, "이렇게 입을 옷이 없다니"라고 조그만 목소리로 탄식하는 것을 들었다. 잠시 후 그녀는 보라색 니트원피스를 입고 나타났다. 그는 처음 보는 옷이었다. "일어났어요?" 그녀는 그가 깨어난 것을 확인하고 경쾌하게 말을 걸었다. "오랜만에 쉬는 날이니까 좀더 주무세요. 요즘 내내 늦게까지 일했잖아요." 그는 화장을 하고 있는 아내의 뒷모습을 물끄러미 바라보았다. 원피스의 재질 때문에 그녀의 허리 곡선과 엉덩이 굴곡이 완전히 드러나 있었다. "이따 내가 연습실까지 데려다줄까?" 그가 묻자 그녀가 웃으며 대답했다. "피곤할 텐데 쉬세요. 게다가 그러려면 내 차를 두고 가야 하니까 당신이 저녁때 또 데리러 와야 하잖아요." 하지만 그는 계속 고집을 부렸다. "아냐, 그럼 저녁때 또 데리러 갈게. 그러면 되지 뭐." 결국 그의 아내가 대답했다. "그래도 지금은 좀 쉬는 게 좋을 거 같아요. 충분히 쉰 다음 이따 여덟시 반쯤에 데리러 오세요. 약도를 그려서 냉장고에 붙여놓을게요. 오늘은 차를 놔두고 갈게요." 그는 알았다고 대답했다.

저녁때 그는 아가일 체크가 들어간 램스울 소재의 스웨터를 입고 치노팬츠를 입었다. 거울 앞에 선 그는 이제 자신이 꽤 나이를 먹었고, 이런 옷들이 어울리지 않는다는 생각 때문에 의기소침해졌다. 하지만 잠시 후 차를 몰던 그는 자신이 그렇게까지 나이 들어 보이는 것은 아니라고, 심지어 나이보다 좀더 어려 보일지도 모른다는 생각을 했다. 삼십 분쯤 후 그는 아내가 약도에 그려놓은 연습실에 도착했다. 연습실은 주택이 밀집한 골목에 있었다. 보라색 니트원피스를 입고 검정 하이힐을 신은 아내가 바이올린을 메고 허름한 건물 앞에 서 있는 것이 보였다.

"다른 사람들은?"

"아직 연습중이에요." 그녀가 안전벨트를 매면서 물었다. "많이 쉬었어요?" 그는 아내의 얼굴이 약간 상기되어 있고, 눈은 촉촉하게 젖어 있다고 느꼈다. 그가 저녁을 먹겠느냐고 물었는데 그녀는 집에 들어가서 쉬고 싶다고 대답했다. "하지만 당신이 배고프다면 간단하게 먹고 들어가요." 그는 시내 쪽으로 차를 몰았고 아무 데나 눈에 띄는 식당에 들어가서 밥을 먹기로 했다. 차에서 내리면서 그는 아내가 자신의 옷에 대해 뭔가 이야기해주길 바랐지만, 그녀는 아무런 언급도 하지 않았다. 식사를 하는 내내 그녀가 몹시 피곤해했기 때문에 그는 서둘러서 식사를 마쳤다. 그들이 나올 때쯤 되자, 거리는 사람들의 시시덕거림과 설익은 흥분으로 이제 막 깨어나는 중이었다.

"세상에!" 차로 걸어가던 그가 신음하듯, 그러나 속삭이면서 말했다. "저것 좀 봐." 거기에는 술에 잔뜩 취한 어떤 젊은 여자가 땅에 쓰러져 있었고 일행으로 보이는 남자 한 명이 그녀의 양 겨드랑이에 손을 집어넣어 그녀를 일으켜세우는 중이었다. 여자가 너무나 뚱뚱했기 때문에 남자에게는 역부족이었다. "지금 열시도 되지 않은 시간이야." 차에 오르면서 그는 정말로 불쾌하다는 듯이 말했다.

"도대체 왜 저렇게 마시는 거야? 도대체 이놈의 세상이 어떻게 돌아가고 있는 거냐고."

"저런 일은 많이 있어요. 여보, 신경쓰지 말고 얼른 집으로 돌아가요." 그 말을 들은 그는 정말로 화가 나서 물었다.

"많이 있다고?"

"여보, 어제 당신도 엄청나게 취해서 몸도 제대로 가누지 못하고 집으로 돌아왔잖아요."

"그건 저거랑 달라. 우리가 술을 마실 때는 여자도 없었어. 게다가 난 남자라고."

"됐어요, 그만둬요. 우리 얼른 돌아가요. 피곤해죽겠어요."

"저런 게 아무렇지도 않단 말이야? 저렇게 여자가 취할 때까지 저 남자는 말리지도 않고 도대체 뭘 했던 거야? 저것 좀 봐. 저 남자의 손이 여자의 가슴을 잡고 있잖아."

"부축하느라 어쩔 수 없는 거예요." 차에 올라탄 그녀는 백미러를 열어 자신의 얼굴을 바라보고 있었다. 그는 아내에게 물었다. "당신은 저런 일을 많이 겪어봤어?"

"뭐라고요?"

"저들이 모르는 사이라면 어떡할 거야?"

"그게 무슨 말이에요?" 그의 아내가 영문을 모르겠다는 듯이 그를 바라보았다. 그는 그것이 마치 로마에서의 마지막 날 밤, "난 계속 여기에 있었는걸요"라고 대답하던 그 표정과 똑같다고 생각했다. 그는 성마른 노여움을 느꼈다. 하지만 무엇에 대해?

이틀 후 출근길에 그는 손을 잡고 걸어가는 한 남녀를 보았고, 그들 때문에 몹시 언짢아졌다. 점심시간에 동료들과 식사를 하러 갈 때는 여자의 허리를 감싸안고 걸어가는 어떤 남자 때문에 불쾌해졌다. 식사를 마치고 회사 건물로 들어가는 길에 건물 앞 벤치에 앉아서 음료수를 나눠 마시는 남녀와 마주쳤을 때는 욕지기가 올라왔다. 그날 밤 그는 늦은 시간까지 일을 했다. 차를 몰아 집으로 돌아가던 중 그는 집 근처 놀이터에서 어린 커플이 그네에 앉아서 손을 잡고 있는 것을 보았다. 그는 더이상 참을 수가 없어져서 차창을 내리고 큰 소리로 욕설을 퍼부었다. 그는 신성한 사랑의 맹세와 서약이 점점 사라져가고 탐욕과 추악함으로 점철된 음란함만이 이 세계에 남아 있다고 느꼈다. 그가 눈을 돌리는 어디에나 그러한 끔찍한 것들이 있었다. 그는 언제 어디서나 그러한 것들을 볼 수 있었다. 저기에도! 저기에도! 저기에도! 그날 밤, 그는 화장실에 숨어서 울었다. 아내가 깰지도 모른다고 생각했지만, 사실 그의 아내는 요즘 밤만 되면 곯아떨어졌다. 세상에, 나에게 무슨 일이 일어나고 있는 걸까? 그는 자신을 둘러싼 세계가 조금씩 무너지고 있다고 생각했다. 그는 자신이 속해 있던 세계―단단하고 굽은 데라고는 전혀 없는 세계가 말랑말랑하고 여러 군데가 움푹 파인 그런 곳으로부터 침입을 받고 있다는 생각 때문에 괴로웠다. 그는 자신의 내부에서 자기 자신의 여러 원칙을 아무 의심 없이 이어주던 영속적인 결속 중 일부가 끊어지는 느낌에 사로잡혔다. 그는 외로웠다. 너무나 외로웠다. "위로가 필요해." 그는 고개를 절레절레 흔들었고 다시 한번 더 중얼거렸다. "위로가 필요해." 하지만 누가? 누가 그를 위로해준단 말인가? 그는 욕조에 걸터앉아서 입술을 잘근잘근 씹으며 차근차근 끈기 있게 머리를 굴렸고, 결국 적임자를 찾아냈다. 그는 체코식 맥줏집에서 자신의 손을 잡았던 그녀를 떠올렸다. 오, 그 따뜻한 손이란. 그는 그녀와 자신이 만나지 말아야 할 이유 따위는 전혀 없다고 생각했다. 아무런 불순한 의미도 없고, 특별할 것도 없는 이 만남을 굳이 꺼릴 이유가 무엇이 있을까? 만약 우리가 그 만남을 피한다면 그것이야말로 뭔가 부도덕적인 의미들이 끼어 있기 때문이 아닐까? "날이 밝으면 바로 전화를 하는 거야." 그는 세면대 앞에 서서 눈물을 닦고 손을 씻은 후 거울을 쳐다보며 머리를 매만졌다.

다음날 저녁 그는 전에 만났던 중국음식점에서 그녀를 기다렸다. 그녀는 가슴 굴곡이 드러나는 검정 트위드원피스를 입고 나타났다. 그들은 밥을 먹은 후 체코식 맥줏집으로 갔다. 그녀는 그전에 남자친구가 오기로 해놓고 오지 못한 이유에 대해 이야기했다. "교통사고를 냈어. 사람을 차로 쳤다는 거야. 그이는 모아둔 돈이 없었기 때문에 내가 합의금을 내야만 했어." 그녀는 가볍게 한숨을 쉬고 말했다. "너였다면 그런 일 따위는 만들지 않았을 거야." 그는 그렇다고 대답했다. "너 같은 친구가 있다니 정말 다행이야." 그는 진실로 위로받는 기분이었다. 그들은 일주일 후 다시 만나기로 했다.

아내의 연주회가 열리는 날 그는 평소보다 서둘러 퇴근했다. 집으로 가서 스웨이드로 된 캐주얼 재킷으로 갈아입고 면도도 다시 했다. 문화회관 근처에 도착해서는 아내에게 줄 커다란 수선화 다발을 샀다. 공연은 1부와 2부로 나눠서 진행될 예정이었는데 1부가 아마추어 팀의 연주였고 그의 아내가 속한 관현악단의 순서는 세번째였다. 콘서트홀 입구에서 그는 며칠 전 만났던 그녀가 공연관계자들과 함께 서 있는 것을 보았다. 그는 거기서 그녀를 만날 거라고는 생각하지 못했기 때문에 몹시 당황했다. 당황할 필요가 전혀 없었는데도 그랬다. 그는 그녀가 말을 걸까봐 걱정했지만 그녀는 그냥 눈인사만 보냈을 뿐이었다. 그 행위에는 은밀하거나 비밀스러운 면이 전혀 없었음에도 불구하고 그는 갑자기 가슴이 두근거렸다. 하지만 그는 곧 그녀를 위한 장미꽃 한 송이 정도를 따로 준비했다면 어땠을까 하는 생각을 하고 있었다.

잠시 후 첫번째 악단의 연주가 시작되었을 때 그는 자신이 팸플릿도 챙기지 못했다는 사실을 알았다. 그러나 그들이 연주하는 곡이 차이콥스키의 발레곡이라는 것을 알았고, 자신의 고상함과 우아함을 확인받은 느낌에 기분이 좋았다. 그는 연주자들, 특히 남자 연주자들의 모습을 유심히 바라보았다. 바이올린을 켜는 남자, 호른을 부는 남자, 북을 치는 남자 들. 그는 그들이 이 연주를 위해 쏟아부었을 시간과 열정에 대해 생각했고 잠시나마 구슬픈 마음이 들었다. 두번째 악단의 연주는 쇼스타코비치의 소품이었는데, 그는 그들의 연주가 시원찮다고 생각했다. 누가 들어도 저 무대 위의 악단은 실력 미달이었다. 이번에도 그는 무대 위에 있는 남자 연주자들의 얼굴을 바라보았다. 저들의 나이는 몇 살이나 되었을까? 결혼들은 했을까? 왜 저렇게 무의미한 모임에 들어서 시간과 돈을 낭비하는 것일까? 여자를 꼬시려고? 더러운 자식들! 그들의 연주가 끝나고 아내의 연주가 시작되기를 기다리는 동안 그는 조바심을 느꼈다. 이제 아내와 그리고 몇 명의 남자 연주자들이 무대에 오르겠지. 그는 자신이 아내와 함께 연주하는 남자들의 얼굴을 궁금해하고 있다는 것을 깨달았다. 그는 진심으로 그들이 별볼일 없어 보이기를 바랐다. 아니, 아니지. 그는 그 남자들이 누구보다 젊고 매력적이기를 바라는 것인지도 몰랐다…… 잠시 후 무대 위에 커튼이 걷히고 조명이 들어왔다. 악기 튜닝을 끝낸 연주자들이 자신의 자리에 서 있었다. 그는 그 사람들의 얼굴을 하나하나 확인하며 숫자를 세었다. 하나, 둘, 셋…… 모두 열다섯 명이었다.

덧붙여 말하자면, 열다섯 명의 여자들이었다. 열다섯 명의 여자들.

그 여자들은 마치 서양장기 말처럼 반절은 하얀색 원피스를 나머지 반절은 검은색 원피스를 입고 있었다. 그들은 청중을 향해 인사를 한 후 자리에 앉았다. 그는 아내를 보았다. 그녀는 진지하고도 순수한 기쁨과 적당한 긴장감에 사로잡힌 표정으로 주위의 여자들과 눈짓을 교환했다. 잠시 후 여자 지휘자의 지휘봉이 움직이자 바흐의 브란덴부르크협주곡이 시작되었다. 연주는 아주 뛰어났다. 누구나 알 수 있었다. 앞서 연주한 어떤 악단보다 훌륭했다. 그는 아내가 이뤄낸 성취를 인정할 수밖에 없었다. 그는 마음이 찢어질 것 같은 괴로움을 느꼈다. 그는 고개를 돌려 자신처럼 혼자 온 남자를 찾아보았다. 그의 시야에 들어온 혼자 온 남자는 모두 여덟 명 정도였다. 그들은 모두 그의 나이 또래처럼 보였고, 잔뜩 멋을 부렸다. 그는 그것들이 하나도 어울리지 않는다고 생각했다. 그는 저 남자들 중 일부는 지금 무대 위에 올라온 여자들의 남편이리라고 생각했다. 저 남자들은 자신의 아내가 늦게까지 연주 연습을 하느라 집을 비웠을 때, 어떤 일들을 하면서 시간을 보냈을까? 저들은 아내 몰래 어떤 일들을 해치웠을까? 저들은 어떤 상상을 했으며, 얼마나 오랜 시간 동안 의혹의 소용돌이에 사로잡혀 있었으며, 어떤 유혹에 빠져들었을까? 저들은 그 유혹들에 굴복했을까? 아니면 그 유혹들을 이겨냈을까? 도대체 저들은 세상의 어떤 끔찍한 면을 보았을까……?

다음날 아침 그는 아내가 차려준 아침식사를 마친 후 시큰둥한 표정으로 집에서 나와 차를 몰고 회사로 갔다. 일을 하는 도중 대학 동기인 그녀로부터 두 통의 전화가 왔지만, 받지 않았다. 저녁에는 일찍 퇴근을 하고 시내 거리를 돌아다녔다. 하지만 그는 거리에 퍼져 있는 음란함과 명백하게 타락한 흔적들 때문에 몹시 지쳐서 진절머리를 내며 집으로 돌아왔다. 아내는 잠옷을 입은 채로 그를 기다리고 있었다. 그녀는 당분간 '여자 음악단' 연습 모임은 없을 거라고 말했다. "우린 연습을 자제할 생각이에요." 그의 아내가 말했다. "가족에게 너무 소홀했으니까요." 그는 혼란스러움과 어지러움을 느끼며 고개를 내젓고는 애절하게 대답했다. "아냐, 아냐, 안 그랬어. 당신은 그러지 않았어." 며칠 동안 그는 지독한 죄책감과 좌절감에 빠져 있었다. 또한 전화벨이 울릴 때마다 마음이 끝도 없이 덜컥덜컥거리는 것을 느꼈다. 아내의 연주회가 있었던 날부터 일주일 동안 그는 총 스무 통의 전화를 무시해야만 했고, 그것 때문에 엄청난 괴로움과 두려움을 느꼈다. 그는 중국음식점에서 맡았던 음식 냄새와 체코식 맥줏집에서 마셨던 맥주의 거품이 부지불식간에 자신을 침범할 때, 혹은 그녀와 비슷한 체구의 여자가 가슴 굴곡이 드러난 검정 트위드원피스를 입고 걸어가는 걸 볼 때, 마치 자기 자신이 이 세상 곳곳에 퍼져 있는 악과 대결하고 있는 듯한 느낌에 사로잡히곤 했다.

어느 날 회사에 있던 그는 문득 아내에게 전화를 걸어야 한다는 생각이 들었다. 무언가 이야기해야 한다고 느꼈던 것이다. 그는 집 전화번호를 눌렀다. 하지만 아무도 전화를 받지 않았다. 외출을 한 걸까? 핸드폰도 마찬가지였다. 아내는 지금 어디서 무엇을 하고 있는 건까? 누군가를 만나는 것일까? 하지만 도대체 누구를? 그날 그는 결국 아내와 통화하지 못했다. 그날 저녁 그들은 전화에 대한 이야기는 한마디도 하지 않았다. 잠들기 전에 침대에 누워 있던 그의 아내가 갑자기 생각났다는 듯이 말했다. "여보, 우리는 계속 연주를 할 거고, 그리고 앞으로 기회가 있을 때마다 무대에 설 거예요." 그는 아내의 손을 잡았다. 잠시 후 그의 아내가 마치 꿈꾸듯 말했다. "여보, 난 무대에 올라가 있을 때 내가 살아 있다는 걸 느껴요." 그는 아내가 잠든 후에도 차가운 아내의 손을 계속 잡고 있었다.

　일주일 후쯤 그들은 함께 외출을 했다. 백화점 안에 있는 영화관에서 장 자크 밀레노 감독의 영화를 본 후, 이층의 여성복 매장에 들러 그녀가 입을 트렌치코트와 모직스커트를 사고 남성복 매장이 있는 삼층으로 올라갔다. 그들은 에스컬레이터에서 내려서 왼쪽으로 꺾이는 지점까지 손을 잡고 계속 걸어갔다. 그리고 코너를 도는 시점에 그는 그만 마음이 철렁 내려앉고 말았다. 그녀가 거기 있었던 것이다. 그녀는 넥타이를 고르고 있었다. 처음에 그는 그녀를 그냥 지나쳐야 했다. 혹은 모른 척하거나. 더 적나라하게 말하자면 그녀를 피해가야 했다. 그는 아내의 손을 끌어서 위층으로 향하는 에스컬레이터를 찾았다. 하지만 그의 허둥거리는 몸짓이 오히려 그녀의 시선을 끌었던 모양이었다. 그녀는 넥타이를 진열대에 놓아두고 무심결에 그가 있는 쪽을 쳐다보게 되었다. 그리고 그 둘은 눈이 마주쳤다. 그때도 그는 늦지 않았다고 생각했다. 어디론가 멀리 도망을 가면 된다고 생각했다. 그녀 쪽에서도 약간 어색하게 뒤로 몸을 틀었다. 그렇게 그냥 서로에게서 사라지면 될 일이었다. 그런데, 그 순간 그의 시야에 그녀 옆에 서 있던 남자가 들어왔다. 키가 아주 컸고, 머리를 뒤로 넘겨서 묶고 있었으며, 헐렁한 블레이저와 발목이 드러나는 바지를 입고 있었다. 격식이라고는 알지 못하는, 이를테면 월요일 대낮에 시내에 있는 카페

132

에서 시시덕거리는 것을 자주 볼 수 있을 법한 그런 종류의 남자였다. 그는 아내의 손을 놓았다. "여보, 어디 가세요?" 그는 가던 길을 다시 돌아가 그들에게 다가갔다. 그 짧은 시간 동안 그는 자신을 열흘 넘게 괴롭혔던 감정들을 하나하나 다시 떠올릴 수 있었다. 그는 그녀를 한 번 바라보았다. 가여운 여자. 그는 그 남자에게 주먹을 날렸다. 그의 펀치는 그다지 센 편은 아니었지만, 남자는 기습적인 공격에 나가떨어졌다. "여보!" 아내가 찢어질 듯한 목소리로 그를 부르며 그에게 달려왔다. "저 남자가 네 남자친구야?" 그가 그녀에게 물었다. 그녀는 너무 당황해서 입을 벌리고 서 있었다. 사람들이 우르르 다가왔다. 그는 의기양양해서 소리를 질렀다. "이봐, 당신 같은 남자들이 이 세상을 망치고 있어. 알아? 당신 여자친구가, 저 멀쩡하고 예쁜 여자가 왜 남의 남자를 유혹하려 들겠어?" 그는 그녀를 바라보았다. 그녀는 분노로 얼굴이 파랗게 질려서 이를 딱딱거리고 있었다. "너 미쳤어? 누가 누굴 유혹해?" 그녀는 자신의 남자친구를 부축했고 남자친구의 귓가에 대고 계속해서 무언가를 말했다. 그가 더이상 주먹다짐을 하지 못하도록 몇몇 남자들이 그를 붙잡았다. 그는 허공에 대고 주먹을 붕붕거리며 소리질렀다. "왜 내가 아이를 안 낳는 줄 알아? 너 같은 자식들 때문이야. 이 세상을 이토록 더럽고 허약하게 만들어버린 바로 너 같은 자식들 때문이라고!"

집으로 돌아왔을 때는 이미 자정이 넘어 있었다. 그의 아내는 울지도 않았고, 그에게 무언가를 물어보지도 않았으며, 화를 내지도 않았다. 그저 이렇게 물었을 뿐이었다. "당신은 괜찮은 거죠?" 그는 옷도

갈아입지 않고 그냥 침대에 누웠다. 그는 약간의 승리감에 도취해 있었다. 솔직히 말해서 그 순간 그는 이전에는 한 번도 느껴본 적이 없는 충만한 기쁨에 사로잡혀 있었다. 동시에 그는 아내에 대한 한없는 애정을 느꼈다. 그는 문득 고개를 들고 아내에게 말했다.

"여보, 나를 위해 바이올린을 연주해줘." 그의 아내가 그의 얼굴을 빤히 쳐다보았다. 그가 다시 말했다.

"정말 뜻깊은 순간이 될 거야." 그의 아내는 다시 한번 그를 바라보다가 곧 바이올린을 가지고 와서 말없이 연주를 시작했다. 연주가 진행될수록 그녀는 자신의 음악에 빠져들어갔고, 그와는 상관없는 세상으로 옮겨가고 있었다. 하지만 그는 그러한 그녀의 모습에서 완전무결함을 느꼈다. 어쩌면 그는 그때 어떤 질문들을 떠올렸는지도 모른다. 그러나 그 질문 속에는 아무런 내용도 없고, 그 안은 완전하게 텅비어 있어서 온갖 미혹된 감정들과 추상적인 의혹들로만 가득차 있었으리라. 그는 문득 자신이 설명하기 어려운 미묘한 감정의 모퉁이에 도달했다고 느꼈다. 그의 마음속을 꽉 채우고 있던 충만한 기쁨은 흔적도 없이 사라졌고 어느새 그 자리는 끝을 알 수 없는 비애감이 대신 차지하고 있었다. 하지만 그는 그 혼란스러운 감정들 속에서 분명하고 사리에 맞는 어떤 것, 그가 그녀를 몹시 사랑하고 있다는 사실을 끄집어냈다. 그들이 영원히 아이를 가질 수 없다고 해도, 온갖 의혹들이 자신을 감싸고 있더라도, 그는 푸른 드레스를 입은 자신의 아내를, 약간 허영기 있는 성격을, 바이올린을 켤 때마다 미세하게 움직이는 팔뚝의 근육을, 나긋나긋하고 조용한 말투를, 아이를 낳은 적이 없는 탄력 있는 아름다운 몸을, 자신의 얼굴을 닦아주던 저 세심한 손길을 진심으로 사랑한다고, 그리고 그 사랑을 방해할 수 있는 것은 이 세상엔 없다고 생각했다. 그는, 이를테면, 자신의 눈앞에 이 세상의 실루엣이 분명하게 떠오르는 것을 보았다. 오, 사랑은 마치 시온 산이 요동치 아니하고 그 자리에 영원히 있는 것과 같은 이치인 것을.

---

* 작가주 : "사랑은 시온 산이 요동치 아니하고 영원히 있음 같도다"는 시편 125편 1절의 "여호와를 의뢰하는 자는 시온 산이 요동치 아니하고 영원히 있음 같도다"를 인용한 것입니다.

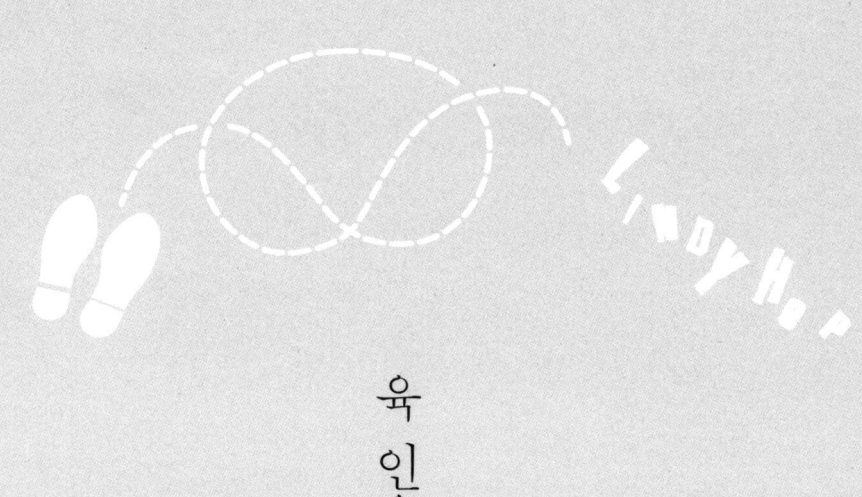

육
인
용
식
탁

먼저 도착한 사람은 윤과 그의 아내다. 내 아내는 그들을 거실로 안내한다. 그들이 도착하기 바로 전까지, 나는 베란다 창문 너머로 검은 하늘이 끊임없이 뿌리고 있는 눈을 바라보고 있었다. 굉장한 눈이다. 저 멀리서 두 남녀가 눈을 푹푹 밟으며 아파트 광장 쪽으로 걸어가는 것이 보인다. 나는 그들을 더 자세히 보고 싶어서 실눈을 떠보지만, 결국 그들은 내 시야에서 사라진다. 아무도 없다. 텅 비었다. 윤 부부는 신발을 벗기 전에 현관에 서서 외투를 벗고 탁탁 소리나게 눈을 턴다. 아내는 외투를 받아서 현관 옆에 있는 옷걸이에 걸어둔다. 윤의 아내는 눈이 엄청나게 내리고 있다며 호들갑을 떤다. 차가 막히지 않았느냐는 나의 질문에 윤의 아내가 웃으며 대답한다.

"우린 지하철을 타고 왔어요. 차를 몰고 나왔다면 큰일날 뻔했죠. 그런데도 이이는 전철 타는 게 불편하다면서 아직도 불평이라니까요."

윤의 아내는 장난스럽게 윤을 질책한다. 윤은 별말을 하지 않는다. 대신 윤은 잘 포장된 상자를 하나 건네며 내게 묻는다.

"이 식탁은 어디서 난 거야?"

그리고 자신이 본 것 중에 가장 좋은 식탁이라고 감탄하듯 덧붙인다. 직사각형의 식탁은 여섯 명이 앉고 남을 정도로 거대하다. 식탁의 상단은 산호대리석으로 만들어져 있으며, 그 중앙에는 길쭉하게 이탈리아산 월넛 무늬목이 코팅되어 있다. 식탁의 하단은 최고급 너도밤나무인데 기하학적 무늬가 새겨져 있다. 식탁 의자의 쿠션은 최고급 악어가죽으로 만들어진 것인데 모두 여섯 개다. 사실 우리 집에 놓기에는 지나치게 크다. 평소에는 벽에 붙여놓아서 될 수 있으면 적은 공간을 차지하도록 만드는데, 오늘은 모처럼 친구들이 방문하기 때문에 거실 중앙으로 내놓은 것이다. 거실이 꽉 찼다.

"이 집에 온 건 처음이죠?"

"그렇군." 윤 부부가 집 안을 휙 둘러본다.

"별로 볼 건 없어요. 워낙 좁기도 하고." 내 아내가 말한다.

윤의 아내는 장식장 위의 조그마한 액자 하나를 무심히 들여다보고 있다. 액자 속의 사진은 몇 년 전 신혼여행을 갔을 때 찍은 것이다. 내가 아내의 어깨에 손을 두르고 있고, 우리 둘은 활짝 웃고 있다. 자세히 살펴보면 아내의 시선이 정면 카메라를 향해 있지 않고 아주 미묘하게 몇 도쯤 어긋나 허공을 향한 것을 알 수 있다. 나는 최근에야 그것을 발견했다. 그때 그녀는 무얼 보고 있었던 것일까?

"식탁이 정말 대단한데요. 이렇게 멋진 식탁은 처음 봐요."

윤의 아내가 한번 더 식탁 이야기를 하며 의자에 앉고, 윤이 그녀의 옆에 앉는다. 나와 내 아내가 그 맞은편에 앉는다. 윤의 아내가 선물 상자를 열어보라고 나를 재촉한다. 고급스러운 목재 상자 속에는 비닐로 낱개 포장되어 있는 시가가 여러 개 들어 있다.

"코히바 시가야."

나는 코히바 시가가 무엇인지 모른다. 나는 윤에게 고맙다고 말하고 상자의 뚜껑을 덮는다. 윤이 핸드폰을 꺼내, 손가락으로 버튼을 꾹꾹 누른다. 윤의 통화가 끝나자 그의 아내는, 한 부부는 언제쯤 도착한대요? 라고 묻는다. 조금 늦는 모양이야, 눈이 너무 많이 와서. 윤이 대답한다. 아내는 먹을거리를 가지러 부엌에 간다. 나는 맥주가 필요할 것 같아서 아내를 따라간다. 냉장고 문을 열기 전에 나는, 마른 오징어와 땅콩, 비스킷 따위를 접시에 담고 있는 아내의 어깨에 손을 올린다. 아내는 음식을 담고 있던 손을 잠시 멈추고 입을 앙다문다. 그리고 잠시 후 다시 음식을 접시에 담기 시작한다. 대충 가지고 나오세요, 라고 윤이 소리친다.

한 부부가 오기 전에 우리는 먼저 맥주를 마시기 시작한다. 윤은 술을 잘 못 마시지만, 그의 아내는 술을 아주 잘 마신다. 여러 가지 사소한 이야기들이 오고 간다. 누군가가 얼마 전에 함께 갔던 피크닉에 대한 이야기를 꺼낸다. 두 달 전 우리 부부와 한 부부, 그리고 윤 부부는 함께 도심 가운데 있는 호수로 나들이를 갔다. 막 여름이 끝나는구나 싶었는데, 정신을 차려보니 벌써 계절은 가을의 끝을 향해 달려가고 있었다. 한은 추워지기 전에 어디 근처로 가볍게 나들이라도 가고 싶다고 했다. 이유는 달랐지만, 모두들 여름에 휴가 한번 떠나지 못한 상태였다. 이번 여름휴가 때, 내가 뭘 했는지 알아? 3박 4일 동안 집에만 처박혀 있었어. 뉴스에서는 매일 경포대에 올여름 최대 인파가 몰렸습니다. 어쩌고저쩌고 호들갑스럽게 방송을 해댔지. 하지만 그게 도대체 뭐가 그렇게 대단한 뉴스야? 해마다 여름의 어느 날에는 그해 여름의 최대 인파가 해수욕장에 모이는 게 당연한 거 아니야? 나한테 집에서 수박이나 먹으면서, 에어컨 바람을 쐬는 게 가장 훌륭한 피서 방법이라고 말하지 말아줘. 그런 건 개나 줘버리라고 해. 전기요금 때문에 마음껏 에어컨을 켜지도 못한다고. 게다가 수박에는 완전히 질려버렸어. 매일매일 수박만 먹었다고. 진짜야, 진짜 밥 대신 수박만 먹었다니까! 한이 한탄하듯이 말했다.

한참 전에 나들이 철은 지나갔고 날씨는 이미 쌀쌀해졌지만 결과적으로는 그게 우리의 나들이를 가능하게 한 이유가 되었다. 일요일 낮의 호숫가는 더할나위없이 한적하고 조용했다. 바람은 차가웠지만, 충분히 따스하다고 느낄 만한 햇살이 있었고, 도무지 깊이를 가늠할 수 없을 것 같은 늦가을의 하늘이 있었고, 과일이 있었고, 샌드위치와 김밥이 있었으며, 맥주와 담배가 있었다. 그것들로 우리는 충분히 평화롭고 고요한 오후를 보낼 수 있었다. 아내는 남색 재킷과 베이지색 면바지를 입고 있었고, 면바지 안에는 팬티스타킹을 신고 있었다. 스타킹 때문에 답답해서 견딜 수가 없어요. 온몸이 나일론으로 꽁꽁 둘러싸여 있는 것 같아. 아내는 나직하게 투덜거렸다. 집으로 돌아갈 시간이 다 되었을 때도, 기분이 별로 좋아 보이지 않았기 때문에 나는 아내에게 불편하면 스타킹을 벗고 오는 게 어떻겠냐고 말했다. 아까 화장실에서 벗었어요. 아내가 대답했다. 화장실? 응, 저기 카페 안에 있는 화장실. 호숫가와 도로가 맞닿은 곳에 대형 카페가 하나 있었다. 언제 저렇게 먼 곳까지 다녀왔어? 아까 전에요. 아내는 신발을 벗어 나에게 맨발을 보여주었다. 나는 잠시 동안, 아내가 좁은 화장실에서 스타킹을 벗는 장면을 떠올려보았다. 바지를 벗고, 스타킹을 벗고, 그리고 다시 바지를 입었겠지. 신발은, 신발은 어떻게 했을까? 신발을 신고 바지를 입었다 벗었다 하는 것은 성가신 일이다. 오른쪽, 왼쪽 번갈아가며 신발을 벗었을까? 그날 밤 집으로 돌아온 아내와 나는 간단한 저녁식사를 했다. 내가 설거지를 하다가 컵을 하나 깬 것 이외에는 여느 날과 다름없는 저녁이었다. 아내는 깨진 컵을 한동안 말없이 쳐다보기만 했다. 유리조각을 꼼꼼하게 치운 후, 우리는 텔레비전에서 하는 개그 프로그램을 함께 봤고, 커피도 한 잔씩 마셨다. 당신 친구들은 이상해요. 아내의 말에 내가 물었다. 왜? 너무 경직되어 있어요. 무슨 뜻이지? 다 바보들 같아. 아내는 먼저 잠자리에 들었다. 그날 밤 나는 거실에 앉아, 아내가 스타킹을 벗기 위해 양쪽 신발에서 차례로 발을 빼내는 장면을 오랫동안 떠올려보았다.

우리가 피크닉에 대한 이야기를 하고 있을 때, 한 부부가 도착했다.

"늦게 오셔서 우리들 먼저 시작했어요."

유의 아내가 말한다. 한 부부는 식탁을 보고 눈이 휘둥그레진다.

"이렇게 좋은 식탁이 어디서 났어요?" 한의 아내가 묻는다.

"글쎄요." 내가 딴청을 피운다.

"어서 앉아요."

자리에 조금 변동이 생긴다. 나와 아내는 식탁의 짧은 쪽에 서로 마주 보고 앉았고, 내 왼쪽에는 한 부부가, 그리고 오른쪽에는 윤 부부가 앉는다. 아내는 부엌으로 들어가, 맥주와 과일, 그리고 배를 채울 수 있는 간단한 음식들을 담아온다.

"우리가 아까, 어디까지 이야기했죠?" 윤의 아내가 맥주를 한 잔 마시고 나서 묻는다.

"무슨 얘기를 하고 있었는데요?" 한이 묻고,

"저번에 호수로 놀러 갔을 때 이야기요." 아내가 대답한다.

"전 호수 옆 도로에 있는 카페에 잠시 들렀었어요. 스타킹을 벗으려고요."

"아, 그때 카페 쪽으로 가는 걸 봤는데, 스타킹을 왜 벗었어요?"

윤이 묻는다. 아내는 그냥 웃는다. 다시 윤.

"하긴, 점심 먹고 나서는 우리 모두 흩어져 있었죠. 호수의 다리를 구경하러 간 사람도 있었고, 차 안에서 낮잠을 잔 사람도 있었고, 그리고 카페에 스타킹을 벗으러 간 사람도 있었네요."

"아, 그 다리요?" 아내가 아는 척을 한다.

"다리가 아주 멋있더라고요, 그렇죠?" 윤의 아내가 나에게 묻는다.

그날 점심을 먹은 후, 우리는 별다른 일은 하지 않고 그저 호숫가에 앉아 있기만 했다. 한의 아내가 너무 많이 먹어서 배가 터질 것 같다고 엄살을 부리고, 한에게 졸리지 않느냐고 물었다. 난 정말 너무 졸려요. 눈꺼풀이 쏟아져내릴 거 같단 말이에요. 한 부부는 차에서 눈을 좀 붙이고 오겠다며 주차장 쪽으로 걸어갔다. 우리 넷이 남았을 때, 윤의 아내가 다리 쪽을 가리키며 구경하러 가고 싶다고 했다. 호수는 동쪽과 서쪽으로 나누어져 있었는데, 폭이 좁은 물길이 이 두 개의 커다란 호수를 이어주고 있었다. 그 물길 위로 왕복 사차선 도로로 이루어진 다리가 놓여 있었다. 윤의 아내가 가리킨 것은 그 다리의 아래편이었다. 거기엔 아무것도 없어. 그냥 그 위로 차가 지나다닐 뿐이야. 구경할 만한 게 전혀 없다고. 윤이 거절했지만, 윤의 아내는 가고 싶다는 생각을 접지 않았다. 나는 담배를 하나 꺼내 입에 물었다. 나 역시, 온몸이 노곤해져서 낮잠이라도 자고 싶은 기분이었다. 바람이 불어왔고, 이팝나무의 가지에 매달린 나뭇잎들이 흔들렸다. 나뭇잎들이 흔들릴 때마다 잎 사이로 드문드문 떨어지던 햇살이 같이 휘청휘청 흔들렸다. 내가 담배 한 대를 다 태울 때까지 다리에 가고 싶다는 윤의 아내와 가고 싶지 않다는 윤의 실랑이는 계속되고 있었다. 돌이켜보면 아내는 그때 이미 카페로 간 후였다. 실랑이를 벌이던 윤의 아내가 내 쪽으로 고개를 돌리더니 좋은 생각이라도 났다는 듯이 말했다. 나랑 같이 다리 구경하러 가요. 윤도 좋은 생각인 것 같다며 둘이 다녀오라고 말했다. 나는 잠시 망설였다. 딱히 구경하러 가고 싶은 마음도 들지 않았고, 몸을 움직이는 것도 귀찮았다. 그렇다고 거절을 하는 것도 좀 우스울 것 같다는 생각이 들어서, 결국 나는 윤의 아내와 함께 가기로 했다. 그 다리 바로 옆에는 아내가 스타킹을 벗으러 들어갔던 카페가 있었다. 하지만 나는 그때 아내가 그곳에 있는지 몰랐다.

"다리가 멋있었죠?"

윤의 아내가 다시 묻는다. 나는 고개를 끄덕끄덕거린다. 아내는 피곤하다는 듯 눈을 내리깔고 유리컵의 표면을 손가락으로 문지르고 있다. 가까이에 앉아 있는 사람들과 이야기를 나누기도 한다. 하지만 내쪽으로는 시선을 돌리지 않는다. 아내는 나에게 화를 내고 있다. 아내는 이 모임에 대해서도 탐탁지 않게 생각했다. 하지만 왜? 나는 잘 알수 없다고 생각한다. 문득 아내의 시선이 나에게 오고 있음을 느낀다. 우리 둘의 눈이 마주치고 아내가 입모양으로만 무언가를 말하는 시늉을 한다. 나는 처음에 아내가 무슨 말을 하는지 전혀 알아채지 못한다. 한참 후에야 나는 아내가 입모양으로 만든 단어가 무엇인지 깨닫는다.

'개자식.'

아내는 그렇게 말했다.

"이렇게 좋은 식탁이 정말 어디서 났어? 나도 이렇게 좋은 식탁을 가진 적이 있었는데. 씨발, 부럽다. 씨발, 좆나게 부러워. 응? 알겠어? 좆나 부럽다고, 씨발."

한이 혀 꼬부라진 소리를 한다. 사실, 언제나 제일 먼저 취하는 사람은 한이다. 우리는 요즘 한이 어떤 일을 하는지 잘 모른다. 한은 명문대 공대를 나왔다. 대학을 졸업하고는 바로 유명 건설회사에 취직했다. 하지만 그가 다니던 회사가 갑자기 무너졌고, 그도 갑자기 무너졌다. 한의 아내가 한의 팔을 붙잡는다. 잠시 분위기가 가라앉는다.

"괜찮아요. 저 사람 지금 취해서 그러는 거예요. 그리고 남자들은 취하지 않았을 때도 저런 말 정도는 아무렇게나 하잖아요."

"그럼요, 저런 말 한다고 아무도 나쁘게 생각하지 않아요."

여자들이 한의 아내를 위로한다. 한의 아내는 어색한 듯 고개를 숙이지만, 곧 웃음을 짓고 고개를 끄덕인다. 한은 장난스럽게 빈 컵으로 식탁 위를 리드미컬하게 두드리기 시작한다. 아내는 부엌으로 가서 맥주를 가져다가 한의 앞에 놓아준다. 윤이 한에게 자네는 술을 좀 줄여야 해, 어느 날 갑자기 쓰러질지 누가 알아? 라고 조금 나무라듯이 말한다. 그러고는 내 아내를 향해, 안 그렇습니까? 동의를 구한다. 아내는 억지로 조금 웃는다. 여하튼 윤의 편잔이 분위기를 좀 좋게 만들어주었다.

"나도 술을 좀더 줘요, 남은 술이 있을까 몰라. 정말, 저이는 술을 너무 많이 마셨어. 이 집의 술이 다 동났을 거야."

윤의 아내가 한을 가리키며 깔깔거린다. 틀린 말은 아니다. 한은 맥주 다섯 병과 와인 두 병을 혼자 다 마셨다. 세 번 정도 화장실로 달려갔고, 요란한 소리를 내면서 먹었던 음식을 게워내기도 했다. 윤의 아내가 담배를 입에 문다. 그리고 내 아내를 쳐다보며 묻는다.

"담배 피워도 되나요?"

내 아내는 망설이다가, 결국 괜찮다고 말한다. 나는 불을 붙여주면서 한마디 한다.

"담배는 몸에 안 좋아요."

"아, 잔소리는 그만두세요. 사실은 이이도 언제나 그 소리랍니다. 담배는 몸에 해로워, 당장 끊는 게 좋을 거야."

윤의 아내가 윤의 목소리를 흉내내면서 깔깔거린다. 아내는 그녀를 지그시 바라본다.

"담배를 안 피우세요?" 아내가 윤에게 묻는다.

"안 피우지." 내가 대답하고,

"거짓말, 난 저 친구가 담배 피우는 걸 본 적이 있어요." 혀 꼬부라진 한이 말한다.

"설마."

윤의 아내가 이마에 손을 얹고는 고개를 흔들며, 과장되게 한숨을 쉬었다. 그 모습 때문에, 우리는 웃음을 터뜨렸다. 하지만 내 아내는 웃지 않는다. 그녀의 얼굴이 일그러진다. 윤의 결혼식 때 내가 사회를 봤다. 아내와 만난 지 육 년째 되는 해였다. 그녀의 집에서 우리의 결혼을 반대한 지 사 년째가 되는 해이기도 했다. 그녀의 집은 너무 부자였고, 우리 집은 너무 가난했다. 돌이켜보면 그렇고 그런 이야기이다. 특별히 입에 담을 것도 없는. 내가 별로 웃기지는 않지만 나름대로 신경써서 준비한 농담을 하는 동안 아내는 벽에 기대서서 신랑과 신부를 물끄러미 바라보고 있었다. 아내는 가슴에 화려한 코르사주가 달린 푸른색 민소매원피스를 입고 있었다. 남의 결혼식에 초라하게 하고 가면 내 결혼식도 그렇게 된대요. 나는 그날 보았던 아내의 모습을 잊지 않고 있다. 시간이 흐르면서 많은 것들이 내 기억 속에서 사라져버렸지만, 그 모습만은 오히려 시간이 지날수록 점점 더 또렷해진다. 그해 겨울에 결국 우리는 결혼 승낙을 받았고 이듬해 봄에 결혼식을 올렸다.

아내가 부엌으로 들어가서 술과 안주를 더 가지고 나온다. 그리고 자기 자리에 앉아, 맥주를 마시거나 비스킷 따위를 먹는다. 내가 사람들과 웃고 떠드는 동안, 이따금 아내는 나를 노려본다. 나는 그녀의 눈길을 느낀다. 어차피 아내가 나에게 화를 내고 있다는 사실은 변하지 않는다. 모두 돌아가면 도대체 왜 저러는지 꼭 알아내고 말겠어. 마음이 몹시 불편하지만, 이 모임이 끝날 때까지는 참아야 한다고 나

자신을 다독거린다.

"잠깐만 제가 이야기를 좀 해도 될까요?"

아내가 주춤거리며 자리에서 일어난다.

"나, 여러분에게 할 말이 있어요."

망설이며 자리에서 일어난 것에 비하면 말투는 아주 단호하다. 하지만 한편으로는 어딘가 억제된 듯한 느낌을 주기도 한다. 사람들은 웃거나 먹거나 떠들던 것을 멈추고 그녀를 바라본다. 아내는 뭔가 결심했다는 듯이 선 채로 맥주 한 컵을 쭉 들이켠다.

"무슨 말을 하려는 거야?"

내가 묻는다. 나는 아내가 친구들 앞에서 싸움을 걸지 않기를 바란다. 내가 이들 앞에서 망신당하는 것을 원치 않는다. 갑자기 한이 커다란 소리로 트림을 했고, 그 바람에 윤의 아내가 깔깔거리고 웃었다. 한의 아내가 여보, 트림은 화장실 가서 할 수 없어요? 라며 핀잔을 준다.

"내 남편은 바람을 피우고 있어요."

침묵. 잠시 후, 아내는 나에게 말한다.

"여보, 나, 사실은 다 알고 있어요."

그녀는 이제 한결 여유로워 보인다. 나는 뭐라고? 라고 되묻는다. 내가 뭔가 잘못 들은 거 같다고 생각한다.

"나, 다 알고 있다고요."

어머, 세상에나, 라는 여자들의 목소리와 한이 쯧쯧쯧, 혀를 차는 소리가 들린다. 나는 영문을 몰라 잠시 허둥댄다.

"왜 그런 말을 하는 거야? 취했어?"

나는 아내가 질 나쁜 농담을 한다고 생각한다. 취하면 그럴 수 있다.

"아뇨, 멀쩡해요."

"그런데 왜 그래?"

나는 갑자기 짜증이 난다. 아내와 나를 제외한 네 명은 열심히 눈알을 굴리며 우리를 번갈아 쳐다본다. 바람이라고? 사 년 동안이나, 장인에게 애걸복걸해서 결혼한 여자다. 내가 그 사 년 동안 얼마나 많은 멸시와 모욕을 받았는지 이 여자는 잊어버린 것일까? 그토록 고생하면서 결혼한 여자를 두고 바람이라고? 다른 사람이면 어떨지 몰라도 나는 그 시간이 아깝고 아까워서라도 바람 같은 건 못 피운다. 도대체 저 여자, 왜 저러는 거야?

"죄송해요. 당신들 기분을 망치고 싶지는 않았어요. 하지만 이렇게 아무렇지도 않게 우리가 놀고 떠드는 걸 전 정말 견딜 수가 없어요."

"당신, 제정신이야?"

"이런 자리에서 이런 말을 하는 게 어쩌면 몹시 잘못된 일인지도 모르죠. 하지만, 이건 나와 내 남편의 문제만은 아니에요. 그래서……"

"그게 무슨 뜻이야? 당신, 당신이 하는 말이 무슨 뜻인지는 알고 있어?"

"무슨 뜻이냐고요?"

아내가 나를 쳐다보고 약간 과장된 목소리로 되묻는다.

"무슨 뜻이냐고요? 무슨 뜻인지 정말 몰라요? 내 입으로 내가 말을 해야 해요?"

"도대체 그게 무슨 말이야? 당신 입으로 뭘 말해?"

나는 최대한 감정을 억제하며 말한다. 나는 아내가 하는 저 이야기들이 단지 나를 망신주고 싶어하는 거짓말이라는 걸 잘 알고 있다. 그런 거짓말에 발끈해서 화를 내고 싶은 마음은 눈곱만큼도 없다.

"여보, 정말로 내가 당신이 누구와 바람을 피우고 있는지에 대해 내 입으로 말하기를 바라요?"

"뭐라고? 그건 또 무슨 말이야? 도대체 내가 누구와 바람을 피우고 있다는 거야?" 나는 조용히 묻는다. 어쩌면 좀 비아냥거리고 있는 건지도 모른다.

아내가 나를 쳐다보더니 크게 숨을 한 번 들이마셨다가 뱉어낸다.

"저 여자요. 당신, 저 여자랑 바람 피우고 있죠."

아내는 잠시 망설이는 듯하지만, 결국 또박또박하게 말한다. 이건 또 무슨 소린가. 그녀는 윤의 아내를 가리키고 있다.

"당신, 저 여자랑 만나고 있잖아요. 나와 저 여자의 남편을 감쪽같이 속이면서 말이에요."

"뭐라고?" 내가 되묻고,

"뭐라고요?" 윤의 아내가 어이가 없다는 듯이 내 아내에게 묻는다.

윤이 나와 아내, 그리고 자신의 아내를 동시에 쳐다본다. 한 부부는 초조한 눈빛으로 나와 아내, 윤과 윤의 아내를 번갈아 쳐다본다. 한 부부의 초조함 속에는 재밌어죽겠다는 표정이 숨겨져 있다. 젠장, 무슨 일이 벌어지고 있는 거야?

"그날 호수에 놀러 간 날, 둘이 다리 밑에 함께 있는 걸 봤어요."

"아, 그건 나도 알고 있는 사실이에요. 원래 나와 함께 가려고 했는데, 너무 피곤해서…… 내가 내 아내와 함께 가달라고 이 친구에게 부탁한 거예요."

윤이 조금 안심이 된다는 목소리로 말하고, 나는 고개를 끄덕인다. 한 부부는 실망했다는 듯, 그럴 줄 알았어, 라고 조그마한 목소리로 속닥거린다. 하지만 아내의 표정은 여전히 딱딱하다. 흔들림이 없다. 전혀.

"아뇨, 저 둘이 다리 밑에서 뭘 하고 있었는 줄 알아요? 부둥켜안고 키스하고 있었어요. 난 똑똑히 봤어요."

"설마."

한과 한의 아내가 동시에 말한다. 윤의 표정이 순간적으로 굳는다.

"주위는 아랑곳하지도 않았죠. 세상에, 난 어젯밤까지도 그 장면을 떠올리는 걸 멈출 수 없었어요."

나는 윤의 아내를 바라본다. 내 아내는 계속해서 말한다.

"지금도 나는 그 장면을 떠올릴 수 있어요."

아내의 시선은 허공을 향해 있다. 나를 바라보고 있지 않다. 그녀는 무얼 보고 있는 것일까? 미쳤군. 나는 모두 다 들을 수 있을 만한 목소리로 말한다. 나는 그녀를 데리고 병원에 가봐야 할지도 모른다고 생각한다.

"좋아. 여보, 당신이 무엇 때문에 화가 났는지 모르지만, 이건 정말 나쁜 짓이야. 이건 진짜 말도 안 되는 거짓말이잖아. 취했으니까 그럴 수 있어. 하지만 이제라도 그만둬. 사실을 밝히고 사과하란 말이야. 이게 도대체 무슨 말도 안 되는 미친 짓이야?"

갑자기 윤의 아내가 양손으로 얼굴을 감싸더니 울음을 터뜨린다.

"미안해요, 여보."

윤의 아내는 윤에게 울먹이며 말한다.

"나는 그저 호기심으로 그런 거예요. 그를 사랑했다거나 그런 거 아니에요. 정말이에요. 날 믿어줘요."

이건 또 뭔가. 나는 처참한 마음으로 윤의 아내에게 묻는다.

"그게 무슨 말이에요? 우리 둘이 무슨 사이였다고요? 당신하고 나하고?"

"당신이 날 좋아했고, 당신이 나에게 치근덕거렸잖아요. 난 알고 있었어요. 오, 다 내 잘못이야. 내가 처음부터 거절했어야 하는 거였는데. 그날도…… 다리 밑에서……"

윤의 아내는 이제 어깨를 들썩거리며 울기 시작한다. 그러자, 윤이 그녀의 어깨를 감싼다. 한 부부가 너무한다는 표정으로 나를 바라본다. 어쩜 그럴 수가, 한의 아내가 말하자, 정말 너무하는군, 한이 그녀를 따라 말한다.

"모두들 머리가 어떻게 된 거 아냐? 내가 저 여자랑? 말도 안 돼!"

윤의 아내의 어깨가 더욱 심하게 흔들린다. 윤이 그녀의 귀에 대고 뭐라고 중얼거린다. 나는 여러 가지 말을 더 한다. 왜 아무도 나를 믿지 않는 거야? 믿어봐, 제발. 오해야. 진짜 말도 안 된다고. 말도 안 되는 거짓말들이라고! 그때 갑자기 아내가 소리지른다.

"개자식!"

아내는 잔뜩 화가 난 표정으로 포크를 내 쪽으로 넌신다. 포크는 아슬아슬하게 나를 지나쳐서 내 뒤에 있는 탁상시계를 건드리고, 시계와 포크가 요란한 소리를 내며 바닥으로 떨어진다.

"재미있군." 한이 말한다.

"여보, 조용히 좀 해요." 한의 아내가 말한다.

나는 아내를 향해 절망적으로 말한다.

"당신 정말 미쳤어?"

"당신은 정말 나빠, 개자식 같으니라구. 저것 봐, 그래도 저 여자는 자신의 잘못을 인정하고 있잖아. 용서를 구하고 있다고. 하지만 당신은 뭐야? 당신 자신을 돌아봐! 당신 정말 추해, 추하다고!"

"뭔가 오해가 생긴 거야. 이건 정말 말이 안 된다고. 오해가 아니라면 저 여자 정신이 어떻게 된 게 틀림없어. 안 그래? 게다가 친구의 아내라고. 친구의 아내를 건드릴 만큼 내가 질 나쁜 인간이야? 내가? 당신에겐 내가 고작 그 정도의 인간이었어? 우리가 몇 년을 연애했지? 난 당신 아버지의 반대도 무릅쓰고 당신이랑 결혼했어. 당신 아버지는 내게 온갖 인간적인 모멸을 다 퍼부었어. 하지만 난 다 참았어. 난 그런 사람이라고! 난 그만큼 당신을 사랑했던 거야! 알아들어? 이런 나한테 이럴 수가 있어? 이건 뭐가 잘못되어도 단단히 잘못된 거야."

나는 말을 끝낸 후 힘껏 식탁다리를 발로 찬다.

"이 빌어먹을 식탁도 그래, 당신 아버지가 당신에게 달랑 남겨준 거지. 나는 아직도 당신 아버지가 나에게 했던 말 잊지 않고 있어. 무슨 벌레 보듯 나를 내려다보면서 말했지. '이렇게 집이 좁아서 이 식탁이나 들어가겠나?' 그러고는 이 집에 단 일 분도 앉아 있지 않고 떠났어. 그래, 당신 아버지는 말이야. 부자였지. 인정해, 하지만 머릿속은 텅텅 비었어. 당신도 알잖아. 당신 아버지가 어떤 식으로 살아왔는지 말이야. 당신 아버지는 자기 자신도 주체 못 했지. 빌어먹을 이 식탁처럼 말이야."

솔직히 인정한다. 나는 더이상 내 감정을 억제하지 못할 정도가 되었다. 얼굴에 열이 오르는 게 느껴진다. 윤의 아내는 계속 울고 있고, 윤은 자리에서 일어난다. 윤은 화가 난 것 같기도 하고, 그저 이 상황을 난감해하는 것 같기도 하다. 그는 나와 아내를 번갈아 바라보고 나서 낮게 한숨을 쉰다. 나는 지금 벌어지고 있는 일들이 도대체 무슨 일인지 잘 모르겠다고 느낀다. 한은 술을 더 달라고 한다. 한의 아내가 마치 자신의 집인 양 부엌으로 들어가더니 맥주 서너 병을 더 들고 나온다. 우리를 바라보는 한 부부의 표정이 마치 무슨 공청회라도 보는 것처럼 진지하다.

"우리 아버지에 대해서 말하지 말아요!"

아내가 소리지르고, 윤의 아내가 울음을 그치려고 노력하면서 말한다.

"이런 얘기로까지 비약하지 말아요. 그럴 필요 없잖아요. 이제 그만하자고요."

윤의 아내가 딸꾹질을 하기 시작한다.

"나도 이런 이야기까지 하는 거 원하지 않아요. 내 아내도 뉘우치고 있고, 당신 남편도 후회하고 있는 것 같으니, 여기서 끝냈으면 좋겠군요. 여보, 일어나."

윤이 자신의 아내를 일으켜세운다. 그녀는 양손으로 식탁을 짚고 겨우 일어난다. 금방이라도 쓰러질 것 같다. 윤은 그녀에게 외투를 입혀준다. 아내는 현관문을 열어준다.

"안녕히 가세요. 다시는 만나는 일 없었으면 좋겠어요."

"동감이오."

현관문을 닫고 나서도 윤의 아내가 우는 소리가 들린다. 잠시 후 그녀의 울음소리가 완전히 사라진다. 아내는 거실로 들어온다. 한이 새 맥주의 뚜껑을 딴다. 한의 아내가 심각한 표정으로 나를 바라본다.

"정말 둘이 그렇고 그런 사이예요? 어쩐지."

한의 아내가 말하고,

"둘이 결혼할 때, 장인이 반대한다는 말 왜 안 했어? 감쪽같이 속였구만!"

한이 말한다. 그리고 잠시 후 한은 은밀한 목소리로 묻는다.

"잤어?"

"여보, 왜 그래요?"

한의 아내가 못 말리겠다는 듯이 한숨을 쉰다. 아내는 자신의 자리에 조용히 앉아 왼손으로 턱을 괴고, 고개를 숙인다. 얼굴이 잘 보이지 않는다.

"우리의 모임을 완전히 초토화시킨 기분이 어떠시죠?"

한이 장난스럽게 묻는다.

"그러게 말이에요."

한의 아내가 맞장구를 친다. 아내는 아무런 대답도 하지 않고 방으로 들어가버린다. 문 닫는 소리가 아주 크게 들린다. 나는 한 부부에게 돌아가달라고 말한다.

"술이 남았는데."

둘이 동시에 말한다. 돌아가줘, 나는 한번 더 말한다. 그들은 일어나서 현관 옆 옷걸이에 걸어둔 자신들의 외투를 찾아 입고, 아쉬운 듯이 식탁과 그 위에 널브러져 있는 술병과 안주 등을 바라본다.

"식탁은 정말 좋았는데. 정말 내가 본 식탁 중에서 가장 멋진 식탁이에요. 이 식탁을 또 볼 수 없다니, 정말 아쉬워요."

한의 아내가 말하자 한이 고개를 끄덕인다. 그들이 집을 나간 후 나는 의자에 깊숙이 기대어 앉는다. 그날 호수에서 무슨 일이 있었던 것일까? 나와 윤의 아내 사이에 정말 무슨 일이 일어났던가? 아니다. 함께 다리를 구경했을 뿐이다. 머릿속이 뱅글뱅글 돌기 시작한다. 그런데 그 여자는 왜 저러는 거지? 정말 무슨 일이 있었던가? 아니, 다리를 구경했을 뿐이잖아. 마치 암흑 속으로 던져진 듯한 기분에 사로잡힌다. 내가 무슨 일을 했는지, 혹은 하지 않았는지, 나는 확신을 가질 수가 없다.

다만, 내 앞에는 식탁이 놓여 있을 뿐이다. 직사각형의 식탁은 여섯 명이 앉고 남을 정도로 거대하다. 식탁의 상단은 산호대리석으로 만들어져 있으며, 그 중앙에는 길쭉하게 이탈리아산 월넛 무늬목이 코팅되어 있다. 식탁의 하단은 최고급 너도밤나무인데 기하학적 무늬가 새겨져 있다. 의자의 쿠션은 최고급 악어가죽으로 만들어진 것이다.

멀리서 봤을 때는 몰랐는데 가까이 가보니, 다리 하부가 꽤 공들여 만들어졌음을 알 수 있었다. 그녀는 오길 잘했다며 호들갑을 떨었다. 다리 밑, 좁아진 물길을 사이에 두고 양변으로 널찍한 산책로가 이어져 있었다. 그 바깥쪽 가장자리를 따라 아치형의 기둥들이 다리를 떠받치고 있었고 그 벽면에는 직사각형 모양의 램프가 달려 있었다. 기둥 사이에는 초록색 철제 난간이 둘러쳐져서 사람들이 호수로 내려가는 걸 막고 있었다. 심플하면서도 위엄이 느껴지는 디자인이었다. 다리 밑은 햇빛이 들어오지 않아 무척 춥게 느껴졌다. 호수의 잔물결이 기둥의 밑부분에 부딪치는 소리가 끊임없이 들려왔다. 그럴 때마다, 나무에서 떨어져 다리 밑까지 흘러온 갈색의 작은 이파리들이 이리저리 흔들렸다. 저 멀리 어렴풋하게나마 윤이 혼자 앉아 있는 것이 보였고, 한 부부가 윤 쪽으로 걸어가는 것이 보였다. 그녀는 난간에 딱 붙어서 호수에 될 수 있는 한 가까이 손을 내밀고 있는 중이었다. 도로의 위쪽으로는 대형 카페가 하나 있었다. 카페의 문 왼쪽에는, 나무를 깎아서 만든 것처럼 보이는 커다랗고 우스꽝스럽게 생긴 개 인형이 입구를 지키고 서 있었다. 카페 안으로 사람이 들어가는 것이 보였다. 여자였는데, 면바지와 재킷을 입고 있었다.

나는 문득 아내를 떠올렸다. 아내는 지금 어디에 있을까? 언제부터 일행에서 사라진 거지? 점심을 먹을 때까지는 같이 있었던 것 같은데, 아내는 어디에 간 걸까? 그러다 문득 이런 질문이 머리를 스치고 지나갔다. 그렇다면 나는 어디에 있는 거지? 나는 어디에 있는 거야? 아니, 그럼 우리는 도대체 어디에 있는 걸까? 싱겁기는. 나는 혼자 픽 하고 웃었다. 담배를 입에 물고 불을 붙였다. 그리고 담배를 한 모금 깊이 빤 뒤, 재킷의 깃을 올렸다. 이제 이 다리 밑에도 가을의 흔적이 완전히 사라지고, 곧 겨울이 오겠군. 담배 한 대를 다 피운 후 나는 그런 생각을 하며, 천천히 걷기 시작했다.

과학자의 사랑

* 이 글은 브라이언 그린 박사가 『포퓰러 사이언스』 2012년 1월호에 기고한 「고든 굴드—과학자의 사랑」을 번역·정리한 것이다. 브라이언 그린 박사는 2011년 10월, 캔자스에 있는 굴드 트라이앵글 박물관에서 같은 제목의 강연을 한 바 있다. 번역과 정리는 설치미술가이자 린디합퍼인 손보미씨가 수고해주셨다.

1

고든 굴드 박사가 차에 치인 것은 "고든 굴드의 필라델피아 시절"이었던 1948년 9월의 일이다. 그는 우체국에 들러 편지 두 통을 보낸 후, 시내에서 아내인 비비안 굴드와 함께 점심을 먹을 계획이었다. 비비안 굴드는 약속시간이 지나도 고든 굴드가 나타나지 않자 그의 연구실로 전화를 걸었는데, 그날따라 연구실은 텅 비어 있어서 그녀는 아무하고도 통화할 수가 없었다. 공교롭게도, 그때 굴드 박사가 교통사고를 당해 병원에 있다는 사실을 알았던 단 한 명의 사람은 굴드 부부 집의 "가정부"였다. 이탈리아 출신의 이 마음 약한 여성은 병원에서 걸려온 전화를 받고 약간 겁에 질린 상태였다. 집으로 돌아온 비비안은 훌쩍거리는 가정부로부터 남편의 소식을 전해들었지만 전혀 당황해하거나 허둥대지 않았다. 오히려 그녀는 침착하게 병원에 전화를 건 후, 그때까지도 울고 있는 가정부를 향해 "울지 말아요. 박사님은 아무 문제 없어요"라며 그녀를 달래기까지 했다. 나중에 비비안은 자신의 회고록, 『위로와 정복』에 이렇게 썼다. "고디(역주 : 고든 굴드의 애칭)는 항상 가정부에게 둘러싸인 삶을 살았다. 그의 인생이 실패했다면 바로 이런 이유 때문일 것이다(역주 : 굴드 박사가 죽은 후 그녀는 두번째 문장을 삭제했다)."

병원에 도착한 비비안이 고든 굴드의 수술이 끝나기를 기다리고 있을 때, 한 젊은 간호사가 쭈뼛거리며 그녀에게 다가왔다. 그 젊은 간호사는 "부인, 박사님은 무사하실 거예요"라고 말하며 고든 굴드의 소지품을 건넸다. 그녀는 그 위로가 진심이라고 느꼈기 때문에 하마터면 눈물이 날 뻔했다. 그래서 고개를 푹 숙이고 간호사가 사라질 때까지 고든 굴드의 소지품들을 뒤적거리기만 했다. 두 통의 편지가 그녀의 눈에 들어온 것은 순전히 그런 연유에서였다. 편지의 수신인은 던컨 듀렉과 "에밀리 로즈"였다. 편지봉투에서 이 이름을 보았을 때, 그녀는 어떤 생각을 했을까? 그것을 상상하는 것은 그리 어렵지 않다. 굴드 박사의 수술이 성공리에 끝나고 일주일쯤 지났을 때, 비비안은 굴드 박사의 비서를 통해 병상에 누워 있는 그에게 이혼 서류를 전달했다. 그리고 곧바로 캘리포니아로 돌아가버렸다. 굴드 박사는 그후로, 죽을 때까지, 비비안의 얼굴을 다시는 볼 수 없었다. "최고의 파트너"로 일컬어지던 고든 굴드 박사와 비비안 굴드—비비안 스턴우드—의 결혼 시절은 십구 년 만에 그렇게 종지부를 찍었다.

2

고든 굴드는 1926년에 비비안 스턴우드를 처음 보았다. 당시, 칼텍 신입생이었던 그는 자신이 세상 이치에 아주 능통하다고 생각하는 "햇병아리"였는데, 어떤 의미에서 그의 그런 태도는 평생 동안 유지된 셈이다. 그는 매우 우수한 학생이었지만 "지나치게" 잘생긴 외모와 "지나치게" 자신만만한 태도로 과학자보다는 영화배우에 걸맞다는 인상을 주었다. 비비안 스턴우드는 손꼽히는 캘리포니아 부호의 딸이었다. 고든 굴드보다 아홉 살 연상이었으며 이혼 경력도 있었다. 그녀는 래드클리프 대학에 재학중일 때 영화 제작자인 폴 듀렉과 결혼했다가 스물일곱 살 되던 해에 헤어졌다. 얄궂게도, 이혼 당시 그녀는 임신중이었다. 하지만 임신이 둘 사이에 어떤 영향을 끼친 것은 아니었다. 그녀는 던컨—그녀의 아들—이 생후 이십팔 개월이 되었을 때, 애 아빠에게 보냈고 자신은 새크라멘토의 아파트에서 혼자 생활했다. 그리고 격주 주말마다 던컨을 자신의 아파트로 데려와 함께 지냈다.

비비안은 레이먼드 챈들러의 탐정소설에 나오는 부유한 집안의 이혼한 딸들이 자주 그러는 것처럼(역주: 레이먼드 챈들러의 『빅 슬립』

의 여주인공의 이름도 비비안 스턴우드이다. 챈들러는 그녀와의 연관성에 대해 강력하게 부인한 바 있다) 술독에 빠지지도 않았고 남자 관계가 복잡하지도 않았으며 까닭 없는 동정심이나 연민에 찬 여성도 아니었다. 비비안 스턴우드는 개인 재봉사가 있었고, 브레게의 손목시계를 착용하고, 삼 캐럿짜리 다이아몬드 목걸이를 하긴 했지만, 그것은 어릴 적부터 몸에 밴 생활습관일 뿐이었고, 그 외에 특별히 자신을 위해 돈을 쓰는 데는 없었다. 그녀는 "간호와 과학이야말로 세상을 이끌 주요 분야"라고 생각했기 때문에 자신의 신탁계좌 일부를 헐어 '종군 간호사 협회'를 만들어 활발하게 활동하는 한편, 당시 칼텍으로 적을 옮긴 로버트 밀리컨에게 일종의 기부모임인 '칼텍 후원회'를 만들 것을 제안했다. 그녀는 이 후원회 모금활동에 대단히 적극적으로 참여했고 일 년 만에 후원회가 목표액을 다 채우는 데에 혁혁한 공을 세우기도 했다. 그녀가 "칼텍의 대모"로 불렸다는 이야기는 결코 과장이 아니다. 프리츠 츠비키 같은 과학자는 그녀가 칼텍을 방문할 때마다 "둥근 잡종의 총집합"이라며 대놓고 비아냥거리기도 했지만, 칼텍의 연구자들 상당수는 소탈하면서 품위 있고 검소하면서도 우아한 그녀에게 애정을 가지고 있었다.

당시 스무 살이었던 고든은 비비안이 주최하는 리셉션에서 그녀를 처음 보자마자 사랑에 빠져버렸다. 고든은 "고든 굴드의 캔자스 시절"에도 그 순간을 자주 회상했다. "차분하지만 똑 부러지는 말투로 연설을 했어. 볼이 통통해서 어찌 보면 귀여운 소녀 같았는데 눈빛은 아주 냉소적이어서 나이를 숨길 수 없었단다." 비비안은 회고록에 이렇게 썼다. "나에게 그런 식으로 애정을 표현한 젊은이(역주 : 실제로 그녀는 'young man'이라는 표현을 사용했다)는 없었다. 비유적으로 설명하자면, 다른 젊은이들이 나의 손등에 키스할 때 그는 나의 입술에 키스하는 식이었다." 어떤 사람들은 고든의 그러한 애정을 불경하다고 느꼈다. 또다른 사람들은 고든이 비비안에게 의도적으로 접근한 것이라며 비난하기도 했다. 하지만 고든은 아랑곳하지 않았다. 그리고 1929년 결국 그들은 결혼에 골인했다. 그렇게 칼텍의 대모와 촉망받는 젊은 과학도의 결혼이 이루어진 것이다. 비록 십구 년 후 그들의 결혼생활은 한순간에 끝장이 났지만, 비비안은 훗날 고든 굴드와의 결혼생활이 인생에서 가장 소중한 시간 중 하나였음을 인정했다.

결혼 직후에, 고든은 뜻밖의 선택을 한다. 돈이 필요하지도 않았고 비비안이 강력하게 반대했음에도 불구하고 패서디나 국방 연구소에 취직한 것이다. 하지만 그는 프랜시스 크릭이 패서디나에서 그랬던 것처럼 군사기술에 뛰어난 업적을 남기지도 못했고, 마이클 패서웨이처럼 경력에 도움이 될 만한 인맥을 만들지도 못했다. 고든은 고작 일 년 후 학교로 돌아오게 된다. 비비안은 이렇게 썼다. "아주 좋은 모양새를 띠고 학교로 돌아온 것이 아니었지만 고디는 괜찮아 보였다." 비비안에 따르면 고든 굴드는 그녀에게 이렇게 말하기도 했다. "앞으로 칼텍에서 내가 하는 모든 연구는 당신만을 위한 거예요. 당신을 깜짝 놀라게 할 만한 걸 보여줄 거예요. 그럼 당신은 나를 더 사랑하게 되겠죠."

고든 굴드는 전자스펙트럼 연구가 한참 이루어지고 있던 로버트 밀리컨의 연구팀에 들어갔다. 그 당시, 칼 아이링이나 아이라 바윈 등이 있었던 로버트 밀리컨의 팀은 이미 그쪽 분야에서 많은 성과를 낸 이후였고, 고든이 그 팀에 참여한 것은 누가 보더라도 좀 생뚱맞은 면이 있었다. 칼 아이링은 고든이 잘생긴 얼굴을 무기로 삼아 비비안을 조종한다고, 그래서 그가 특혜를 받았다고 공공연하게 비난했다. 그 시기에 많은 과학자들은 여전히 "비비안 스턴우드"를 지지하고, 그녀에게 존경심을 가지고 있었지만 "굴드 부부"에 대해서는 그렇지 않았던 것이 사실이다. 고든의 태도도 이런 분위기에 한몫했다. 그는 칼텍에 돌아간 지 이 년도 채 지나지 않아, 학교측에 개인 연구실을 요청하기까지 했다. 당연히 그 요청은 받아들여지지 않았는데, 고든은 아무런 거리낌도 없이 이 사실을 비비안 굴드에게 이야기했고 비비안은 심사숙고 끝에 고든을 위해 "손을 썼다". 그 결과 고든 굴드는 그나마 친밀함을 유지하던 동료들마저 잃었다. 물론 고든은 별로 신경쓰지 않았지만 말이다.

고든과 계속적으로 친밀함을 유지했던 동료도 있긴 하다. 바로 아이라 바원이다. 아이라 바원은 1938년 가을 비행기 사고로 죽을 때까지, 고든 굴드에 대한 지지를 멈추지 않았다. 특히 그는 굴드 부부가 집으로 초대한 단 한 명의 과학자이기도 했다. 굴드 부부의 집에서 저녁을 먹은 후—메뉴는 늘 프라이드치킨이었지만—바원은 가끔 비비안과 춤을 췄다. 굴드 부부는 그 당시 방 두 개에 거실과 식당이 딸린 좁은 아파트에서 살았기 때문에, 쌓아놓은 책이 무너지거나 탁자에 부딪치는 위험을 감수해야 했지만, "춤판 벌이는 것"을 포기하지는 않았다. 고든은 한 번도 직접 그 춤판에 끼어든 적이 없다. 그는 그저 만면에 미소를 띤 채, 그들이 춤추는 것을 "지켜보기"만 했다.

물론 "지켜보는 것"을 고든만 한 것은 아니다. 비비안도 1933년부터는 "칼텍의 대모" 노릇을 그만두었다. 그 대신 그녀는 종군 간호사 협회 일에 열중했다. 이차대전중이라는 시대적 배경 탓도 있었겠지만, 아마도 남편의 직장에서 "나선다"는 인상을 주고 싶지 않았던 것이리라. 물론 그녀는 여전히 많은 돈을 칼텍에 기부했고, 가끔은 남편을 따라 공식석상에 나타나기도 했다. 그녀는 항상 고든의 옆에서 미소를 띠고, 고개를 끄덕거리고, 자신의 미남 남편을 향해 아낌없이 박수를 보냈다. 때로는 손으로 키스를 날려보내기도 했다. 다른 사람들은 비록 그녀가 "나서는 것"을 그만두었지만, 미소 띤 얼굴로 단 한 사람을 끊임없이 "지켜보며", 고개를 끄덕이고, 지지하는 뜻을 나타냄으로써, 다른 식으로 칼텍에 엄청난 영향력을 끼치려 한다는 인상을 받았다.

3

비비안은 자신의 회고록에 이렇게 썼다. "1933년은 나와 고든이 굴드 부부로서 균형을 맞춰가는 시기였다." 그해 가을, 던컨이 굴드 부부의 집으로 왔다. 제작을 맡았던 영화의 흥행 참패로 재정상황이 어려워진 폴 듀렉이 여덟 살이었던 던컨을 제 엄마에게 맡기기로 한 것이다. 비비안은 당시 "굴드 부부"의 생활에 상당히 만족하고 있었기 때문에 아들과 함께 산다는 것에 대한 확신이 별로 없었다. 던컨과 함께 산다는 사실을 매우 고무적으로 받아들이고 잔뜩 기대에 부푼 사람은 고든 굴드 쪽이었다. 나중에 비비안은 이렇게 썼다. "하지만 그는 아버지가 될 준비가 되어 있지 않았다." 실제로 그들이 함께 살았던 십구 년 동안 비비안은 고든을 사랑스런 남편으로 대했을지언정 믿음직한 가장으로 대우해주지는 않았다. 고든이 아버지로서 적합하지 않다는 비비안의 믿음은 그녀가 죽을 때까지 지속되었다.

던컨과 함께 사는 일은 굴드 부부의 삶을 전반적으로 다시 조직하는 계기가 되었다. 그들은 새크라멘토의 좁은 아파트를 떠나서 방 일곱 개와 화장실이 세 개, 그리고 거대한 식당이 있는 산호세의 저택으로 이사를 했고, 지난 이 년간 폴 듀렉의 집에서 던컨을 돌봐왔던 유모 겸 가정부도 데리고 왔다. 바로 이 가정부가 당시 스무 살이던, 캔자스 출신의 에밀리 로즈였다. 고든은 처음에 에밀리 로즈를 고용하는 것을 반대했다. 폴 듀렉의 충고 때문이었다. 폴 듀렉은 에밀리가 자신이 고용했던 가정부 중 가장 뛰어나고 성실한 것은 사실이지만 아이가 한 가정부에게 너무 익숙해지는 건 바람직하지 않다고 말했다. 자신은 이제껏 한 가정부를 이 년 이상 고용한 적이 없었다고도 덧붙였다. "내 말 안 들으면 나중에 후회하게 될 거야." 비비안은 멍청한 소리라고 일축했다. "도대체 그게 무슨 말도 안 되는 소리예요? 그애가 좋아하는 걸 우리가 왜 뺏어야 하죠?"(역주 : 물론 아주 나중에도 비비안은, 폴 듀렉의 우려가 "결과적으로" 들어맞았다는 것을 결코 인정하지 않았다) 하지만 고든에게는 폴 듀렉의 주장에 반대하는 것이 그리 단순한 문제가 아니었다. 아무리 고든이 폴 듀렉의 거의 모든 성과들을 무시해왔다고 해도, 그가 던컨의 아버지라는 사실까지 무시할 수는 없었다. 그리고 바로 그 사실—고든이 던컨 듀렉의 아버지가 아니라는 그 사실 때문에 고든은 가정부를 고용하는 문제에 전혀 영향력을 끼치지 못했다.

에밀리 로즈는 명쾌하고 단순한 면이 돋보이는 여성이었다. 그러한 그녀의 성격이 선천적인 것인지, 아니면 오랫동안 가정부라는 직종에 있었기 때문에 후천적으로 형성된 것인지는 잘 모르겠다. 굴드 부부가 처음 에밀리를 만났을 때, 그들은 그녀가 수줍음을 많이 타는 전형적인 시골 처녀 같으면서 다른 한편으로는 나이에 걸맞지 않은 완고함도 지니고 있다는 것을 알아차렸다. 그녀는 교회에 나가야 하는 주일을 제외하고 매일 아침 여섯시 반이면 굴드 부부의 집으로 왔다. 그녀는 폴 듀렉에 대해서 "다른 세상에 사는 사람"이라고 느꼈는데, 그건 고든이나 비비안에 대해서도 마찬가지였다. 그녀는 고든이나 비비안이 "수고했어요"라는 말만 해도, 부끄러워서 어쩔 줄 몰랐다. 그녀는 유전학에 대한 지식이 전혀 없었지만, 어렴풋하게 던컨이 폴 듀렉에 버금가는 "영화 제작자 선생님"이나, 비비안 같은 "사회운동가—물론 에밀리는 이 말의 의미를 잘 몰랐으리라—선생님", 또 심지어는—유전적으로 아무런 상관도 없지만—고든처럼 "과학자 선생님"이 될 거라고, 그래서 곧 자신과는 또다른 세계로 가버릴 것이라고 생각했다. 그 사실 때문에 때때로 그녀는 한없이 허무함을 느꼈지만, 그녀에게는 폴 듀렉 이전의 다른 "선생님"의 자식들을 이미 훌륭하게 키워냈다는 자부심이 있었다. 양육에 관한 자신만의 원칙도 있었다. 이를테면 에밀리는 고든이 일어나서 출근할 준비를 하는 동안 아침식사를 차렸고, 고든이 출근할 때가 되면 던컨을 깨워서 배웅하도록 했다. 던컨은 일어날 때마다 짜증을 부렸고, 굴드 부부는 아이가 원하는 시간까지 푹 자도록 내버려두라고 말했지만, 에밀리는 그런 부분에 대해서 전혀 양보가 없었다. 언젠가 비비안이 아이를 "자유롭게" 두라고 했을 때, 에밀리는 양 볼이 빨개졌을지언정 자부심을 가지고 대답했다. "부인, 저는 열다섯 살 때부터 캘리포니아에서 이 일을 해왔어요. 제가 돌본 아이들은 벌써 부인이나 굴드 선생님만큼이나 훌륭한 사람이 될 가능성을 보이고 있고요." 에밀리 로즈는 비비안이 오전에 외출을 하고 나면 던컨을 학교에 데려다주고 집으로 돌아와 저택 구석구석을 돌아다니며 청소를 했다. 오후에 에밀리는 던컨을 데리고 집으로 왔고, 던컨이 바이올린이나 유화 등의 개인 교습을 받는 동안 근사한 저녁식사를 차렸다. 굴드 부부와 던컨은 이 생활에 빠르게 적응해갔고, 그리고 아주 만족했다.

이 생활에 익숙해진 후 고든은 집으로 돌아오면 곧바로 식당으로 걸어가는 습관이 생겼다. 거기에는 따뜻한 음식을 마주하고 앉아서 자신을 기다리고 있는 던컨과 비비안이 있었다. 고든에게 이 시간은 다른 어떤 것보다 중요했다. 고든 굴드는 매일 저녁 식당에서 감동했고, 그 식탁에 자신과 비비안 굴드, 그리고 던컨 듀렉 이외에 다른 누군가가 앉는 것을 "절대로" 원하지 않았다. 그렇게 그들 "가족"은 칠 년을 산호세 저택에서 보냈다. 물론, 굴드 가족의 생활이 이런 일정한 단계에 도달할 수 있도록 결정적인 도움을 준 사람이 바로 에밀리 로즈였다는 사실은 부인할 수 없을 것이다.

산호세로 이사한 후, 굴드 부부는 바원을 만날 때마다 레스토랑을 이용했다. 비비안은 모든 것이 깔끔하게 정리되어 있어서 아무것도 흐트러뜨리지 않을 수 있고, 또 설사 흐트러뜨리더라도 깔끔하게 치워줄 가정부가 있는데도 불구하고 바원과 춤판을 벌일 수 없다는 사실이 못마땅하긴 했지만, 남편의 뜻을 잠자코 따랐다. 가끔 바원이 언제 새로운 집에 초대해줄 거냐고 물을 때마다 고든은 "다음에"라고 대답했다. 바원은 이렇게 되물었다. "다음이 도대체 언제인가? 우리가 언제쯤 다시 춤판을 벌일 수 있겠나? 내가 죽은 이후인가?" 물론 농담이었고, 그들은 함께 웃었다.

4

당시 많은 이들은 고든 굴드의 연구가 "쓸데없이 죽치고 앉아 있는" 것이라고 생각했고, 특히 칼 아이링은 굴드 박사가 "개인" 연구실에서 하루 종일 귀나 파고 있는 것이 아니냐고 자주 비아냥거리곤 했다. 실제로 고든은 칼텍에 있었을 당시 어떠한 공식적인 연구 실적도 내지 못했다. 그럼에도 불구하고 칼텍측에서 고든 굴드를 가만히 두었던 것은 그를 믿어서가 아니라, 전적으로 그가 비비안 스턴우드의 남편이었기 때문일 것이다. 물론 우리는 고든 굴드가 연구실에서 "하루 종일 귀만 판 것"이 아니라는 사실을 잘 알고 있지만 말이다.

고든 굴드 본인도 잘 몰랐지만, 그의 '굴드 트라이앵글' 이론은 이 시기, 바로 그의 "산호세 시절"에 이미 거의 다 완성되어 있었다. 그 당시 고든은 중력이 전자기력이라는 것을 알고 있었고, 지구에 존재하는 모든 종류의 힘을 중력으로 변환할 수 있다는 믿음도 있었다. 더 나아가서 고든은 중력장의 성격을 밝히는 것이 우주의 비밀을 푸는 "열쇠"라고 확신했다. 물론 그는 아인슈타인보다도 훨씬 더 먼저 블랙홀이 실제로 존재한다고 믿었던 과학자이기도 하다. 이러한 고든의 이론은 산호세 시절, 프랭클린 연구소의 니콜라 테슬라나 프린스턴 고등연구소의 알베르트 아인슈타인에게 보낸 서신에 잘 나타나 있다. 그 일부분만 읽어본다면 다음과 같다. "강력과 약력, 전기력은 중력의 다른 이름에 지나지 않습니다. (……) 중력장의 구조를 알게 되는 것은 우주의 구조를 알게 되는 것과 마찬가지의 일입니다." 반응은 제각각이었다. 아인슈타인은 그 편지를 무시했다(역주 : 나중에 고든 굴드가 죽은 후 아인슈타인은 공식석상에서 고든 굴드의 그 편지가 자신에게 큰 영향을 끼쳤음을 고백했다). 니콜라 테슬라의 반응은—원래 그가 감정적인 사람이라는 점을 감안하더라도—폭발적이었다. 고든 굴드의 연구를 적극 지지한 니콜라 테슬라는 굴드에게 자신이 있는 필라델피아의 프랭클린 연구소로 와서 일을 해보면 어떻겠냐고 제안했고, 굴드는 그것을 받아들였다.

사실, 고든을 끊임없이 괴롭혔던 것은 그가 자신의 모든 연구 내용을 하나의 완벽한 방정식으로 만드는 데 늘 실패한다는 점이었다. 그에게는 항상—그가 죽을 때까지, 혹은 죽은 이후에도—"우아한 수식"을 방해하는 "백억분의 일"이라는 오차가 있었다. 그가 니콜라 테슬라의 제안을 받아들여 프랭클린 연구소로 옮긴 것도 이 오차 때문이었다. 그는 프랭클린 연구소의 자유로운 분위기가 자신의 연구에 어떤 식으로든 활로를 만들어줄 거라고 믿었다. 고든 굴드는 프랭클린 연구소에서 보낸 약 십여 년 동안 이 "백억분의 일"의 오차를 해결하는 데 매달렸지만, 그것은 결국 "이루어지지 않았다".

산호세 시절, 그는 종종 저녁식사 도중에 비비안과 던컨에게 연구 이야기를 꺼내곤 했다. 비비안은 머리가 좋은 여성이긴 했지만, 그녀에게―우리 모두가 그렇듯이―"중력"이란 아이작 뉴턴의 사과를 떨어지게 하는 힘 그 이상도, 그 이하도 아니었다. 던컨은 제 친아버지를 닮아 사업가적 수완이 뛰어났지만,―역시, 우리 대부분이 그렇듯이―죽을 때까지 "중력"에 대해서 진지하게 생각해본 적이 없었다. 그리고 이렇게 된 데는 물론 고든의 잘못도 있었다. 그는 일반 사람들에게 과학에 대해 설명하는 것에 익숙하지 못했고, 그것을 "좀더 쉬운 용어"로 설명해야 한다는 사실을 전혀 고려하지 못했다.

결국 고든은 자신의 이야기를 들을 만한 새로운 상대를 찾아야만 했는데, 그건 물론 바윈이었다. 바윈이 죽기 바로 전날까지, 칼텍의 많은 과학자들은 점심시간마다 학교 근처 카페테리아에서 무언가를 열심히 설명하고 있는 고든과 그것을 들으면서 천천히 고개를 끄덕이며 시저 샐러드를 입안에 넣고 신중하게 씹어 넘기는 아이라 바윈을 볼 수 있었다. 1938년, 바윈이 죽은 후 고든을 가장 슬픔에 잠기게 한 시간은 아마도, 점심시간이었으리라. 그때마다 그는 함께 점심을 먹고 이야기를 나눌 친구도 한 명 없다는 사실을 새삼 알아차렸고, 그와 더불어 자신의 "위대한" 중력 이야기를 들어줄 사람이 한 명도 없다는 사실도 깨닫곤 했다. 결국 견디지 못한 고든은 점심시간에는 그냥 산호세 저택으로 돌아와버렸다. 그리고 그 시간에 집에 있는 사람은 그에게 점심을 차려줄 가정부, 에밀리 로즈뿐이었다.

얼마 지나지 않아 에밀리는 매일 점심때마다 고든의 이야기를 들어주는 역할을 하게 되었다. 물론 에밀리는 그가 무슨 이야기를 하는지 거의 이해하지 못했거니와 가끔 알아들을 수 있는 이야기에 대해서는, 그 자리에서 반박하지는 못했지만 불경하다고 생각했다. 누가 뭐래도 에밀리는 이 세상이 신의 섭리에 의해 움직인다고 굳게 믿고 있었던 것이다. 하지만 에밀리는 그가 이야기를 하는 동안 딴청을 부린 적이 없었다. 거기에는 두 가지 이유가 있을 텐데, 한 가지는 그녀가 "굴드 선생님"을 매우 존경했다는 것이고 다른 한 가지는 그녀가 무척 숙달된 가정부라는 점이었다. 그녀는 그가 이야기를 하는 내내 진지하게 고개를 끄덕이고 "아," 혹은 "정말요?"라고 대꾸했다. 만약 에밀리가 "선생님의 생각은 무척 훌륭한 것 같아요"라고 말했다면 고든은 그녀가 자신의 이야기를 거의 알아듣지도 못하고, 알아들을 생각도 별로 없고, 게다가 어느 정도는 비판적인 입장을 취했다는 사실을 알아차리게 되었으리라. 하지만 에밀리는 고든이 음식의 마지막 한 조각을 입으로 가져갈 때마다 "선생님의 말씀을 다 알아들을 수는 없지만, 무척 훌륭하신 생각인 것 같아요"라고 말했고, 이 말은 묘하게 고든을 흡족하게 했다. 덕분에 고든 굴드는 저녁시간에 비비안과 던컨을 상대로 "지루한" 이야기를 늘어놓지 않아도 되었다.

에밀리는 매일 밤마다 이렇게 기도했다. "하나님, 제가 존경하는 굴드 선생님이 더이상 사탄의 유혹에 빠지지 않도록 도와주세요. 아멘." 하지만, 에밀리의 이런 기도도 1940년 봄에는 결국 일단락을 맺었다. 1940년 4월의 어느 날 에밀리는 이렇게 비비안에게 말했다. "저는 고향으로 돌아가야 해요. 아마 결혼을 하게 될 거 같아요." 당시 열다섯 살이었던 던컨은 의젓하게 에밀리의 결혼을 축하했다. 비비안은 다이아몬드가 박힌 코르사주를 선물로 주었다. 그 집에서 이 사실을 받아들이지 못한 사람은 고든뿐이었다. 그는 그날 밤 비비안에게 이렇게 말했다. "로즈 양은 거짓말을 하는 거야. 그저 이 집을 떠날 핑계를 대는 것뿐이라고요." 그리고 이렇게 덧붙였다. "비비안, 그녀가 없으면 우리 생활은 어떻게 되겠어요?" 당시 굴드 부부는 산호세를 떠나 프랭클린 연구소가 있는 필라델피아로 거처를 옮길 예정이었다. 물론 비비안에게 캘리포니아를 떠난다는 것은 쉬운 결정이 아니었지만 그녀는 순전히 고든을 위해 그렇게 했다. 하지만 그녀는 고든의 "다른 계획"―던컨과 에밀리를 모두 필라델피아로 데리고 간다는―에는 분명히 반대했다. 필라델피아로 떠나는 것은 굴드 부부뿐이었다. 마흔세 살의 여자인 비비안은 서른네 살의 남자인 고든 굴드의 어깨를 부드럽게 껴안고 속삭였다. "고디, 앞으로 모든 게 다 좋아질 거야. 이제 우리 둘만의 시간을 늘 가질 수 있어." 그녀는 『위로와 정복』에 이렇게 썼다. "그는 언제나 고집불통이었고, 징징거리기 대마왕이었다." 하지만 분명하게 하고 싶은 것은 그날 밤 고든이 그렇게 말한 것이 단순히 징징거리기 대마왕으로서의 "억지 부리기"가 아니었다는 사실이다. 고든 굴드는 에밀리 로즈가 자신을 좋아하기 때문에 떠난다고 생각했고, 결혼한다는 말은 순전히 거짓말이라고 굳게 믿고 있었던 것이다.

1940년 3월 18일, 언제나 그랬던 것처럼 산호세 저택으로 점심식사를 하러 왔을 때, 고든은 에밀리가 옷이 흐트러진 채로 소파에 누워 있는 모습을 보았다. 에밀리 로즈의 머리카락은 짓이 있었고, 스커트는 허벅지까지 말려올라가 있었으며, 블라우스의 단추도 가슴께까지 풀려 있었다. 고든은 놀랐고, "무언가에 이끌리듯이" 그녀에게로 다가갔다. 그는 그녀의 빨갛게 달아오른 두 볼과 뜨거운 숨결을 느꼈다.

자신이 어떤 식으로 행동해야 할지 판단을 내릴 수 없었다. 그때 에밀리가 실눈을 떴고, 두 팔을 벌려 그를 안으려고 했다. 고든은 곧장 밖으로 뛰어나왔고 연구실로 갔다. 그는 흥분과 두려움 때문에 가슴이 두근거렸다. 그는 그날 아주 늦은 시간까지 연구실에 머물다가 집으로 돌아왔다. 에밀리는 그다음 날부터 일주일 정도 일하러 나오지 않았다. 비비안은 그녀가 아프다고 했지만, 물론 고든은 그 말을 전혀 믿지 않았다.

고든의 이러한 생각은 에밀리에게 보낸 첫번째 편지에 잘 나타나 있다. 그가 에밀리에게 편지를 보낸 가장 큰 이유는 필라델피아로 와서 자신들의 가정부로 계속 있어달라는 요청을 하기 위해서였다. 이 편지의 마지막 문장은 이렇다. "당신이 나를 유혹하려고 했던 일은 다 잊을 셈입니다. 그 일 때문에 나를 다시 만나는 걸 껄끄러워한다는 걸 알아요. 하지만 그건 실수에 불과합니다. 우리 부부(역주 : 고든은 이 편지에서 유독 '우리 부부'라는 단어를 많이 사용하고 있다)에게는 당신 같은 유능한 가정부가 절실하게 필요합니다." 에밀리 로즈는 이 편지를 어떻게 받아들였을까? 그녀는 이렇게 답장을 보냈다. "선생님, 저는 선생님이 무슨 말씀을 하시는지 정말 모르겠습니다(강조는 역자). 그렇지만 저는 선생님 부부 덕분에 캔자스에서 아주 행복한 생활을 하고 있습니다. 선생님 부부의 은혜를 죽을 때까지 잊지 않겠습니다."

그날, 그러니까 1940년 3월 18일에 에밀리는 바이러스성 뇌수막염에 걸려 있었다. 물론 그 당시에는 아무도―에밀리 본인도―몰랐지만 말이다. 그녀는 생전 그렇게 아팠던 적이 없었다. 그녀는 겨우 던컨을 학교에 보낸 후, 비비안에게 고든의 점심만 만들고 집으로 돌아가겠다고 말했다. 점심 무렵 에밀리는 고든이 먹을 간단한 샌드위치를 만들었는데, 그러고 나자, 그러니까 자신이 해야 할 일을 다 끝냈다는 생각을 하자, 갑자기 몸 상태가 더 나빠진 것 같았다. 그녀는 수건을 적셔서 자신의 얼굴과 목에 댔고, 아예 소파에 드러누웠다. 조금만 몸이 괜찮아지면 집으로 돌아갈 생각이었다. 집. 그러자 에밀리는 갑자기 캔자스의 자기 집이 몹시 그리워졌다. 거기에 있는 가족들, 특히 아버지가 그리웠다. 어릴 적 그녀가 몹시 아플 때면 그녀의 아버지는 그녀의 얼굴에 물수건을 올려주고 잠들 때까지 그녀를 꼭 안아주었던 것이다. 에밀리는 갑자기 울음을 터뜨렸다. 아무래도 캔자스로 돌아가야 할까보다. 그녀는 견딜 수 없는 통증과 두려움 속에서 그렇게 생각했다. 그리고 눈을 떴을 때, 주위는 어둠에 휩싸여 있었고, 자신은 산호세의 저택에 홀로 남겨져 있었다.

5

고든 굴드는 일생 동안, 캔자스에 살고 있는 에밀리 로즈에게 총 스물여섯 통의 편지를 보냈다. 앞에서 언급했지만, 첫번째 편지의 내용은 필라델피아로 오라는 것이었고(역주 : 고든 굴드는 당시 제 아버지인 폴 듀렉과 함께 살고 있던 던컨에게도 필라델피아로 와서 함께 살자는 내용의 편지를 보내곤 했다. 던컨에게 보낸 편지는 그가 교통사고를 당하기 직전에 쓴 것이 마지막이다), 이러한 내용은 처음 이년에 걸쳐 보낸 여섯번째까지도 동일하게 나타난다. 하지만 일곱번째 편지부터 열네번째 편지까지는 그 내용이 다르다. 그 여덟 통의 편지는 중력장 연구에 대한 언급이 주를 이룬다. 그는 자신의 연구를 들어줄 상대가 여전히 필요했던 것이다. 이 편지들의 내용은 때때로 아주 길어져서 지금으로 따지면 원고지 백 매짜리 분량이 되기도 했다. 물론 이미 다 알다시피 그 편지들은 지금 여러분이 곧 방문할 "굴드 트라이앵글"을 설명하는 중요한 이론적 근거 중 일부이다. 에밀리 로즈가 답장을 해준 것은 단 두 번뿐이었지만—그리고 그 두 통의 내용은 거의 같았지만—그렇다고 그녀가 고든 굴드의 편지를 버린 것은 아니다. 오히려 그녀는 이 여덟 통의 편지들을 잘 보관해두었다. 자신의 아들이 "굴드 선생님"만큼 똑똑한 사람이 되기 위해서 그 편지가 필요할 날이 올 거라고 생각했기 때문이었다. 물론 그런 날은 오지 않았다. 비비안이 읽은 문제의 편지는 열네번째 것이었다(역주 : 이 문제의 편지는 영원히 분실되었다. 이 편지에 실린 내용들이 밝혀지지 않았기 때문에 훗날 과학자들은 굴드 트라이앵글의 수식을 계산하는 데 꽤나 고생해야만 했다).

이혼을 당했을 때, 고든을 가장 견딜 수 없게 만들었던 것은, 비비안이 자신을 떠난 이유를 도무지 이해할 수 없었다는 점이다. 물론 고든은 자신이 에밀리에게 보낸 편지가 비비안을 화나게 했다는 사실을 알고 있었다. 하지만 고든이 생각하기에 그 편지에는 아무런 의미도 없었다. 게다가 자신은 "젊은" 가정부의 유혹을 이겨낸 훌륭한 남자가 아니었던가? 그가 사랑하는 여자는 비비안 스턴우드뿐이었고, 어떤 의미에서 그가 했던 모든 일은, 더 심하게 말해서 스무 살 이후 그의 삶 전체가 그녀를 위한 것이었다. 고든은 나중에 이렇게 말했다.

"하늘이 무너지는 것 같더구나." 그는 퇴원하자마자 모든 연구를 중단하고 캘리포니아로 돌아가서 비비안을 찾아다녔다. 그러면서도 한편으로 자신의 근황을 알리는 전보를 정기적으로 프랭클린 연구소로 보냈는데, 아마도 그에게는 금방이라도 비비안을 되찾고 다시 필라델피아로 돌아가 자신의 "훌륭한" 연구를 지속할 수 있다는 믿음이 있었던 것 같다.

비비안을 찾아다닌 지 육 개월 정도가 지난 1949년 여름에 그는 돌연 필라델피아로 돌아온다. 물론 혼자서. 그가 갑자기 돌아온 이유에 대해서 많은 추측들이 있는데 그중 가장 굴욕적인 것은 그가 일종의 협박을 받았다는 소문이다. 캘리포니아에서 고든이 마약을 했다느니, 폭력 문제에 연루되었다느니 하는 이야기들도 있었지만, 모두 사실이 아닌 것으로 밝혀졌다. 살아생전 고든은 이때 있었던 일에 대해 이야기하는 것을 끔찍하게 싫어했다고 한다. 그러므로 우리 역시 이 시기에 대해 궁금해하지 않는 게, 우리 모두에게 경이로운 "선물"을 남겨준 고든 굴드에 대한 예의이리라. 어쨌든, 그는 프랭클린 연구소로 돌아왔다. 모두들 그가 중력장 연구를 그만둘 거라고 생각했고, 그건 타당성이 있는 추측이었다. 그는 이미 마흔세 살이었고, 필라델피아로 옮겨온 이후로 팔 년 동안 중력장 연구는―당연한 결과지만―진전이 전혀 없었다. 수식에는 여전히 "백억분의 일"이라는 오차가 있었다. 게다가 고든은 "필라델피아 시절", 「맹인을 위한 푸리에 변환 활용」이니, 「무선전력전송의 활용과 한계」 같은 훌륭한 논문을 발표했기 때문에 사람들은 그가 중력장 연구 같은 "쓸데없는" 연구에 정력을 낭비하지 않고 다른 연구 방향을 찾는 것이 "이득"이라고 생각했다. 하지만 그 이후 고든은 오히려 중력장 연구에 더 심하게 매달렸다. 마치 "미친 사람"처럼 말이다. 비록 그는 필라델피아에 혼자 돌아오긴 했지만, 그래도 자신의 중력장 연구가 완성된다면, 그래서 자신의 "오차 없고 완벽하며 우아하기 그지없는 방정식"을 비비안이 보게 되기만 한다면 그 모든 상황이 호전될 것이라는 희망을 버리지 않고 있었던 것이다.

그렇게 중력장 연구에만 전념한 지 이 년 정도가 지난 1951년 6월의 어느 날, 밤늦게 집으로 돌아온 고든은 어둡고 좁은 거실을 지나가다가 그만 아무렇게나 쌓아놓은 책과 찻잔, 음식 접시에 발이 걸렸다. 그건 정말 이상한 일이었다. 왜냐하면 그는 지난 이 년 동안 어둠 속에서 아무런 어려움도 느끼지 않고 매일같이 그곳을 지나다녔기 때문이었다. 그는 앞으로 쾅당 넘어졌고, 동시에 요란한 소리를 내며 책과 그릇 들이 바닥으로 떨어졌다. 몸을 일으켜세운 그는 어둠 속에서 벽을 더듬으며 전등 스위치를 찾으려고 애썼다. 그러다 문득, 그는 아주 이상하고도 격렬한 감정에 휩싸였다. 나중에 고든은 이렇게 말했다. "내 마음속에 엄청나게 커다란, 내 몸보다 훨씬 더 커다란 구멍이 생긴 것 같았단다. 비유적인 표현이 아니야. 모든 것을 빨아들이는, 저항할 수 없는 강력한 힘이 나에게 다가왔지. 마치, 마치 블랙홀처럼 말이야." 그날 밤, 고든 굴드는 스탠드 불빛 아래에서 에밀리 로즈에게 보내는 열다섯번째 편지를 쓰기 시작했다. 열네번째 편지를 보낸 이후 약 삼 년 만의 일이었다. 문장은 아주 논리정연하고, 내용이야 어쨌건, 매우 정중한 어투를 구사하고 있다. 거기에는 주로 이러한 내용들이 쓰여 있다. "왜 나를 유혹했던 겁니까?" 혹은 "나는 그 모든 것을 잊어버릴 준비가 되어 있었습니다" 혹은 "나를 좋아했던 것을 왜 인정하지 않습니까?" 등등. 그는 이런 내용이 담긴 편지를 팔 개월 동안 열한 통—보내지 않은 편지는 훨씬 더 많다—보냈다. 물론 비비안은 자신의 회고록에 이렇게 썼다. "그 모든 불행의 근원은 당연히 고디 자기 자신이다. 이건 마치 소포클레스의 비극만큼이나 명백하다 (역주 : 이것이 비비안 스턴우드가 『위로와 정복』에서 고든 굴드에 대해 언급한 마지막 단락의 첫 문장이다)."

에밀리 로즈는 이 열한 통의 편지를 어떻게 받아들였을까? 불행인지 다행인지 이 당시 에밀리에게는 이 편지를 제대로 읽을 여유도, 그 내용에 대해 생각할 여유도 전혀 없었다. 1951년은 에밀리에게도 몹시 힘든 해였던 것이다. 그해에 에밀리는 십 년 동안 그토록 원했던 둘째아들을 무사히 출산했지만, 그런 기쁨을 느낄 새도 없이 두 달 후에, 그녀의 남편과 첫째아들을 "애빌린 삼각지대(역주 : 최초로 발견된 '굴드 트라이앵글'로 현재 캔자스 굴드 트라이앵글 박물관이 이 근처에 있다)"에서 잃었다. 물론 이런 사실을 몰랐던 고든은 에밀리에게 "왜 나를 좋아했다고 솔직하게 밝히지 않는 거요?"라는 내용을 골자로 한 편지를 주야장천 보냈던 것이다. 고든 굴드는 1952년 1월에 에밀리 로즈에게 보내는 스물다섯번째 편지를 썼다.

그가 에밀리 로즈에게 보내는 마지막 편지, 그러니까 스물여섯번째 편지를 쓴 것은, 여러분도 알다시피 아주 오랜 후의 일이다.

고든이 편지쓰기를 중단한 것은 당시 미국 전역에서 뇌엽절제술이라는 치료로 이름을 날리고 있던 월터 프리먼 박사(역주 : 언젠가 기회가 된다면 랠프 레인든의 글 「뇌 무법자—월터 프리먼」을 번역하고 싶다)를 만난 직후였다. 고든 굴드는 자신이 비비안을 되찾기 위해 캘리포니아에 머물렀던 시기에 대해 이야기하는 것을 몹시 싫어했던 것처럼, 이때에 대해서도 마찬가지 태도를 취했다. 물론 이해는 된다. 아마 그럴 수만 있다면 영원히 어둠 저편으로 던져버리고 싶은 과거의 일부이리라. 그러나 고든이 캘리포니아에서 지냈던 육 개월에 대해서 일언반구도 하지 않는 것에 비하면, 그래도 이 시기에 대해서는 이야기를 좀 하는 편이다. 애초에 그가 프리먼 박사를 찾아갔던 것은 자신이 "뇌엽절제술"을 받기 위해서였다. 지금이야 뇌엽절제술이 인간의 정신 전체를 망가뜨리는, 엄청나게 허무맹랑한 시술이라는 게 상식이 되었지만 그 당시만 해도 뇌엽절제술은 사람들에게 만병통치약처럼 받아들여졌다. 자살충동에 시달리는 중증 우울증 환자나, 폭력적인 정신분열증 환자, 심지어는 과대망상증 환자도 이 시술 하나면 손쉽게 "고칠 수" 있다고 믿었다. 프리먼 박사는 자신의 시술이 망가진 인간을 불행의 늪에서 건져올려준다고 굳게 믿고 있었다. 실제로 고든 굴드가 프리먼 박사를 찾아가게 된 것도 프리먼 박사의 광고 문구—"이십오 분 만에 여러분은 새로운 인생을 살 수 있게 됩니다"—때문이었다. 하지만 여러분도 알다시피 고든은 그 시술을 받지 않았다. 대신 그는 프리먼 박사와 함께 이 시술의 전도사가 되었다. 그는 아마도, 프리먼 박사의 "치료"에서 단 한 치의 오차도 없는 세계를 보았던 것이리라. 어쩌면 고든 굴드는 거기에서 자신이 "제어"할 수 있는, 완벽한 세상을 보았던 것인지도 모른다. 실제로, 나중에 고든 굴드는 이렇게 말하기도 했다. "프리먼 박사의 치료에는 아무런 의혹이 없었지. 거기엔 블랙홀이 없었던 거야." 고든 굴드는 제임스

와츠라는 가명을 썼다. 낮에는 프리먼 박사의 어시스턴트로 일했고, 밤에는 생리학과 의학에 관련된 책을 탐욕스럽게 읽어댔다. 그는 그렇게 다른 방식으로 "재탄생"했다.

수년 동안, 프리먼 박사와 고든은 미국 전역을 돌아다니며 "뇌가 고장난 사람"들의 전두엽을 긁어냈다. 고든은 프리먼 박사에게 이런 식으로 광고 문구를 바꿀 것을 건의했다. "당신은 이십오 분 만에 새로운 인생을 선물받을 것입니다." 실제로 이 당시의 고든은 자신들이 마치 산타클로스와도 같은 존재라고 여겼다. 물론 그들은 많은 돈을 벌었지만 고든에게 중요했던 것은 돈이 아니라, "선물을 주는" 행위 그 자체였다. 그래서 뇌엽절제술의 끔찍한 후유증이 드러나고 결국 1956년—너무나 당연하게도—이 시술이 미국 전역에서 금지되었을 때에도, 고든은 이것이 다른 의학자나 생리학자 들의 로비에 의한 것이라고 믿었다. 프리먼 박사와 고든은—이것은 여전히 이 시술을 원하는 이들이 있었다는 의미이기도 한데—삼 년이나 이 시술을 암암리에 계속했다.

이 시술을 먼저 포기한 사람은 프리먼 박사였다. 고든은 화가 나서 프리먼 박사에게 욕을 퍼부었고 그날 밤 짐을 싸서 필라델피아를 영영 떠나버렸다. 1959년 여름의 일이다. 그후로 그는 일 년 동안 미국 전역에 퍼져 있는 자신의 환자를 찾아다녔다. 자신의 "선물"을 받고 행복한 삶을 살게 된 사람들을 만나보고 싶었던 것이다. 당연하게도 고든은 그런 사람을 단 한 명도 만나지 못했다. 하지만 그는 멈추지 않았다. 그리고, 그것은 그에게 꼭 필요한 행위였으리라. 고든 굴드는 몬태나와 와이오밍을 거쳐 콜로라도로 갔다. 뉴멕시코와 애리조나, 유타와 아이다호에도 들렀다. 네바다, 오리건, 워싱턴―캘리포니아는 건너뛰고―알래스카를 거쳐 텍사스로, 그리고 오클라호마에서 아칸소로……

마지막으로 그가 다다른 곳은 캔자스였다.

그가 캔자스에 다다랐을 때, 자신이 이곳에서 마지막 인생을 "선물"받게 될 것이라고는 꿈에도 생각하지 못했음은 물론이다.

6

고든 굴드는 죽기 몇 년 전에 이런 질문을 받은 적이 있다. "만약 과거로 돌아간다면 다른 선택을 할 거예요?" 그는 이렇게 대답했다. "이미 일어난 일은 일어난 일이란다."

1960년의 어느 가을날, 에밀리 로즈는 그해 아홉 살이 된 둘째아들―이자 유일한 아들―과 함께 시내에 있는 제화점에 들렀다가 "굴드 선생님"과 마주쳤다. 그때 고든 굴드는 쉰네 살이었고, 에밀리 로즈가 마지막으로 본 "굴드 선생님"은 서른네 살이었다. 게다가 그의 얼굴은 수염으로 지저분하게 뒤덮여 있었고, 비쩍 마른 탓에 생기라고는 찾아볼 수 없어서 제 나이보다 훨씬 더 들어 보였지만, 에밀리는 용케도 거기에서 서른넷 시절 "굴드 선생님"의 얼굴을 발견해냈다. 오히려 아이의 손을 꼭 잡고 있는 에밀리를 알아보지 못한 것은 고든 굴드 쪽이었다. 그는 지난 세월 동안 자신의 기억 속에 남아 있었던 에밀리는, 산호세 저택의 소파 위에서 블라우스 단추를 풀어헤친 채 누워 있던 관능적인 모습이었다는 사실을 깨달았다. 에밀리는 고든을 보자마자 그가 아주 어려운 시절을 보내고 있음을 직감했다. "왜냐하면 나도 그런 시절을 겪었던 적이 있으니까요. 아주 어려운 시절을 말이죠." 하지만 누구라도 그 당시 고든의 꼴을 봤더라면 그런 식으로 생각할 수밖에 없었을 것이다. 그 정도로 그의 몰골은 엉망진창이었다. 에밀리는 아들의 손을 꼭 잡은 채로, 고든에게 이렇게 말했다. "굴드 선생님, 저희 집에서 저녁식사나 하시겠어요?" 그렇게 고든 굴드의 마지막 시절, "캔자스 시절"이 시작되었다.

그녀는 창고를 뒤져서 자신의 남편이 생전에 입었던 파자마를 찾아 고든에게 건네주었고, 따뜻한 물로 몸을 씻으면 기분이 좋아질 거라고 말하며 욕실로 그를 밀어넣었다. 잠시 후 고든이 욕실에서 나와서 식당으로 걸어갔을 때, 거기에는 싸구려 식탁이 있었고, 분주하게 식사 준비를 하는 에밀리가 있었으며, 옆에서 야무지게 제 엄마를 돕고 있는 그녀의 어린 아들이 있었다. 그는 잠시 거기에 서서 그것들을 바라보았다. 마침내 식사 준비가 끝나고, 그들 셋이 다 함께 따뜻한 음식이 있는 식탁 앞에 앉자, 에밀리가 기도를 시작했다. 그는 그전까지 한 번도 식탁 앞에서 기도를 한 적이 없었고, 그런 모습을 본 적도 없었다. 기도가 끝난 후 그들은 함께 식사를 했다.

고든 굴드와 에밀리 로즈와 그의 아들이 함께하는 저녁식사가 며칠 더 지속되었을 때, 에밀리의 아들이 더이상 참지 못하고 고든 굴드에게 물었다. "할아버지, 이름이 뭐예요?" 에밀리는 여전히 엄격한 "양육자"였다. 그녀가 아들에게 말했다. "어른에게는 먼저 네 소개를 한 후, 그렇게 여쭈어보는 거란다." 아이는 조금 망설이다가 말했다. "안녕하세요. 저는 스테판 슈워츠라고 해요. 우리 엄마 아들이고요. 할아버지는 누구세요? 왜 우리 아빠 옷을 입고 우리 집에 머물죠?" 그는 잠시 그 아이를 바라보았다. 뭐라고 말해야 할까? 그런 후 그는 에밀리 로즈를, 아니 슈워츠 부인을 바라보았다. 그녀는 산호세 시절, 중력 이야기를 들을 때와 같은 표정으로 그를 바라보고 있었다.

그는 포크를 내려놓고 냅킨으로 입술을 닦은 후, 숨을 한번 크게 들이쉬었다.

"내 이름은 고든 윌리엄 굴드란다. 나는 스무 살 때 엄청난 사랑에 빠졌단다……"

그렇게 그는 자신의 이야기를 시작했다. 처음에 그 이야기는 아무도—심지어 말하고 있는 자기 자신조차도—이해할 수 없을 정도로 순서도 엉망진창이었고, 사리에도 안 맞았으며, 때로는 아무런 인과관계도 없는, 마치 거대한 잡동사니 같았다. 하지만 스테판은 "굴드 할아버지"에게 아무런 질문을 하지 않았다. 그애는 그저 낯선 할아버지의 이야기를 계속 들었을 뿐이다. 에밀리 로즈는 그가 이야기를 하는 동안 설거지를 하고 식탁을 치웠다. 그는 비비안 스턴우드가 얼마나 아름다운 여인이었는지, 그리고 자신이 얼마나 그녀를 사랑했는지에 대해서 스테판에게 설명했다. 던컨이 얼마나 똑똑하고 예쁜 아이였는지에 대해서도 이야기했다. 단 한 명의 친구였던 아이라 바윈의 죽음과 뇌엽절제술, 패서디나 국방 연구소에서의 근무에 대해서도 이야기했다. 비비안과의 이혼 이야기가 시작되었을 무렵 스테판은 꾸벅꾸벅 졸기 시작했고, 고든 굴드가 캘리포니아에 갔던 이야기를 시작했을 때에 스테판은 그만 졸음을 이기지 못하고 식탁 위로 엎어졌다. 나중에 스테판 슈워츠는 고든의 이 이야기를 열 번도 넘게 듣게 된다.

여하튼 고든의 이야기는 에밀리가 스테판을 침실로 보낸 이후에도 계속되었다. 이제 스테판의 자리에 에밀리가 앉았고, 그녀는 그가 이야기를 하는 도중 적절하게 "아" "그래요?" 등의 대꾸를 해주었다.

고든이 이야기를 다 끝냈을 때는 자정이 지난 후였다. 그때 에밀리가 거실에 있는 서랍장에서 고든의 편지—일곱번째부터 열네번째 편지—를 꺼내서 가져다주었다. "저는 이걸 항상 간직하고 있었어요. 선생님의 훌륭한 연구가 적힌 이 편지를 나중에 우리 아들이 자라면 보여줄 생각이랍니다." 에밀리 로즈는 그의 옆에 두 손을 가지런히 모으고 서 있었다. 그녀는 자신이 이 편지를 간직하고 있는 것에 대해 고든 굴드가 고마워하지 않을까, 하고 막연하게 생각했다. 그러나 고든이 그 편지들에서 다시 발견하게 된 것은 자신이 절대로 "고칠 수 없었던" "백억분의 일"의 오차였음은 두말할 필요도 없다. 잠시 후 고든 굴드는 천천히 고개를 들어 에밀리 로즈를 바라보며 이렇게 물었다.

"왜 당신은 나를 좋아한다고 솔직하게 한 번도 말해주지 않았던 거요?"

당연하게도 이 질문을 받은 에밀리는 당혹감을 느꼈다. 어쩌면 좀 불쾌했을지도 모른다. 하지만 그녀는 "굴드 선생님"이 이런 이야기를 하는 데는 그럴 만한 이유가 있을 거라고 생각을 고쳐먹고 되물었다.

"굴드 선생님, 그게 무슨 말씀이세요?"

하지만 고든은 한 치의 망설임도 없이 질문을 반복했을 뿐이다.

"당신은 나를 좋아한 적이 없소?"

그 순간, 에밀리 로즈는 어떤 생각을 했을까? 잠시 후 에밀리는 고든의 옆에 앉았고, 그의 손을 잡고 낮은 목소리로 대답했다.

"네, 선생님. 저는 선생님을 좋아했답니다. 알고 계신지 몰랐어요."

"정말이오? 그건 거짓말이 아니오?"

고든 굴드가 떨리는 목소리로 그녀에게 되물었고, 에밀리 로즈는 아까보다 더 작은 목소리로 말했다.

"선생님을 좋아했어요. 하지만 선생님이 유일하게 사랑하신 분은 굴드 부인이라는 것도 잘 알고 있어요."

고든은 그녀의 입에서 굴드 부인이라는 이름이 나오자, 고개를 푹 숙이고, 눈을 감았다. 그는 무슨 생각을 했을까? 모르겠다. 우리로서는 짐작도 할 수 없다. 하지만 확실한 것은 그때 그가 몹시 지쳐 있었다는 점이다. 나중에 고든 굴드는 이렇게 말했다. "그날 밤 네 엄마와 대화를 끝낸 후, 나는 엄청난 피로감에 사로잡혔단다. 내가 살아오면서 한 번도 느끼지 못한 피로함이었지." 이 자리에서 확실하게 이야기할 수 있는 것이 하나 더 있다. 고든 굴드는 몰랐지만, 그날 새벽 잠들기 직전 에밀리 로즈가 이렇게 기도했다는 점이다. "하나님, 굴드 선생님을 보살펴주세요."

고든 굴드는 캔자스에 정착해서 십일 년을 더 살았다. 그리고 1971년 3월에 에밀리 로즈와 스테판 슈워츠가 보는 앞에서 눈을 감았다.

이 "캔자스 시절"에 대해서 이야기한다면 나는 다시, 지금껏 이야기한 것보다 더 긴 시간을 할애해야만 한다. 하지만 그것은 여러분이 들을 만한 이야기는 아닐 것이다. 그것은 아주 복잡한 수식을 포함한 어마어마하게 긴 학술 논문이 되어야만 한다. 그리고 고든 굴드의 사랑 이야기를 하는 데 있어서 중요한 것은 이 정도라고 생각한다.

물론 결코 빼먹어선 안 되는 얘기는, 여러분이 다 알다시피 고든 굴드를 거의 평생 동안 괴롭혔던 백억분의 일 오차는 사실 "오차"가 아니었다는 것이리라. 고든 굴드는 죽을 때까지 몰랐지만, 그의 방정식은 그 오차를 다 포함한 것이었다. 이 지구에는 백억분의 일 오차—일명 '고든 굴드의 트라이앵글', 중력에 저항하는 지역이 실제로 존재한다. 지금 알려진 것은 다섯 군데이다. 그 지역은 천분의 일 밀리미터에 불과한 크기이지만 문자 그대로 몸이 공중으로 떠오르는 말로 표현할 수 없는 행복한 경험을 가능하게 해주는 공간임과 동시에 발을 잘못 들여놓으면 죽음을 맞이할 수도 있는 위험한 공간이기도 하다.

여러분이 이 지역, 캔자스의 '굴드 트라이앵글'을 직접 방문하기 전에 한 가지 마지막으로 언급할 것이 있다. 그것은 고든 굴드가 마지막으로 에밀리 로즈에게 보낸 편지, 그러니까, 스물여섯번째 편지에 관한 것이다. 고든 굴드는 죽기 일 년 전에 에밀리 로즈에게 이 편지를 직접 건네준 것으로 알려져 있다. 이 편지에서 고든 굴드는 에밀리 로즈와 그의 아들인 스테판 슈워츠가 쉽게 알 수 있도록 중력을 평범한 언어로 설명하고 있다. 그리고 바로 그것이 우리가 학교에서 배운, 중력에 관한 가장 쉽고도 정확한 설명이다. 하지만 중력에 대한 내용을 제외한 이 편지의 다른 내용은 오랫동안 공개되지 않았다. 그런데, 얼마 전 스테판 슈워츠는 이 편지의 가장 마지막 문장을 공개했다. 고든 굴드는 그 편지의 마지막에 이렇게 썼다.

당신은 언젠가 중력에 맞서서 날아오를 거요.
그리고 당신은 음탕한 여자가 아니오.

달콤한 잠

── 팽 이야기

초인종 소리가 들리자마자 팽은 정호가 있는 방을 향해 소리쳤다. "내가 문을 열게!" 정호는 옷을 고르는 중이었다. 방 안에서는 아무런 대답도 들려오지 않았지만, 팽은 잔뜩 기대한 표정으로 현관문을 향해 걸어갔다. 윌리엄이 방문하기로 되어 있었다. 팽은 십대 중반 때 부모님이 사는 보스턴을 떠나 할머니가 있는 런던으로 갔고, 할머니는 그를 윔블던에 있는 사립고등학교에 입학시켰다. 바로 그 학교에서 팽은 윌리엄을 처음 만났다. 간단하게 말하자면 윌리엄은 팽의 가장 친한 친구였다. "윌리엄은 정말이지 잘생겼구나. 정말이지 잘생겼어." 팽의 할머니는 윌리엄을 아주 좋아했고, 자주 윌리엄의 외모를 칭찬했다. 고등학교를 졸업하고 윌리엄은 런던 대학의 영문학과에 입학했고, 팽은 경제학과에 입학했다. 팽이 대학에서 한국인 유학생 이정호를 만났고 그와 무척 친해지면서 윌리엄, 팽, 정호는 자연스럽게 함께 어울려다니는 사이가 되었다.

사 년 전 팽이 정호를 따라 서울로 가겠다고 말했을 때, 팽의 편이 되어주었던 사람은 윌리엄뿐이었다. 팽이 런던을 떠나기 하루 전, 윌리엄은 후회하지 않을 자신이 있느냐고 팽에게 물었다. 팽은 확신에 가득차서 고개를 끄덕이며 대답했다. "자주 연락할게." 하지만 팽과 윌리엄이 마지막 통화를 한 건 무려 이 년 전의 일이다. 윌리엄은 대학을 졸업하고 뜻밖에도 광고회사에 취직했고, 그 소식을 알려주려고 팽에게 전화를 걸었었다. 그들은 길게 대화를 나누지도 못했다. 윌리엄은 자신이 첫번째로 참여하는 일은 인스턴트커피 광고가 될 것 같다고 말했다. 그리고 이렇게 덧붙였다. "네가 정상적으로 졸업했다면 나보다 훨씬 더 좋은 대우를 받으면서 일했을 거야. 분명히 나보다 더 유능했겠지, 친구."

팽은 그 옛날 그들이 아직 어렸을 때, 장난스럽게 나누던 인사—서로의 주먹을 가볍게 부딪친 다음 반대편 어깨를 감싸안았던—를 떠올렸다. 팽은 현관문을 열고 나면 윌리엄과 바로 그 인사를 하려고 생각하는 중이었다. 하지만 팽이 문을 열었을 때 거기에 서 있는 사람은 갈색 머리카락과 빨려들어갈 듯한 파란 눈동자를 가진 윌리엄이 아니라, 새까만 머리카락과 갈색 눈동자를 가진 수지였다. 수지의 두 눈은 붉게 충혈되어 있었고 눈자위는 통통 부어 있었으며 머리카락은 아무렇게나 헝클어져 있었다. 수지의 옆에는 커다란 짐가방이 놓여 있었다. 팽은 그녀에게 들어오라고 고갯짓을 한 다음 짐가방을 집 안으로 옮겨주었다. 팽은 거실 소파에 앉아 있는 수지에게 시선을 고정시킨 채로 정호의 방을 향해 소리쳤다.

"리, 어서 나와봐!"

"아직 뭘 입을지도 결정 못 했는데, 윌이 벌써 왔어?"

정호는 장난스럽게 떠들면서 방을 나왔지만 수지를 보자마자 웃음기가 싹 사라져버렸다. 정호는 순수한 애정에서 우러나오는 근심과 걱정에 가득차서 수지에게 다가갔다. 그러고는 수지가 앉아 있는 소파 앞에 무릎을 꿇고 그녀의 얼굴을 쓰다듬었다.

"무슨 일이야? 그 자식이 또 때렸어?"

팽은 그들을 바라보기만 했다. 팽은 이 사태가 앞으로 어떤 식으로 진행될지 짜증이 날 정도로 정확하게 알고 있었다. 정호는 모든 약속을 취소하고 수지를 돌보는 일에 전념할 것이다. 언제나 그랬다. 심지어는 런던에 있을 때도 그랬다. 정호가 그 당시 함께 살고 있던 수지에게 사정을 이야기하고 팽의 집으로 거처를 옮긴 후에도, 수지는 아무런 연락도 없이 종종 그들의 집을 찾아왔다. 이른 아침이라도 늦은 밤이라도 수지는 전혀 아랑곳하지 않고 그들 집의 초인종을 눌러댔다.

팽은 자신은 많은 것을 포기했는데, 정호는 그렇지 않다고 느꼈다. 그 사실에 대해 불만을 털어놓은 적도 있었고 언성을 높이며 싸운 적도 있었지만 그렇다고 딱히 무슨 변화가 생기는 것도 아니었다. 그러므로 팽은 그저 그 상황을 참고 견디는 수밖에 없었다. 수지가 결혼하게 되었을 때, 팽은 진심으로 그녀가 행복해지기를 바랐다. 그녀가 행복해진다면, 그렇게만 된다면, 수지가 그들을 불쑥불쑥 찾아오는 일은 더이상 생기지 않을 거라고 믿었기 때문이다. 하지만 팽의 그러한 바람은 이루어지지 않았다. 수지는 툭하면 남편과 싸웠고 남편을 버려두고 집을 나왔다. 그리고 수지의 남편이 참회의 눈물을 흘리며 그녀를 데리러 올 때까지 그 집에 머물렀다. 때때로 팽은 정호, 수지, 그리고 수지의 남편 모두가 지켜봐졌고, 자기를 포함한 병신 머저리들이 이 우스꽝스러운 국면의 한 모서리씩 차지하고 있어서 묘한 균형을 맞추고 있는 거라고 생각했다. 하지만 팽은 정호와 수지, 그리고 수지의 남편이 모두 착한 사람들이라는 사실 또한 알고 있었다. 물론 그들이 아무런 문제도 일으키지 않을 때 말이다. 팽은 그들의 관계가 마치 틀린 철자법 같다고 생각했다. 어떤 철자들이 좋지 않은 시기에 좋지 않은 장소에 함께 있는 것뿐이라고 말이다.

"리, 혹시나 해서 말하는 건데, 오늘은 윌이 오기로 되어 있어. 알지? 윌리엄 찰스 클레이튼 말이야. 우리는 며칠 전부터 많은 시간을 들여서 오늘 계획을 세웠고, 그리고 그걸 이제 와서 취소할 수는 없어. 윌은 그다지 시간이 많지 않은데 우리 때문에 특별히 시간을 만든 거야. 물론 너는 이미 다 알고 있겠지만 말이야."

팽이 차근차근하게 설명했다. 정호는 알고 있다고 대답했고, 팽의 얼굴을 보며 다시 한번 그 말을 반복했다.

"잘 알고 있다고."

"좋아."

팽은 수지를 향해 어색하게 웃었다. 수지가 영어로 말했다.

"걱정하지 마세요. 팽, 방해하지 않을게요. 오늘 오빠에게 약속이 있다는 건 알고 있어요. 하지만 여기가 아닌 다른 곳은 생각이 나지 않았어요. 미안해요. 그저 나는 그냥 잘 곳이 필요할 뿐이니까. 화내지 마세요. 팽."

팽은 수지의 말이 진심이라는 걸 알고 있었고 그녀가 아주 많이 미안해하고 있다는 것 또한 알고 있었다. 수지는 마음이 약한 여자였다.

196

하지만 어떻게 보면 그게 가장 팽을 화나게 하는 부분이기도 했다.

"도대체 무슨 일이 생긴 거야? 수지야, 괜찮은 거야? 응?"

정호는 팽을 전혀 개의치 않는 것처럼 보였다. 수지는 오히려 정호의 다정한 말투 때문에 자신의 고통스러운 감정을 더이상 주체할 수 없다고 느꼈던 것 같다. 침착하던 그녀가 갑자기 울음 섞인 목소리로 입을 열었다. 그녀는 고개를 숙였고 양 주먹을 꽉 쥐었다. 그것이 오히려 정호에게는 이루 말할 수 없는 애처로움을 자아냈다.

"오빠, 있잖아……"

"리. 조금 있으면 윌리엄이 올 거야."

수지가 뭔가를 말하려고 했을 때 팽이 재빨리 끼어들었다. 오늘만큼은 수지에게 정호를 넘겨주고 싶지 않았다. 이런 일이 생길 때마다 수지가 정호를 차지했으니, 오늘 하루 정도는 수지가 양보해도 된다고 팽은 생각했다. 정호는 아무 말 없이 수지의 꽉 쥔 주먹을 바라보고 있었다. 먼저 입을 연 건 수지였다.

"미안해."

"미안해할 필요 없어."

"정호, 이정호."

팽은 나직하지만 단호한 말투로 정호를 불렀다. 정호는 여전히 수지의 주먹을 바라보고 있었고, 여전히 거기에 시선을 둔 채로 말했다.

"괜찮겠어?"

"응."

수지는 다시 고개를 떨구었다. 정호는 안타까운 눈빛으로 그녀의 얼굴을 바라보았다.

"정말, 괜찮겠어?"

정호는 여전히 근심이 가득한 표정으로 수지의 머리카락을 쓰다듬었다. 수지는 팽의 시선을 느꼈기 때문에 약간 떨떠름한 표정을 짓긴 했지만, 결국 순순히 고개를 끄덕였다.

"응, 나 신경쓰지 말고 잘 놀다 와."

"좋아, 수지야. 월이 오면 우리는 잠깐 나갔다 올 거야."

"잠깐이 아니잖아."

팽이 끼어들었다. 정호가 비난하듯 팽을 바라보았다. 하지만 팽은 전혀 개의치 않고 수지에게 설명했다.

"우린 오늘 '더 브라세리'에서 저녁 먹고 맥주 한잔씩 마신 다음에 클럽에 갈 거야. 그럼 아마 내일 아침은 되어야 돌아오겠네."

"팽, 알았어요. 오빠, 정말 나 괜찮아, 무슨 일 있으면 전화할게."

전화? 팽은 제발 수지가 깊은 잠에 빠지기를 바랐다. 적어도 그들이 밖에서 함께 시간을 보내는 동안만이라도 수지가 잠들어 있기를 바랐다. 그리고 팽은 그런 자신의 생각이 아주 정당하다고도 생각했다. 팽은 다정하게 수지에게 물었다.

"수면제 줄까? 수?"

그녀는 고개를 흔들었다.

"아뇨."

더 브라세리는 문을 연 지 십 년도 넘은 식당으로, 문을 연 이래로 한 번도 인테리어를 바꾼 적이 없었다. 널찍한 바닥에는 검은색 타일이 깔려 있고, 천장에는 파이프가 그대로 노출되어 있었다. 한쪽 벽면은 아무 장식도 없이 텅 비어 있었는데, 그곳에 빔프로젝터로 몇 편의 동영상을 반복해서 보여주었다.

그들이 더 브라세리에서 처음으로 본 동영상은 파리의 모습을 찍은 것으로 일본어 자막이 있는 것이었다. 몽마르트르, 에펠탑, 퐁네프다리 등이 번갈아가며 나오고, 갑자기 일본 사람들이 자기네 말로 떠들면서 프랑스요리를 만들기 시작한다. 정호와 팽은 그 화면을 보면서 농담을 주고받기도 했다. 시답지 않은 농담이었지만, 그것만으로도 즐거운 때가 분명히 있었다. 레스토랑 안의 조명은 어두운 편이었다. 테이블마다 양초를 갖다놓았고, 손님이 착석하면 직원이 와서 길쭉한 대리석라이터로 촛불을 붙여주었다. 북적거리는 손님들 때문에 항상 시끄러운 곳이기도 했다.

윌리엄과 팽과 정호는 치킨파이에 와인을 곁들인 후에, 스테이크와 연어구이, 그리고 양갈비를 먹었다. 팽은 다른 날보다 훨씬 더 기분이 좋았다. 예약하기 어려운 좌석인 창가 옆 둥근 테이블을 차지했기 때문이기도 했지만 다른 무엇보다 오늘밤 정호가 수지가 아닌 자신을 선택했다는 사실이 팽의 마음을 몹시 흡족하게 했다. 하지만 곧 그런 것들에 만족감을 느껴야 하는 자신의 처지를 떠올리게 되었고, 어쩌면 자신은 지금 만족감을 느껴야 하는 것이 아니라 오히려 비참함을 느껴야 하는 것이 아닌가 하는 생각이 들었다.

"한국음식을 먹으러 갈 걸 그랬나봐."

정호가 말했다.

"아냐, 여기에 머무는 동안 한국음식 진짜 많이 먹었거든. 인사동에도 다녀왔고, 남산의 한옥마을에도 다녀왔어. 여긴 런던보다 훨씬 더 정력적인 도시 같아."

윌이 익살스러운 표정을 지으면서 웃었다.

"거긴 어때?"

팽이 물었고, 윌은 팽의 얼굴을 지그시 바라보며 되물었다.

"거기?"

"런던 말이야."

팽이 대꾸했다.

"아. 이런."

윌은 냅킨으로 입가를 한 번 닦아냈고, 와인을 한 모금 들이켰다. 윌은 팽의 질문에 당황한 기색이 역력했다. 팽은 입술을 앙다물고 고개를 끄덕였다. 정호는 그런 팽의 어깨를 한 번 툭 쳤다. 팽은 정호의 손을 꽉 잡았다가 놓았다. 윌이 그런 그들을 바라보다가 갑자기 생각났다는 듯이 말했다.

"참, 너희가 들으면 정말 놀랄 소식이 있어. 진짜 깜짝 놀랄걸."

"뭔데?"

정호가 물었다.

"그게 뭐냐 하면."

윌이 목소리를 낮추고 상체를 숙였기 때문에 팽과 정호는 자연스럽게 윌을 따라 상체를 숙였다.

"안나가 수녀가 되었어."

"뭐라고?"

"뭐라고? 안나 샌즈? 그 안나 샌즈 말이야?"

팽과 정호가 번갈아가며 되물었고, 결국 정호는 큰 소리로 웃기 시작했다. 그 바람에 테이블 위의 촛불이 훅, 하고 꺼졌다. 팽은 손을 들어 직원을 불렀다. 직원이 다가와 양초에 다시 불을 붙여주었다.

"'선셋 스트립'에서 춤추던 그 안나 샌즈?"

월이 고개를 끄덕이자, 정호는 팽의 어깨를 흥겹게 두어 번 툭툭 쳤다. 팽은 정호가 왜 그렇게 신이 나는지 잘 알 수 없다고 생각했다. 도대체 신날 이유가 무엇이란 말인가? 그는 그저 안나 샌즈가 수녀가 된 이유가 궁금했을 뿐이었다. 하지만 결국 그 이유를 물어본 것도 정호였다.

"어떻게? 어떻게 걔가 수녀가 되었어? 걔는 죽을 때까지 종교나 뭐 그런 거랑은 아무런 상관도 없이 살 줄 알았는데. 세상에, 걔는 하느님이 알파벳으로 뭔지도 모르는 애라구!"

"그렇진 않았어. 걘 네가 생각하는 것만큼 바보가 아니야."

팽이 냉소적으로 대답했다. 아무렴, 안나는 수지보다 훨씬 똑똑한 여자라고. 팽은 그렇게 생각했다. 정호는 양손을 들고 과장되게 어깨를 한번 으쓱해 보였다. 월이 소리내어 웃었다.

안나는 웨스트엔드 뒷골목에서 가장 유명한 스트립클럽인 선셋 스트립의 댄서였다. 그리고 아마 런던 전체를 통틀어 가장 유명한 댄서였다고 말해도 과장이 아닐 것이다. 그녀가 쇼를 하는 시간이 되면 그녀를 보고 싶어하는 남자들, 그리고 때로는 구경 온 여자들로 클럽 전체가 들썩거렸다. 남자라면 누구나 그녀와 한번 사보고 싶다는 생각을 했고, 그런 생각을 하는 얼치기들은 어설프게 안나에게 접근했다가 망신당하기 일쑤였다.

"정확하게 말하면 아직 수녀가 된 건 아냐. 이 년 전에 세례를 받고

요즘은 성당에서 수녀가 되기 위한 공부를 하고 있대. 일 년 후에 수도회에 들어갈 계획이래."

"도대체 왜?"

정호가 다시 물었다.

"너희가 떠나고 한 달 후쯤인가, 친구들하고 거기에 놀러 갔는데 사장이 하는 말이 안나가 그만뒀다는 거야. 러시아에서 데려온 새로운 댄서가 있다면서 한참 자랑을 늘어놓았는데, 너희도 알다시피 안나보다 더 멋지게 춤을 출 수 있는 여자는 없으니까. 그러다가 삼 년 전에 안나가 다시 그 거리에 나타난 거야."

다시 그 거리로 나타난 안나는 선셋 스트립을 떠난 건 팔에 화상을 입었기 때문이라고 말했다. 선셋 스트립은 안나가 떠난 후 경영의 어려움을 겪고 있었기 때문에 사장은 그녀를 다시 고용하고 싶어했고, 실제로 안나의 상처를 본 후 그게 쇼를 하는 데 크게 문제가 된다고 생각하지도 않았다. 그리하여 안나는 다시 그곳에서 춤추게 되었다.

"그런데 말이야. 너희 랠프 레인든 기억나지?"

정호와 팽은 랠프 레인든을 잘 알고 있었다. 랠프 레인든의 아버지는 런던에서 유명한 의류사업가였고, 그는 아버지의 회사를 물려받으려고 경영학을 전공하는 중이었다. 그는 머리카락이 빨갛고 얼굴에 주근깨까지 있어서 별명이 "앤"이었다. 하지만 그를 "앤"이라고 부르는 것은 농담에 불과했고, 그것 때문에 기분 상하는 사람은 아무도 없었다. 랠프 레인든 본인까지도 말이다.

"그 랠프 녀석이 안나와 사귀기 시작한 거야. 랠프가 항상 가게 앞에 차를 대기시키고 있어서 안나는 일이 끝나면 랠프의 차를 타고 집으로 돌아갔어. 그런데 어느 날 랠프의 친구가 선셋 스트립에 놀러 왔다가 우연히 랠프의 차를 발견했고, 집으로 돌아갈 때 자기도 좀 태워달라고 부탁했던 거야."

안나는 그날 굉장히 피곤했고, 빨리 집에 가고 싶은 생각밖에 없었다. 랠프가 마중나와 있는 것도 부담스러울 지경이었다. 안나의 집 앞에 도착하면 랠프는 분명히 집에 들어가서 단 몇 분이라도 함께 시간을 보내고 싶어할 것이 뻔했기 때문이었다. 만약에 랠프의 친구가 함께 차를 탄다면 안나는 랠프를 그냥 보내버릴 수 있는 구실을 만들 수 있게 되는 것이었다. 안나는 선심 쓰는 척하며 그를 같이 태우고 가자고 강력하게 주장했으며, 결국 그녀의 뜻대로 되었다. 그 대신 운전은 랠프의 친구가 하기로 했다.

"왜?"

"나중에 랠프가 말하길, 안나와의 '좋은 시간'을 그 녀석이 망친 셈이 되었으니, 그런 거라도 시켜서 보상을 받고 싶었다고 하더라고."

그들은 차 속에서 아무 말도 하지 않았다. 그들은 완벽한 고요 속에 있었다. 안나는 입을 열 힘조차 남아 있지 않았고, 랠프는 어떻게든지 친구를 중간에 떨어뜨려내고 안나와 함께 밤을 보낼 궁리를 하고 있었다. 랠프의 친구는 그들이 아무런 말도 하지 않았기 때문에 그저 어둠 속에서 가만히 차를 몰고 있었다.

그리고 갑자기 다가온 트럭에 쾅, 하고 부딪쳤다. 아마 그들이 그 차 안에서 최초로 낸 소리는 바로 그때 내지른 비명소리였으리라.

"트럭운전사가 술에 취해서 중앙선을 침범했어. 너무 어두워서 미처 트럭이 다가오는 걸 몰랐거나, 혹은 그 친구가 졸고 있었는지도 모르지."

여기까지 월이 이야기했을 때, 팽은 정호의 얼굴을 바라보고 있었다. 정호는 더이상 웃고 있지 않았다. 촛불의 그림자가 그의 얼굴 위에서 어른거렸다.

"누가 죽었어?"

이윽고 정호가 내뱉듯이 물었고, 팽은 그 말을 하는 정호의 옆얼굴을 바라보고 있었다.

"처음엔 셋 다 죽지 않았어. 그들은 근처의 병원으로 옮겨졌어."

제일 조금 다친 건 조수석에 앉아 있었던 랠프였다. 랠프는 응급실에서 수혈을 받고, 으깨진 왼쪽 팔을 수술받았다. 그리고 세 시간 후에 깨어났다. 상태가 심각한 건 안나와 랠프의 친구였다. 안나는 턱이 완전히 나갔고, 갈비뼈가 폐를 관통해서 인공호흡기를 달고 있었다. 친구의 상태는 더 심각했다. 머리와 척추가 부서졌고, 피를 너무 많이 쏟았다. 그리고 약 일곱 시간이 지난 후에 그는 죽었다.

"안나는 그 친구가 죽은 지 한 시간 정도가 지나서 깨어났어. 턱 수술을 받았고, 폐 수술의 경과도 좋았어. 하지만 안나는 한 달이 훨씬 지난 후에도 침대에서 일어나지 못했어. 랠프는 자주 안나를 보러 갔었는데, 안나는 마치 겁에 질려 있는 사람 같았다는 거야. 침대에 누운 채로 그저 울기만 하는 날이 많았대. 신경쇠약 증세를 보이고, 밤에는 잠을 이루지 못해서 수면제를 처방받아야 할 정도였지. 의사들은 랠프에게 너무 걱정하지 말라고 했어. 안나에게는 이 교통사고가 너무 충격적이었던 거라고, 그래서 공황장애를 겪고 있는 것뿐이라고, 예상하지 못한 일을 접한 사람들 대부분이 이런 상태를 겪는다고,

안나는 다만 그 시간이 조금 더 긴 것뿐이라고 말이야. 시간이 지나면 자연스럽게 괜찮아질 거라고 했지. 랠프는 안나가 앞으로 일을 할 수 없을 거라는 생각 때문에 괴로워한다고 생각했어."

랠프는 자주 휠체어를 타고 안나의 병실을 찾아갔다. 팽은 소년같이 짧게 머리카락을 자른, 금발의 안나가 하얀 침대보에 휩싸여서 끊임없이 눈물을 흘리는 모습을 상상해보았다. 그런 상상을 하자, 팽은 괴로움을 느꼈고 자신의 괴로움을 다른 사람들이 눈치채지 못하기를 진심으로 바랐다. 그리고 만약 자신이 거기에 있었다면 랠프 그 얼간이보다는 안나에게 더 많은 도움을 줬을 거라고도 생각했다. 하지만 다시 한번 자기 자신에게 그것에 대해 질문했을 때, 그는 어쩌면 그런 생각이 모두 망상에 불과할지도 모른다고 느꼈다.

"그런 날들이 계속되었지. 랠프는 자신이 안나의 인생을 책임져야 한다고 생각했다는 거야. 그래서 랠프는 어느 날, 역시 침대에 누워서 울고 있는 안나에게 청혼을 했어."

"뭐라고? 뭘 했다고?"

팽이 오만상을 찌푸리며 물었다.

"안나의 침대 밑에서 한쪽 무릎을 꿇고 반지를 내밀면서 '나와 결혼해주겠어?'라고 말했다고."

정호가 한숨을 쉬었고, 팽은 어떤 생각도 할 수 없었다. 랠프가 안나에게 청혼을 했다니, 그 랠프 얼간이가 안나에게 청혼을 했다니!

하지만 안나는 그 청혼을 받아들이지 않았다. 안나는 랠프에게 일어나라고 말했다. 그 태도는 몹시 위엄 있고, 당당했으며, 더이상 겁에 질려 있지도 않았다. "반지를 집어넣어, 랠프." 랠프는 엉거주춤 일어났고, 안나에게 자신은 결심을 했으며, 이건 장난이 아니라고 말했다. "랜프, 내가 혼수상태에 있을 때, 나는 어떤 목소리를 들었어. 모르겠어, 난 이제껏 그 목소리에 대해 생각해봤어. 그것에 대해 생각하면 난 그냥 눈물이 났어. 내가 이제껏 살아왔던 것이 끔찍한 거짓말의 연속이라는 것도 알게 되었어. 내가 선셋 스트립을 떠났을 때, 나는 한 남자를 사랑했고 그 남자도 나를 사랑한다고 생각했지. 하지만 그는 게이였어. 나를 안은 적이 있었지만 그렇다고 해도 그이가 게이라는 사실은 바뀌지 않았던 거야. 그가 마지막으로 내 집을 찾아온 날, 나는 당신이 떠나면 내 집에 불을 지르고 난 그냥 불타 죽어버릴 거라고 말했어. 믿을 수 있어? 하지만 난 죽지 않았어. 난 집 안에 기름을 붓고 라이터를 켰어. 그이는 그걸 바라만 봤어. 랜프, 그런 걸 믿을 수나 있어? 난 그에게 본때를 보여줘야 한다고 생각했고, 라이터를 기름 속으로 던지는 대신 내 팔을 지졌던 거야. 고통스러웠지만, 앞으로 그이가 없는 삶을 견디는 것보다 더 고통스러운 건 없다고 생각했어. 랜프, 그이는 나가버렸지. 그리고 다시는 돌아오지 않았어." 랜프는 안나에게 혼수상태에서 들었던 목소리가 무엇인지는 모르겠지만, 그런 건 잊어버리라고 말했다. 그리고 지나간 사랑 같은 것도 다 잊으라고 말했다. "랜프, 나는 이런 목소리를 들었어. '잭—이게 그 룸메이트의 이름이었지—은 지은 죄가 너무 많아서 먼저 죽게 될 것이다.' 이게 무슨 의미인 줄 알겠어? 랜프, 우린 모두 죄를 지었는데, 어째서 잭만 죽은 걸까? 그런 생각을 하면 나는 견딜 수가 없어져. 그런 생각을 하면…… 견딜 수가 없어진다고." 랜프는 안나의 말을 다 들은 후 반지를 챙겨서 병실 밖으로 나왔다.

"랠프는 불쌍한 안나가 미쳤다고 생각했어. 그리고 얼마 후 안나는 퇴원 수속을 밟고 집으로 돌아와서, 수녀가 되기 위한 준비를 시작했다는 거야."

정호는 물이 담긴 잔의 매끄러운 표면을 만지작거리고 있었고, 팽은 일그러진 표정을 숨기기 위해 고개를 숙이고 있었다. 이윽고 정호가 말했다.

"이게 무슨 바보 같은 이야기야?"

윌이 말했다.

"이 이야기가 무얼 의미하는지 모르겠어. 내가 아는 건, 이제 선셋 스트립에서 자신의 브래지어를 흔들어대면서 춤을 추던 안나는 이 세상에서 영영 사라져버렸다는 것뿐이야."

팽은 이 식당 안에서 웃고 떠드는 모든 사람들이 멍청한 얼간이라는 생각을 했고, 그리고 그 얼간이들 중 최고는 자신이라는 생각을 했다.

그들이 디저트를 기다리고 있을 때, 정호의 핸드폰이 울렸다. 팽은 전화를 건 사람이 누구인지 알 것 같았다. 정호는 팽의 손을 한번 잡았다 놓은 후 핸드폰을 가지고 밖으로 나갔다. 잠시 후 정호가 돌아왔을 때, 팽은 정호의 얼굴을 바라볼 수가 없었다.

"당연히 수지에게 온 전화겠지?"

팽은 빈정거리지 않으려고 했지만, 자꾸 그렇게 되는 걸 어쩔 수가 없었다.

"미안해. 클럽은 너희 둘만 가야 할 것 같아. 수지가 너무 불안정한 상태라서 말이야. 얼마 전 아버지가 돌아가신 후로 더 그래. 팽, 네가 이해해줘. 그애는 내 하나뿐인 동생이잖아."

"그래. 하나뿐인 동생이지."

여전히 팽은 빈정거리고 있었고, 정호는 제발 그러지 말라는 듯한 표정을 지으면서 말했다.

"윌리엄, 미안해. 하지만 만나서 정말 반가웠어. 우리도 조만간 런던에 가게 될 거야."

"우리가 다 죽기 전에, 정말 조만간, 정말 빠른 시일 안에 말이야."

윌은 자리에서 일어나서 정호에게 악수를 청하면서 재빠르게 팽의 말을 가로챘다.

"아쉽지만 어쩔 수 없지. 수에게 안부 전해줘."

정호가 팽의 볼에 키스하기 위해 다가가자 팽은 뒤로 몸을 빼버렸다. 정호는 난처한 표정으로 잠시 서 있다가 곧 몸을 돌려 재빨리 출구 쪽으로 걸어갔다. 팽은 정호가 출구 쪽으로 걸어가는 것을 끝까지 바라보았고, 정호가 식당 문을 빠져나가 더이상 그의 뒷모습이 보이지 않게 됐을 때에는, 그쪽에 앉아서 열띤 표정으로 이야기를 나누고 있는 사람들을 물끄러미 바라보았다.

"스티븐 길치 킴."

스티븐 길치 킴, 그게 바로 팽의 이름이었다. 한국인 할아버지와 영국인 할머니, 그리고 미국인 어머니의 피를 이어받은 스티븐 길치 킴. 하지만 가족을 제외한 사람들은 그를 팽이라고 불렀다. 팽 자신조차도 자신을 칭할 땐 팽이라고 했다. 그의 할머니는 한국인과 결혼하기 위해 스무 살 때 모든 걸 버리고 미국으로 건너갔고, 남들 보란 듯이 행복하게 살았다. 그리고 할아버지가 죽고 난 후 혼자 런던으로 돌아와서 십오 년 정도를 더 살았다. 할머니가 죽었을 때, 팽은 한국에 있었기 때문에 장례식조차 참석할 수 없었다. "힘든 일의 연속이었지만, 우리는 그걸 잘 견뎌냈다. 사랑과 믿음이 있었기에 가능한 일이었지. 스티븐, 너는 지금 네가 가지고 있는 것에 대해 항상 감사하는 마음을 지니며 살아야 한다." 이건 팽의 할머니가 늘상 팽에게 하던 말이었다.

"그 이름을 다시 듣게 될 줄은 몰랐어."

팽은 직원을 불러서 와인을 한 병 주문했다.

"그래."

월이 울적한 목소리로 대답했다.

"너와 정호 사이엔 아무런 문제도 없는 거지?"

"문제가 있으면 절대 안 되는 거겠지."

이번에는 팽이 울적한 목소리로 대답했고, 와인을 한 모금 들이켰다.

"그러니까, 안나는 이제 수녀가 될 거고, 너는 여기서 빈둥거리고 있는 거야?"

"내가 다시 런던으로 돌아간다 해도 안나의 모습을 볼 수 없겠지."

팽이 조그마한 목소리로 대꾸했다.

"정말 멋졌어. 안나는 깃털이 달린 옷을 입고 탱고 음악에 맞춰 격렬하게 춤을 췄지. 정말 흥분한 날에는 사람들이 술을 마시고 있는 스탠드 위로 올라가서 거기를 뛰어다니면서 춤을 췄어. 기억나? 우리가 처음 그곳에 갔을 때 말이야. 그녀는 그날 붉은 양탄자 같은 옷을 껴입고 테이블 위에 올라가서 스텝을 밟았어. 흑발의 가발을 쓰고, 입가에는 가짜 점을 붙이고 있었어. 그리고 음악이 클라이맥스에 다다랐을 때, 그녀는 리듬을 타면서 자신의 옷을 하나씩 벗었지."

월은 더이상 말을 잇지 않았고, 그 대신 의자에 몸을 깊숙이 기댄채 안나를 생각했다. 팽 역시 마찬가지였다. 팽은 마치 그때, 그 시절로 돌아간 것 같았다. 어느새 식당 안의 다른 사람들은 모두 사라졌다. 주위는 완전한 어둠에 휩싸였으며 그들이 항상 듣던 그 음악이 귓가에 울려퍼졌다. 그리고, 잠시 후 격정적이고 흐느끼는 듯한 반도네온 소리에 맞추어서 자신들의 테이블 위에서 춤을 추는 안나의 모습이 바로 눈앞에 펼쳐졌다. 검은 망사스타킹 안에 숨겨진 미끈하게 뻗은 안나의 다리, 허공을 향해 날아가듯 움직이던 안나의 가느다란 팔, 한번씩 오므려졌다가 펴졌던 안나의 입술, 활처럼 팽팽하게 펴져 있던 안나의 등.

"정말 끝내주는 여자였어."

팽은 마음속에 슬픔이 차오르는 걸 느꼈지만, 아무렇지도 않은 척하며 말했다. 월은 이의가 있을 수 없다는 듯이 힘차게 고개를 끄덕였다. 월은 안나를 위해 건배하자고 말했다. 그들은 안나를 위해 건배했다.

"스티븐."

"그 이름으로 부르지 말아줘."

"너의 할머니는 돌아가시기 직전까지 너를 걱정하셨어."

"나를 걱정한 건 할머니 한 분뿐이셨지."

"그렇지 않아. 스티븐."

월은 그 이름을 반복함으로써, 팽을 예전의 어떤 시절로 돌아가게 하려고 하는 것 같았다.

"나는 잘 살고 있어. 윌리엄, 네가 걱정할 거 하나도 없다고."

"하지만 언젠가 어떤 문제가 발생한다면, 나는 언제라도 너를 데리러 올게."

윌은 윙크를 한 번 하고 예의 그 인사를 하자는 신호로 주먹을 허공에 치켜세웠다. 팽 역시 주먹을 쥐고 윌의 주먹과 부딪쳤다.

"하지만 나에게 그런 문제 따위는 생기지 않을 거라고, 윌리엄."

팽이 말했다. 그들은 다시 와인을 한 병 더 주문했고 반복해서 건배했고 계속해서 와인을 입으로 부어넣었다. 그들이 클럽에 가기 위해서는 그렇게 심하게 취해서는 안 되었지만 둘 다 자신들을 제어할 수 없는 지경에 이르렀고, 그들은 클럽 가는 즐거움을 포기하는 대신 자신들을 그냥 내버려두는 즐거움을 얻는 것이 더 이득이라고도 생각하게 되었다. 윌리엄이 구토하기 위해 직원들의 부축을 받으며, 그리고 한편으로는 다른 손님들의 비난과 매니저의 한숨을 통과해서 화장실에 가 있는 동안, 팽은 소란스럽고 시끄러운 식당의 한구석에 홀로 앉아서 몇 시간 전 정호가 빠져나간 식당의 출구를 바라보고 있었다. 그리고 팽은 자신도 몇 시간 후 그 출구를 빠져나가게 될 것이라는 사실을 알고 있었다. 팽은 자신이 정호와 수지가 함께 머물고 있는 집으로 돌아갈 것이고, 텅 비고 어두운 거실 한복판에 서서 완벽하게—전혀 어떤 조그만 틈도 없이 꽉 닫힌 정호의 방문을 바라보고만 있을 거라는 사실도 너무나 잘 알고 있었다.

애
드
벌
룬

그의 어머니는 그가 여덟 살이 되던 해에 죽었다. 태어날 때부터 몸이 약했던 그의 어머니는 어릴 적부터 막연하게나마 자신은 평생 혼자 살아갈 거라는 생각을 하곤 했다. 하지만 그 예상은 틀렸고 그녀는 스물다섯 살 겨울에 사랑하는 남자를 만나 행복한 결혼생활을 시작했다. 그들은 출산 계획이 없었는데, 그건 그녀의 몸이 견디지 못할 거라는 남편의 주장 때문이었다.

그를 임신했다는 사실을 알았을 때, 그녀의 남편은 출산을 강력하게 반대했다. 아내가 출산중 사망할 거라고 장담했던 것이다. 그가 태어난 것은 순전히, 때로는 미친 것처럼 보이기까지 했던 그녀의 고집 때문이었다. 물론 그녀는 출산중 죽지 않았지만, 남편의 의견이 완전히 틀렸다고 말할 수도 없었다. 그녀는 팔 년 동안 거의 산송장 같은 삶을 살았다. 장례식이 끝나자마자 그의 아버지는 그녀의 유품을 모두 다 불태워버렸다. 어린아이였던 그가 아버지에게 뭐하는 거냐고 물었을 때, 그는 이런 대답을 들었다. "엄마의 세상으로 보낸단다." 문자 그대로 그는, 죽을 때까지 어머니를 단 한 번도 떠올리지 못했다. 그는 어머니의 얼굴을 기억하지 못했다. 그는 아버지가 진짜로 무엇인가 보내버렸음을 새삼스럽게 깨닫곤 했다.

그의 아버지는 도시 외곽에 있는 한적한 동네의 작은 파출소에서 근무했으며, 아내를 잃은 후 평생 독신으로 지냈다. 장례식이 끝나고 며칠 후 그들 부자는 여행을 떠났다. 그는 그 여행에 대한 거의 모든 기억을 잊어버렸지만, 그렇다고 아무것도 기억하지 못하는 것은 아니다. 늦봄이었고, 날씨가 아주 좋았다. 그는 자신이 앉아 있던 조수석으로 떨어지던 햇살의 가닥가닥을 기억했다. 그가 오랫동안 잊어버리고 있던 것 중 하나는 운전중에 아버지가 했던 말이다. 아버지는 그를 슬쩍 바라보고 이렇게 말했다. "운이 좋구나." 그가 이 말을 기억해낸 것은 삼십 년쯤 지난 어느 여름날 아침, 지독한 숙취에서 깨어난 후였다. 그러나 사실, 그 여행은 지독한 불운의 연속이었다. 일주일 동안 그들은 호수 근처 휴양지에서 지내며 낚시를 하거나 수영을 할 계획이었지만, 낚싯대도 한번 제대로 잡아보지 못했다. 도착한 날 저녁부터 비가 내리기 시작한 것이다. 호수 옆에는 바로크양식을 어설프게 본뜬 숙박 건물이 일곱 채 정도 더 있었지만, 그들이 머무르고 있던 한 채를 제외하고 모두 비어 있었다. 사시사철 그곳에 머물면서 건물을 관리하는 젊은 부부가 있었는데, 그들은 호숫가 동쪽에 있는 이층 건물에 살고 있었다. 그들이 도착한 날 저녁, 관리인 부부는 우산을 받쳐들고 그들의 숙소까지 찾아와서는 저녁 먹으러 건너오겠느냐고 물었다. 그의 아버지는 웃으며 괜찮다고 했다. 딱히 그 이유를 말할 수는 없었지만, 그는 아버지가 화났다고 생각했다. 비는 그치지 않았다. 마치 장마가 온 것 같았다. 이틀 동안 그의 아버지는 서너 번쯤 숙소에 그를 홀로 남겨두고 비 오는 숲속을 산책하고 돌아왔지만 대부분의 시간은 그와 함께 숙소에 처박혀 있었다. 사흘째 되는 날 밤에는 엄청난 폭우가 쏟아졌다. 천둥 번개까지 내리친 탓에 그는 밤새 한숨도 자지 못했다. 다음날 아침, 그는 아버지가 쏟아지는 비를 보며 절망한 듯이 고개를 흔드는 것을 보았다. "세상에, 이게 다 무슨 일이야." 이렇게 중얼거린 아버지는 그에게 저번에 왔던 아줌마네 집에 가서 밥 먹고 싶냐고 물었다. 그는 그러고 싶었다. 그의 아버지는 오른손으로 우산을 들고, 왼손으로는 그의 손을 잡고 관리인 부부의 집으로 향했다. 아버지의 걸음이 너무 빨라 그의 몸이 기우뚱기우뚱거렸다. 관리인 집에는 부인밖에 없었다. 부인은 아주 반갑게 그들 부자를 맞이했다. 그때도, 그는 아버지가 화가 난 거라고 생각했다. 그 집에 머문 건 그리 긴 시간은 아니었다. 그날 밤, 그들은 나머지 일정을 채우지 않고 집으로 돌아갔다. 그게 그들 부자의 처음이자 마지막 여행이었다. 그들은 한 번도, 정말로 단 한 번도 그 여행에 대한 이야기를 입 밖에 내본 적이 없었다.

어머니가 죽었다고 해서 그들 부자의 생활이 특별히 달라진 것은 아니다. 그는 아주 어릴 적부터 어머니의 도움 없이 생활하는 법을 터득했고, 아버지는 집안일에 능숙했다. 그는 학교가 끝나면 근처에 살던 고모 집에 가서 대부분의 시간을 보냈다. 고모의 남편은 한국계 미국인이었는데 고모 부부는 그가 열 살이 되던 해에 미국으로 떠나서 다시는 돌아오지 않았다. 아버지가 늦게까지 데리러 오지 않아 고모 집에서 잠들 때도 있었다. 하지만 아침에 깨어보면 늘 자신의 집이었다. 그의 아버지는 잠든 그를 업어서 집으로 데려갔고, 하얀색 갈매기가 그려진 침대보 위에 그를 눕혔다. 열 살이 되면서부터 그는 방과 후에 혼자 있어야만 했다. 숙제를 하거나 TV를 보거나 대여점에서 빌려온 만화책을 읽었다. 가끔씩은 친구들과 뛰어놀기도 했다. 배가 고프면 시리얼에 우유를 타 먹거나 라면을 끓여 먹었다. 하지만 그는 자신이 불행하다고 생각해본 적이 없었다. 어머니가 돌아가셨다는 사실을 일부러 밝히지도 않았지만, 그렇다고 그 사실을 특별히 숨기려고 애쓰지도 않았다. 그의 중학교 삼학년 시절 성적표 가정통신란에는 이렇게 적혀 있다. "평소 매우 차분한 성격이지만, 협동활동을 할 때에는 학우들과 잘 어울립니다. 학업에 성실하며 자신보다 남을 배려할 줄 아는 학생입니다. 남의 슬픔을 잘 이해하고 자신을 제어할 줄 압니다." 물론 여기 적힌 말들이 다 사실은 아닐 것이다. 특히 "남의 슬픔을 잘 이해한다"는 구절은 순전히 그 당시 통신문을 작성하던 선생님의 편견—어머니의 죽음이라는 큰 상실을 경험한, 아주 조용한 아이에 대한—에 근거한 것이었다. 하지만 그 구절을 제외한다면 선생님의 의견은 대부분 온당했다.

고등학교에 진학한 후에도 여전히, 그는 조용하고 평범한 학생이었다. 딱 한 번, 고등학교 이학년 봄에, 어떤 사건에 휘말려서 아버지를 곤란하게 만든 적이 있었다. 그는 아버지가 몹시 화낼 거라고 예상했지만, 그 예상은 완전히 빗나갔다. 그의 비행이 오히려 아버지에게 일종의 죄책감을 불러일으켰던 것 같다. 아버지는 그에게 선물을 주었다. 그건 그가 중학생 시절 좋아했던 파셀(PARCEL)이라는 록밴드의 내한공연 티켓이었다. 그는 고개를 갸웃거렸다. 이제 파셸은 거의 끝물이었다. 예전에 열성적으로 좋아하긴 했지만 이젠 아니었다. 그는 이제 파셸에 아무런 관심도 없었다. 도대체 이제 와서 파셸이 내한공연을 왜 하는지도 의문이었다. 게다가 왜 두 장이지? "한 장은 내 표란다." 그리고 아버지는 이렇게 덧붙였다. "그동안 아버지가 미안하구나." 왜 그랬는지 모르겠는데 그때 그는 웃음이 났다. 그렇게 그들은 함께 파셸의 야외 스탠딩공연에 갔다. 그의 아버지는 그를 위해 감색 담요를 준비해 왔다. 그는 별로 춥지도 않았고, 그런 걸 덮는다는 게 영 싫었지만, 아버지의 성의를 생각해서 어깨에 걸쳤다.

분명하게 말하자면 그날의 공연은 이미 시작부터 재앙이었다. 파셸이 이미 몰락한 밴드라는 것에는 어떤 부연 설명도 필요 없어 보였다. 아마 거기에 있는 사람들 중 파셸이 다시 공연을 할 수 있으리라 생각하는 사람은 단 한 명도 없었으리라. 심지어, 그의 아버지조차도. 그의 아버지는 파셸이라는 록밴드가 명성에 미치지 못하는 연주를 하는 것에 실망했지만, 정작 그는, 그래도, 어떤 면에서 가슴 깊이 감사했다. 그는 그것이 파셸의 마지막 공연이 될 거라고 확신했고, 한때나마 열성적으로 좋아했던 밴드가 사라지는 장면을 보는 것이 나름 의미 있다고 생각했다. 그리고 '파셸의 마지막 공연'이라는—그가 이 표현에 대해 어떤 식으로 생각할지 모르겠지만—그의 예언은 완전히 들어맞았다. 갑자기 무대 밑에서 무언가가 터져버린 것이다. 굉음과 함께 무대 위에 있던 보컬이 위로 솟아올랐다가 땅으로 푹 꺼졌다. 마치 플라스틱 인형 같았다. 악기들이 날아다녔고, 공연장은 아수라장이 되었다. 그 사건으로 인해 앞쪽에 서 있던 관객 세 사람이 즉사했다. 물론 그들은 파셸의 열성 팬이었다. 그리고 관객 열세 명이 중경 상을 입었다. 즉사한 세 명은 모두 그들 부자 근처에 서 있던 사람이 었고, 그의 아버지는 중경상을 입은 열세 명 중 한 사람이었다. 그날 입은 부상의 여파로 그의 아버지는 죽을 때까지 지팡이를 짚고 살아 야만 했다. 아버지 바로 옆에 서 있었던 그는, 멀쩡했다. 털끝 하나 다 치지 않았다. 몇 주 후 아버지가 퇴원하던 날, 그는 아버지가 절뚝거 리는 모습을 처음 보았다. 그제야 그는 공연장에서 아버지가 자신에 게 덮어주었던 담요를 잃어버렸다는 사실을 깨닫게 되었다.

그후 그는 더욱더 평범해졌다. 쥐 죽은 듯이 공부만 했고, 서울에 있는 중상위권 대학의 영문과에 들어갔다. 대학교 일학년, 거의 모든 학생이 그러는 것처럼 그는 매일 술을 마시고, 적당히 수업에 들어가 고, 친구들과 어울려 놀았다. 그리고, 다른 청춘들처럼, 그도 당연한 수순처럼 사랑에 빠졌다. 그는 달이 두둥실 뜬 밤에 여자에게 고백을 했고, 그렇게 애인이 생겼다. 숨 막히는 첫 키스도 했다. 친구들은 그 의 애인을 보고 말했다. "너 이 자식, 눈이 발에 달렸냐?" 그의 애인 에 대해 대놓고 못생겼다고 말하는 친구들도 있었다. 그도 그녀가 예 쁘지 않다는 걸, 혹은 더 심하게 말하면 추녀라는 걸 알고 있었지만, 이상하게도 그녀가 좋았다. 그 마음을 어찌할 수가 없었다. 심지어 그 녀가 자신을 떠나면 죽을지도 모른다고 생각했다. 그들은 삼 년간 사 귀었다. 그가 군대에 간 지 일 년쯤 지났을 때, 그녀는 편지로 이별을 고했다. 그는 마음이 찢어지는 것 같았다. 어느 일요일 낮, 내무반에 있던 그는 충동적으로 종이와 펜을 꺼내 편지를 쓰기 시작했다. 그녀 에게 보낼 생각이었다. 그런데 막상 뭔가를 쓰려고 하니 잘되지 않았다. 내가 무슨 이야기를 하고 싶어한 걸까? 몇 개의 문장과 씨름한 끝에 그는 결국 첫 문장을 완성했다. 첫 문장을 완성하자 그 뒤의 문장은 술술 나왔다. 그 편지를 다 쓰고 나서 읽어봤을 때, 그는 무언가 잘못되었다는 걸 알았다. 그 편지의 수신인이 그녀가 아니라는 것을 알 것 같았다. 그렇다면 이건 누구에게 보내는 편지란 말인가? 나는 이 편지가 누구에게 도착하기를 바란단 말인가?

"이게 그 편지야? 세상에, 참 많이도 썼네?"

그녀의 손에는 편지뭉치가 들려 있었다. 그녀가 그중 하나를 꺼내서 막 소리내어 읽으려는 찰나, 그가 편지를 낚아챘다. 물론 한 번에 성공하지는 못했고, 둘 다 약간 우스꽝스럽게 버둥거렸다. 그들은 이미 얼큰하게 취한 상태였다.

"이걸 도대체 어디서 찾았어?"

그가 화난 투로 이야기했지만, 그녀는 개의치 않았다.

"그게 그 못생긴 첫번째 여자친구에게 보내려다 못 보낸 편지라는 거지?"

그는 편지뭉치를 챙겨서 방으로 가지고 들어가서는 일부러 문을 쾅 닫았다. 그녀가 다시는 찾지 못할 장소에 편지를 꽁꽁 숨겨두고 있는 것이리라. 방문에 대고 그녀가 큰 소리로 말했다.

"혹시 나도 못생겨서 좋아하는 거야?"

잠시 후 그가 방에서 나왔다. 그는 그녀를 꼭 껴안았다. 뜨거운 입김과 술기운이 그녀에게 고스란히 전달되었다. 그는 아주 낮은 목소리로 속삭였다.

"그럴 리가 있어?"

그들은 잠시 껴안은 채로, 아무 말도 하지 않았다. 잠시 후 그의 허리에 양손을 감은 채로 그녀가 말했다.

"이상해."

"뭐가?"

"그 편지."

"왜?"

"'그때, 죽었어야 하는 건 나였던 거 같아요.' 이렇게 적혀 있던걸."

제대를 하고 나서 그는 아버지의 도움을 받아 시카고에서 이 년 정도 유학을 했다. 그다지 넉넉하지 않은 상황에서의 유학이었기 때문에 쉬운 건 아무것도 없었다. 여름의 더위도 견디기 힘들었지만, 진짜로 끔찍한 건 겨울이었다. 그는 아주 늦게까지 학교 도서관에 머물렀다. 집으로 돌아오면 두꺼운 파카를 입은 채로 바닥에 깔아둔 침낭 안에 들어가 잠을 청했다. 난방비를 아끼기 위해서였다. 숨을 쉴 때마다 입김이 나왔다가 곧 공기 중으로 흩어져버렸다. 가끔 어머니의 얼굴을 기억해내려고 애써봤지만, 소용없는 일이었다. 어떤 때는 헤어진 여자—못생긴 여자—를 생각하기도 했다. 그러면, 그녀가 보낸 마지막 편지의 첫 문장이 떠올랐다. 유학생활을 하는 동안, 그는 가끔 기분 전환을 위해 친구들과 어울려 클럽에 가거나 여자를 만나기도 했지만, 대부분의 시간은 공부에 전념했다. 편지를 쓰기도 했다. 특별한 내용이 있었던 것은 아니다. 다만, 대부분의 편지에는 "그때, 죽었어야 하는 건 나였던 거 같아요"라는 구절이 어떤 식으로든 들어갔고,

그 구절이 들어간 편지는 아무에게도 전달되지 않았다. 한국으로 돌아와 학부를 끝마치고 나서 그는 통번역대학원에 진학했다. 대학원을 졸업하자마자 그는 곧바로 대기업 해외사업팀에 들어갔지만 불미스러운 일이 생기는 바람에 회사를 그만두어야만 했다. 그 당시 그는 서른한 살이었다. 그는 프리랜서 번역일을 시작했는데, 다행히도 꽤 빨리 자리를 잡아서 얼마 되지 않아 첫번째 번역서를 출판할 수 있었다. 『상상하는 일요일』이라는 제목의 영국소설이었다. 어느 한적한 마을에서 일어나는 살인사건을 다룬 소설이었는데, 그는 그 작품이 매우 마음에 들었다. 특히 그 소설에 등장하는, 산속에 사는 젊은 부부가 나누는 촌철살인의 대화를 무척 좋아했다. 두번째 작업은 이듬해에 곧바로 이루어졌다. 『난, 리즈도 떠날 거야』라는 한국소설을 영어로 번역하는 일이었다. 그는 그 장편소설이 너무나 재미없고 따분하다고 생각했다. 일을 할 때마다 그는 어떤 대사들을 지우고 싶다거나, 어떤 장면은 완전히 들어내고 싶다거나, 혹은 어떤 인물들은 아예 없애버리고 싶다거나 하는, 그러니까 한마디로 소설을 완전히 뜯어고치고 싶다는 충동에 시달렸다. 그나마 그가 그 충동을 잘 이겨낼 수 있었던 단 하나의 이유는 그렇게 해봤자, 『난, 리즈도 떠날 거야』가 전혀 구제받지 못할 것이라는 사실 때문이었다.

유학에서 돌아온 후에 그는 여러 여자와 데이트를 했는데, 그중 한 명과는 꽤 심각한 사이로 발전했다. 그는 그녀를 몹시 좋아해서, 그녀가 떠나면 죽을 것 같다고 생각했다. 실제로 그녀가 이별을 통보했을 때, 그는 이렇게 말했다. "당신이 나를 떠나버리면 나는 죽을 거야." 하지만, 너무나 당연하게도 그는 죽지 않았다. 그렇게 그가 죽지 않고 살아간 지 일주일쯤 지난 후의 일이다. 새벽에 술에 취해 집으로 돌아온 그는 아버지가 깨지 않게 살금살금 걸어서 자신의 방 안으로 들어가려고 했다. 그런데 그 순간, 어둠 속에서 아버지의 목소리가 들렸다. 누가 찾아온 걸까? 하지만 누가? 곧 아무런 소리도 들리지 않았고 그는 자신의 생각이 말도 안 된다는 것을 알아차렸다. 그는 두려워졌다. 잠시 후 그는 어둠 속에서 다시 한번 아버지의 목소리를 들었다. 누가 아버지를 찾아온 것도 아니었고, 그러므로 당연히 아버지가 누군가와 대화를 나누고 있던 것도 아니었다. 아버지는 잠꼬대를 하고 있을 뿐이었다. 그는 피식 웃음이 났다. 아버지는 어떤 문장들을 반복하고 있었다. 발음이 정확하지 않아서 처음에는 그게 무슨 말인지 몰랐다. 하지만 반복해서 듣자, 그게 어떤 문장인지 알 것 같았다. "얘야, 더이상 움직이면 안 된다." 이런 말을 하기도 했다. "보기만 해야 한단다. 더이상 가까이 가서는 안 돼." 아버지는 어떤 꿈을 꾸고 있는 걸까? 간간이 자신의 이름을 부르는 것으로 봐서는 아마도 자신과 관련된 꿈이리라고 그는 짐작했다.

그의 아버지는 죽을 때까지 종종 그런 식으로 밤에 잠꼬대를 했다. 잠꼬대의 내용은 거의 비슷했다. 그의 아버지는 그가 두번째 번역작업을 하던 그 시절, 그러니까 그가 『난, 리즈도 떠날 거야』라는 지루한 소설을 번역하며 그 괴로움과 싸우던 시절에 죽었다. 어머니의 죽음이 누구나 예상하고 있던 것이었다면 아버지의 죽음은 누구도 예상하지 못한 것이었다. 아버지는 죽기 전날까지도 지팡이를 짚고 출근을 했다. 장례식 날, 그의 아버지를 직장 상사 이상으로 따랐다는 젊은 경찰이 한 명 와서 사흘 내내 장례식장에 머물렀다. 장례식이 끝난 후,

그가 가장 먼저 한 일은 아버지와 관련된 유품을 몽땅 버리는 일이었다. 하지만 지팡이만은, 아버지를 직장 상사 이상으로 따랐다는 경찰에게 주었다. 젊은 경찰은 당황스러워하지도, 기뻐하지도, 혹은 불쾌해하지도 않았다. 나중에 그는 그 지팡이에 대해서도 생각하게 되었는데, 그 생각의 마지막은 아마도 그 젊은 경찰—비록 그 시점에서는 더이상 젊지 않겠지만—이 그것을 잘 간직하고 있으리라는 것이었다.

몇 년 후, 그는 우연히 미국의 전설적인 영화배우 베이브 루스에 관련된 책을 읽게 되었다. "베이브 루스는, 모두 다 알다시피 연예계에 입문하기 전 야구선수였다. 그는 자신이 그리 훌륭한 야구선수가 아니라는 점을 인정하고 스물다섯 살 때 야구를 그만두었다. 그리고 자신의 친구였던 빌리 와일더 감독의 로맨틱 코미디 〈다른 세상〉에 단역으로 출연한 것을 계기로 영화계에 발을 들여놓게 되었다. 그후로 그는 빌리 와일더 감독은 물론이고 루이 벡터맨 같은 진지한 예술영화 감독과도 함께 작업했고, 나중에는 장 자크 밀레노 감독의 영화에도 참여하면서 다양한 경력을 쌓았다. 그의 장기는 거구에 어울리지 않는 속사포 같은 대사였다. 비록 야구선수에서 영화배우로 변신했지만, 그는 야구에 대한 사랑을 멈추지 않았다. 그는 선수 시절 친밀하게 지냈던 선수들과 계속해서 교류했고, 장난처럼, 하지만 동시에 진지하게 야구 경기를 하기도 했다. 그 장난스럽고도 진지한 야구 경기는 그가 파킨슨병에 걸린 쉰여섯 살까지 지속되었다. 공을 던지고 치고 달리는 것을 좋아하던 그가 파킨슨병에 걸렸다는 것은 엄청난 비극이었다. 하지만 그는 실망하지 않았고 여전히 유머러스한 입담으로 사람들을 사로잡았다. 그 모습은 사람들의 호감을 샀고, 그는 파킨슨병에 걸린 채로 광고를 찍은 유일무이한 배우가 되었다. 그건 전동칫솔 광고였다. 그는 세상에서 가장 건강한 파킨슨병 환자였지만, 운명은 그가 그런 식으로 삶을 끝낼 수 있는 행운을 주지 않았다. 예순한 살이 되던 해에 파킨슨병의 합병증으로 실어증이 온 것이다. 그는 예순셋으로 생을 마감할 때까지 사람들 앞에서 다시는 그 입담을 과시하지 못했다. 하지만 그가 죽을 때까지 한 마디도 하지 못한 것은 아니다. 어느 날 밤, 베이브 루스의 아내인 클레어는 잠결에 남편의 목소리를 들었다. 베이브 루스는 잠꼬대쟁이었다. 그녀는 오랜만에 들은 남편의 목소리 때문에 울 뻔했다. 하지만 영리하고 민첩했던 그녀는, 감동의 눈물을 흘리는 행동으로 시간을 낭비하는 대신 당장 주치의를 불렀다. 그들─베이브 루스와 클레어와 주치의─은 그날 밤 희망을 보았지만, 그걸로 끝이었다. 베이브 루스의 실어증은 그가 죽을 때까지 나아지지 않았다. 그에게 말이 허락되는 시간은 오로지 아주 깊은 밤뿐이었다. 그는 낮 동안에는 완전한 침묵을 고수해야만 했지만, 모두가 잠든 시간, 심지어 자기 자신도 잠든 그런 시간에, 자기도 모르는 사이에 자기도 모르는 말을 내뱉곤 했다. 베이브 루스는 몹시 실망했지만, 클레어는 실망하지 않았다. 아니, 오히려 그녀는 베이브 루스가 밤마다 떠드는 잠꼬대가 그가 그 이전에 했던 어떤 말보다도 진실하다고 믿었고, 그런 진실한 이야기를 들을 수 있다는 사실에 감사했다. 그녀는 밤마다 깨어 있었고, 그의 잠꼬대를 녹음해두었다. 그리고 그것이 바로 베이브 루스의 마지막 인생에 대한 기록이 되었다……" 거기까지 읽었을 때, 그는 문득 자신이 울고 있다는 사실을 깨달았다. 그리고 그제야 비로소 자신이 지난 몇 년간 써왔던 편지의 주인이 누구인지 알 것만 같았다.

"그건 아버지에게 보내는 편지였어."

그가 혀 꼬부라진 소리로 말했다. 그녀가 그의 표정을 보기 위해 허리에 감은 손을 풀려고 했지만, 그는 그녀를 놔주지 않았다. 그녀는 그에게서 떨어지는 것을 포기하고 여전히 그에게 안긴 채 물었다.

"말도 안 돼. 왜 아버지에게 그런 편지를 썼어?"

그는 한참 동안 아무 말도 하지 않았다. 그를 떼어내려고 애쓰면서 그녀가 되물었다.

"응? 왜 아버지에게 그때 자기가 죽었어야만 한다고 썼어?"

"나도, 모르겠어."

"그럼 편지에 쓰인 '그때'가 언제야?"

"글쎄."

"아버지한테 편지 준 적 있어?"

"아니."

그녀가 한심하다는 듯이 대꾸했다.

"보내지도 않을 편지를 뭐하러 써?"

"아버지한테 보내는 건지 몰랐다니까."

"그게 말이 돼?"

그가 한동안 아무 말도 하지 않자, 그녀는 가볍게 한숨을 쉰 후, 그의 등을 가만히 토닥토닥거렸다 .

아버지가 죽고 삼 년 정도 지났을 무렵, 그는 결혼을 했다. 그 당시 번역자로서 그의 명성은 최고조에 있었고 덕분에 『무자비한 질서』도 출간할 수 있었다. 외국 잡지에 실린 산문 중 자신이 좋아하는 글을 직접 골라 번역한 것을 모은 책이었다. 제목도 그가 직접 지었다. 그가 고른 산문의 장르는 다양했다. 음악, 건축, 미술, 문학, 심지어 날씨에 대한 이야기나, 자기 집에서 기르는 개에 대한 이야기도 있었다. 책이 출간된 후 그는 약간 유명세를 얻어서 라디오 방송에 출연하기도 했고, 몇 통 안 되지만, 팬레터를 받기도 했다. 라디오 디제이였던 여자는 그에게 이렇게 말했다. "당신 정말 웃겨요. 꼭 개그맨 같네요." 그는 그녀의 목에 걸린 커다란 다이아몬드 목걸이를 보고 마음속으로 생각했다. '당신이 더 개그맨 같은데.' 그녀는 『무자비한 질서』 중 특히 「과학자의 사랑」을 언급했는데, 사실 그는 그 글을 별로 좋아하지 않았다. 「과학자의 사랑」은 과학에 관련된 글도 있으면 좋겠다는 편집자의 의견에 따라 구색 맞추기로 나중에 억지로 끼워넣은 것이었다. 그는 「과학자의 사랑」에 한 줌의 진실도 포함되어 있지 않다는 걸 알고 있었다. 그녀는 이렇게도 말했다. "언젠가 저도 굴드 트라이앵글—지구에서 발견된 중력의 영향을 받지 않는 공간, 중력장에 대한 방정식을 완성한 고든 굴드 박사의 이름을 땄다—에 가고 싶어요." 그는 그녀의 감식안이 엉망진창이라고 생각했지만, 라디오 방송에 출연한 지 일주일 정도 지났을 때, 그녀를 자꾸 떠올리고 있는 자신을 발견했다.

연애중에 그는 그녀의 아버지가 엄청난 부자라는 걸 알게 되었지만, 그 사실에 특별한 감상을 가진 것은 아니다. 몇 달 후 그가 청혼했을 때, 그녀는 기꺼이 그 청혼을 받아들였다. 이유는 모르겠지만, 뜻밖에도 그녀의 부자 아버지는 그를 매우 마음에 들어했다. 모든 것이 순조로웠다. 결혼식 날 밤, 그녀의 네번째 손가락에 끼워진 결혼반지를 보면서 그는 이전에 자신을 떠나간 여자들을 떠올렸다. 그리고 앞으로 다시는 죽고 싶다는 생각을 할 필요가 없을 거라는 사실 때문에 다행이라고 생각했다.

결혼 후, 그는 금요일 저녁마다 아내와 함께 장인 집에 가서 저녁식사를 해야만 했다. 딸이 태어난 후에는 딸도 함께였다. 어느 금요일 저녁, 그는 딸아이를 안고 아내의 준비가 끝나기를 기다리고 있었다. 그녀는 화장중이었다. 그는 그녀의 뒤에 서서 아직 돌도 안 된 딸에게 말했다. "엄마를 봐, 엄마를 봐." 그는 화장대 거울을 통해 그녀가 딸아이를 향해 찡긋 윙크하는 것을 보았다. 그 순간, 그는 지팡이를 짚고 절뚝거리던 아버지를 떠올렸다. 도대체 왜? 그는 여전히 딸아이를 안은 채, 자신의 집을 둘러보기 시작했다. 아내가 한 달이 멀다 하고 바꿔댄 가구들, 집 안 구석구석을 꽉 채운 아내의 옷과 가방과 신발…… 그날 밤, 잠에서 깨어난 그는 충동적으로 자신의 집에 있던 『무자비한 질서』 다섯 권을 모두 모아서 마당으로 가지고 나가 불태웠다. 그가 미처 예상하지 못한 여러 가지 일 중에 가장 심각했던 건, 불길이 번질 수도 있다는 것이었다. 책을 태우던 불은 마당의 잔디를 몽땅 태워버렸다. 나중에 소방차가 돌아가고 난 후, 아내는 딸을 안고 거실 한가운데에 서 있었다. 그녀는 *그*에게 낯선 목소리로 물었다. "도대체 뭘 한 거죠?" 그리고 덧붙였다. "우릴 죽이려고 작정한 건가요? 아주 우스운 짓을 했군요!" 몇 달 후 그들은 이혼했다. 법적 공방이 좀 있었고, 그는 법정에서 방화범 취급을 받았다. 결국 그는 딸의

양육권을 빼앗겼다. 그는 이 주일에 한 번씩, 주말에만 딸과 함께 지낼 수 있었다. 일요일 저녁이 되면 딸을 제 엄마가 있는 집으로 데려다줬다. 딸을 제 엄마에게 데려다주고 집으로 돌아오기 위해 간선도로 위를 운전하는 동안 그는 항상 상실감과 괴로움, 그리고 얼마간의 피로감에 젖어 있었다. 그들이 이혼하고 일 년쯤 지났을 때, 그녀는 재혼을 했다. 그리고, 그가 돌아오는 길에 분노가 추가되었다. 그는 그 감정이 어디서 오는지 잘 몰랐다.

그날, 그는 운전을 하는 내내 그녀의 새로운 남편을 떠올리고 있었다. 그 남자는 그가 보는 앞에서 딸아이를 안아들었다. 딸아이는 그 남자의 가슴에 얼굴을 묻고 칭얼거렸다. 그는 딸아이를 안아들던 그 남자를 떠올렸다. 딸아이의 머리칼을 쓰다듬고, 딸아이의 목덜미를 만지던 그 남자를 떠올렸다. 그 남자는 딸아이의 등을 토닥토닥거렸고, 전처는 낮은 목소리로 말했다. "쉿, 아가, 그러면 안 돼." 그는 곧이어 더 중요할지도 모르는 장면을 떠올렸지만, 금방 잊어버리고 말았다. 그 순간, 그는 무언가를 보았던 것이다. 하천 건너편에 홀로 서 있는 건물 위였다. 거기에 붉고 둥근 물체가 떠 있었다. 그는 소리내어 그 물체의 숫자를 세었다. 하나, 둘, 셋, 넷…… 일곱. 묘하게 질서정연한 모습이었다. 처음에는 애드벌룬이라고 생각했다. 하지만 그는 곧 깨달았는데, 그것은 실에 연결되어서 공중으로 날아가지 못하는 것이 아니라, 거기에 자신의 의지로, 스스로 떠 있는 것이었다. 미동도 없었다. 거리가 더 가까워지자 그는 그것들이 아래위가 납작한 접시 모양의 발광체라는 것을 알아차릴 수 있었다. 그는 곁눈질로 그것을 계속 쳐다보았다. 마침내 그 물체가 시야에서 완전히 사라졌을 때, 그는 예상치 못한 엄청난 두려움에 휩싸였다. 숨쉬기가 어려웠고 현기증이 났으며 온몸이 덜덜 떨렸다. 그는 두 손으로 핸들을 꽉 잡았다.

집에 도착했을 때, 그는 온몸이 땀투성이라는 것을 알았다. 우선 샤워를 한 다음 그간 밀린 번역작업을 할 생각이었지만, 그는 먼저 자기 자신을 안정시킬 필요성을 느꼈고 맥주를 사러 나갔다. 늦가을 밤의 공기는 차가웠지만, 편의점 앞 간이테이블에는 많은 사람들이 삼삼오오 모여서 맥주나 음료수, 과자를 먹으며 떠들고 있었다. 그는 편의점에 있는 맥주를 손에 잡히는 대로 장바구니에 집어넣었다. 집으로 오는 길에 그가 지나쳐 온 마을 광장에는 중학생 여자애와 엄마로 보이는 여자가 함께 줄넘기를 하고 있었다. 그가 그들을 지나가던 순간, 여자애가 그만 줄을 놓쳤고 하마터면 그 줄의 손잡이 부분이 그의 왼쪽 허벅지를 때릴 뻔했다. 여자애가 사과했지만 그는 아무런 대답도 하지 않고 그냥 지나쳤다. 그의 머릿속은 운전을 하면서 보았던 그 물체로 꽉 차 있었다. 그건 뭐였을까? 분명 다른 사람들도 그걸 보았겠지. 너무나도 거대하고 압도적이었으니까. 하지만 왜 그걸 보려고 멈춘 차가 단 한 대도 없었을까? 나는 왜 그냥 지나쳤을까? 나는 왜…… 그날 저녁에 해야 할 작업이 쌓여 있었지만, 그는 하나도 하지 못했다. 그는 술을 너무 많이 마셔서 딸아이에게 전화를 하는 것도 완전히 잊어버렸다. 다음날 오후 늦은 시간에 깨어난 그는 일어나자마자 인터넷 기사를 뒤졌다. 혹시 간선도로에서 유에프오를 봤다는 기사가 뜨지 않을까 해서였다. 하지만 그런 기사 같은 건 아무 데도 없었다. 그날 밤, 그는 술을 사러 나갔다. 그다음 날 밤에도, 그다음 날 밤에도, 그다음 날 밤에도…… 그는 매일매일 술을 사와서 마셨고, 매일매일 술에 취해 있었다.

"이제 그만 놓아줘."

그녀가 말했다. 하지만 그는 그녀를 더 꽉 안았다.

"토할 거 같단 말이야."

마침내 그가 그녀를 놓아주었고, 그녀는 화장실로 뛰어들어가 음식을 게워냈다.

"자고 갈 거지?"

화장실에서 나오며 입을 닦던 그녀가 고개를 절레절레 흔들었다.

"미안, 나 생리라서."

"괜찮아. 그냥 내 옆에 누워 있기만 하면 되는걸."

그녀가 하하, 소리내어 웃었다.

잠시 후 그들은 침대 위에 함께 누워 있었다. 빛이 하나도 새어들어오지 않았기 때문에 방 안은 완전한 어둠이었다. 밖에는 바람이 엄청나게 불고 있었다. 언제부터였을까? 방금 전까지만 해도 바람 한 점 없었는데. 열어놓은 거실 창문으로 바람이 들이쳐오는 바람에 살짝 열어놓은 방문이 닫혔다 열렸다 했다. 둘 다 술은 이미 깬 것 같았고, 심지어 그는 정신이 점점 맑아지는 기분이었다.

"태풍이 올 건가?"

그녀가 물었다.

"그런 예보 들었어?"

"아니."

"밖에 창문 닫아야 할 거 같아. 바람이 차. 감기 걸리겠어."

그는 거실로 나가서 베란다 창문을 꽉 닫았다. 그녀는 편안히 누운 채로 창문 닫는 소리를 들었다. 갑자기 몹시 피곤해졌다. 방으로 들어온 그가 방문을 닫았고, 그녀의 옆자리에 누웠다.

"이렇게 바람이 많이 부니까 생각나는 일이 있어. 졸려?"

그녀는 몹시 졸렸지만 그를 실망시키고 싶지 않았다.

"아니."

그는 어머니의 장례식을 치르고 나서 며칠 후에 아버지와 함께 떠났던, 그 불운했던 여행에 대해 이야기하기 시작했다.

"……비는 그치지 않았어. 비만 내린 게 아니야. 지금처럼 바람도 엄청 불었고, 천둥 번개가 쳤어. 무서울 정도였어. 난 어린아이에 불과했으니까. 지금은 여간해서 그런 일로 무서워하지 않지. 난 아무것도 두렵지 않단 말이야. 아무것도."

그녀가 아무런 대답도 하지 않자, 그가 약간 불안한 듯 물었다.

"자?"

"아니."

"아마도 내가 아버지에게 이야기했던 거 같아. 관리인 부부네 집에 가서 놀면 안 되냐고. 아버지는 나를 데리고 그 관리인 집으로 갔어. 그런데 남편은 없고 부인 혼자만 있더라고. 어쨌든 아주머니는 우리를 굉장히 반가워해줬어. 끝내주게 맛있는 식사도 대접해줬지. 아주머니는 조금 못생긴 여자였지만, 아주 쾌활해서 많은 이야기를 해줬어. 사실 끝도 없이 이야기를 해댔지. 그런데 식사가 거의 끝나갈 무렵, 갑자기 우리 아버지에게 자기 남편이 어디 갔는지 알고 싶지 않느냐고 묻더라고. 그래서 아버지는 예의상 부군은 어디 가셨느냐고 물었어. 그랬더니 그 아주머니가 뭐라고 했는지 알아?"

"뭐라고 했는데?"

"전날 밤에 유에프오가 자기 남편을 데리고 갔다는 거야. 아까 말했잖아. 전날 밤에 비가 쏟아졌고, 천둥 번개도 엄청났다고. 그 여자 말로는 유에프오가 호숫가로 내려왔고, 자기 남편이 유에프오를 타고 타이탄—타이탄 알지? 토성의 위성 말이야—으로 가는 걸 선택했다는 거야. 남편이 자기를 버렸다고. 그렇게 말하더니 갑자기 우리 아버지를 붙잡고 울기 시작했어. 그리고 아버지에게 말했어. 자기도 데려가달라고. 웃기지? 자기를 어디로 데리고 가달라는 거야? 유에프오로? 타이탄으로? 자?"

"아니, 계속 이야기해봐."

"아버지는 불쾌해했어. 아닌가, 화가 났을까? 모르겠어. 그랬던 거 같아. 우리는 그 길로 짐을 싸서 집으로 돌아왔어. 며칠 더 머물기로 되어 있었지만, 아버지는 그냥 떠나자고 했어. 운전하는 내내 아버지는 한마디도 하지 않았어."

잠자코 그의 이야기를 듣고 있던 그녀가 나지막이 키득거렸다.

"왜?"

"그거, 영화잖아."

"뭐?"

"나 그런 비슷한 영화를 본 적이 있는데."

"그러니까, 내 말이 지어낸 이야기다?"

그녀는 대답하는 대신 그의 허리 밑으로 한 손을 밀어넣고, 다른 손은 배 위를 둘러서 그를 꼭 껴안았다.

"아니, 그런 게 아니라."

그녀는 그의 어깨에 얼굴을 묻었다.

"그 여자가 미쳤다고 생각해?"

"뭐가?"

"유에프오가 온다면, 그래서 내가 그걸 타고 떠나가면 어떨 거 같아?"

"이상해."

"뭐가?"

"자꾸 어디서 바람이 들어오는 것 같아."

그녀가 그의 품속으로 파고들면서 말했다. 그는 그녀의 머리카락이 자신의 얼굴을 간질이는 것을 느끼며 지난 몇 년간에 대해 생각해보았다. 그는 이제 더이상 번역일을 하지 않았다. 마지막 작업은 일 년 전이었다. 그는 그 책 제목도 이제 기억하지 못했다. 무슨 '태양'이니, '햇살'이니, '자본'이니 그런 단어나 혹은 그 비슷한 단어가 들어가는 제목이었다. 번역을 끝낸 원고를 출판사에 보내고 며칠이 지났을 때 출판사 사장이 직접 그에게 전화를 걸었다. "도무지 이걸 쓸 수가 없어요. 이런 걸 기대한 건 아니었는데……" 딸아이를 마지막으로 본 게 언제인지 기억도 나지 않았다. 그는 일 년 전의 자신을 떠올려보려고 애썼다. 불과 일 년 전의 일일 뿐인데, 마치 아주 오래전인 것처럼 느껴져서, 그 모든 것이 마치 남의 기억처럼 여겨졌다. 한 번도 그런 일이 진짜로 일어난 적이 없었던 것처럼.

"어디선가 바람이 들어와."

그녀가 중얼거렸다.

"추워. 밖에 문 열어놓은 곳 없나 봐봐."

그는 거실로 나간 후 방문을 꼭 닫았다. 부엌의 식탁 위와 거실바닥에는 그들이 마신 술병이 나뒹굴고 있었고, 통조림통과 먹다 남은 음식이 쓰레기처럼 아무렇게나 버려져 있었다. 분명 어디선가 바람이 들어오고 있었다. 그는 창문이 열린 곳이 있나 살펴보았다. 하지만 문은 모두 꼭 닫혀 있었다. 현관문도, 베란다의 커다란 창문도, 부엌의 간이창문도 닫혀 있었다. 그는 부엌의 간이창문을 살짝 열고 밖을 내다보았다. 순간적으로 차가운 바람이 훅 들어와서 그의 앞머리가 헝클어졌다. 그가 사는 곳은 연립주택의 육층, 꼭대기였다. 그는 그날따라 골목이 몹시 어둡다는 것을 알아차렸다. 어찌된 일인지 가로등이 모두 다 꺼져 있었다. 골목은 쥐 죽은 듯이 조용했고, 검은 비닐봉지 하나가 바람을 타고 이리저리 공중에 떠다니고 있었다. 그는 창문을 닫고 앞머리를 매만졌다. 아무리 생각해도 바람이 들어올 곳이 없었다. 하지만 어디선가 바람이 새어들어오고 있었다. 결국 그는 바람의 진원지를 찾았다. 그는 아까 그녀에게서 뺏은 편지를 보관해둔 작은방으로 들어갔다.

"아, 이런."

창문 커튼이 요란한 소리를 내며 펄럭거렸고, 편지가 바람에 날려 방바닥에 마구 흩어져 있었다. 누가 창문을 열어놓은 거지? 그는 열린 창문 쪽으로 다가갔다.

그때, 그는 보았다.

저 멀리, 공중에 접시 모양의 물체가 떠 있었다. 애드벌룬인가? 그는 아무런 설명도 필요 없이, 저 멀리 떠 있는 것이 딸을 마지막으로 데려다주었던 날 간선도로에서 보았던 바로 그 물체라는 것을 깨달았다. 하지만 그 물체는 그때처럼 붉은빛을 발하지도 않았고, 일곱 개도 아니었다. 그건 단 하나였다. 그는 그것이 마치, 하나의 눈(眼)으로 이 세상 위에 묵직하게 떠서 움직이지도 않고, 영원히 중력을 거스른 채로 그 자리에서 우리를 응시하고 있는 것 같다고 생각했다. 우리? 우리라고? 정말 우습구나. 아냐, 저건 나만을 위한 거야. 저건 내 거야.

그는 최대한 조용히 방문을 닫고 나와서 현관 쪽으로 걸어갔다. 그리고 아무런 망설임도 없이 현관문을 열고 계단을 천천히 걸어내려가기 시작했다. 맨발이었고, 차가운 땅의 감촉이 느껴졌지만, 오히려 그게 좋았다. 저게 나를 다른 세상으로 데려가줄 거야. 그는 생각했다. 다른 세상에서 나는 그런 식으로 사랑하는 사람들을 잃지 않을 거야. 어머니는 아직까지 살아 계시겠지. 아버지가 다리 병신이 되지도 않을 테고, 그 세상에서…… 나는 담요를 잃어버리지도 않을 거야. 그 세상에는 「과학자의 사랑」이니, 『난, 리즈도 떠날 거야』 같은 거지 같은 글이 존재하지도 않을 거야. 분명히, 그 세상에서 베이브 루스는 벙어리가 되지 않을 거야. 그래, 분명히, 그는 야구선수로 일생을 살아갈 거야. 정말 위대한 야구선수 말이야. 그리고…… 그는 생각했다.

그 세상에서 나는 파셀의 콘서트에서 이미 죽었을 거다.

나는 그때 죽었어야 해.

그는 그제야, 자신이 그토록 간절하게 바라온 것이 무엇인지 알 것만 같았다. 그는 오래전부터 저 유에프오를 기다려왔던 것이다. 아주 오래전부터, 아주아주 오래전부터, 어쩌면 그가 이 세상에 존재하기도 전부터. 어쩌면 이 우주가 탄생하기도 전부터. 그는 계속 앞으로 걸었다. 바람이 그의 정면에서 불어왔기 때문에 그가 한 걸음 한 걸음 내딛는 데는 많은 노력이 필요했다. 그는 그것이 지난 인생에서, 잘못된 인생 전체에서 벗어나는 걸음이라고 생각했다. 특별한 잘못을 저지르지 않았는데도, 이미 이런 식으로 계획되어 있어서 어떤 식으로도 제어할 수 없었던, 죄로 점철되었던 그 인생에서 비로소 벗어나는 걸음이라고 말이다. 그 물체는 그렇게 거기에 떠서 자신을 부르고 있었다. 그는 그것에 점점 가까워져갔고 마침내 바로 아래까지 다다를 수 있었다. 그곳은 줄넘기를 하는 모녀가 있던 마을 광장이었다. 그는 고개를 들어 위를 쳐다보았다. 그러자, 마치 그를 기다리기라도 했다는 듯이 유에프오가 엄청난 빛을 쏟아내며 하강하기 시작했다. 유에프오는 스무 걸음 정도 떨어진 장소에 착륙했다. 눈이 부셔서, 그는 자신도 모르게 눈을 꼭 감았다. 잠시 후, 마지막 스무 걸음을 걷기 위해 눈을 뜨려고 했을 때, 그는 목소리를 들었다. "애야, 더이상 움직이지 말거라. 보기만 해야 한단다. 너는 그걸 만져서는 안 돼. 더 가까이 가서는 안 돼." 그는 그게 과거에 숱하게 들어왔던 목소리라는 걸 어렴풋이 알 것 같았다. 누구의 목소리인가? 어디서 들었던 이야기지? 그는 곧 깨달았는데, 그건 바로 아버지의 잠꼬대였다.

"창문 다 닫았어?"
그가 그녀의 옆에 눕자, 그녀가 자다 깬 목소리로 물었다.
"응."
"바람이 많이 불지?"
"그래. 얼른 자."

그는 그녀를 끌어안으며 자상하게 말했다.

"있지, 내가 생각해봤는데."

그녀가 여전히 잠에 취해 웅얼거렸다. 그는 그녀의 다음 말을 기다렸다. 하지만 아무리 기다려도 그녀는 다음 말을 하지 않았다.

"잠든 거야?"

"아니."

"뭘 생각해봤는데?"

그녀가 아까보다는 조금 또렷해진 목소리로 물었다.

"있지, 당신, 나랑 헤어지려고 하는 거지?"

그는 뭐라고 대답해야 할지 몰라 머뭇거렸다.

"왜 그런 생각을 해?"

"됐어. 다 알아."

그녀가 말했다. 하지만 그녀는 자신을 안은 그를 뿌리치거나 하지 않았고, 오히려 그의 품속으로 더 파고들었다.

"있잖아. 약속 하나만 해줄래?"

"뭔데?"

"다음 세상에 태어나면, 그러니까 다른 세상에서는 나만 사랑해줄래?"

그는 가슴이 무척 아팠지만 그녀를 더 꼭 끌어안은 후 대답했다.

"그래, 너만 사랑할게."

다음날 아침, 잠에서 깼을 때 그는 자신의 곁에 아무도 없다는 걸 깨달았다. 그의 옆자리는 비어 있었다. 숙취 때문에 머리가 깨질 것 같아서 그는 우선 부엌으로 가 아스피린 두 알을 먹었다. 그리고 부엌의 간이창문을 열고 거리를 내다보았다. 여름 아침의 햇살이 벌써 뜨거웠다. 바람 한 점 없었다. 길고양이가 그늘에 앉아 쉬고 있다가 지나가는 남자를 피해 도망가는 것이 보였다. 거실과 부엌에는 전날의 흔적이 말끔하게 지워져 있었다. 아주 깨끗했다. 그는 잠시 동안 거기에 우두커니 서 있었다. 진짜로 완전히 혼자가 되었다는 걸 실감할 수 있을 것 같았다. 그는 다시 태어난 것 같다고 생각했지만, 그건 정말 웃기는 생각이었다. 그는 작은방의 문을 열어보았다. 창문은 굳게 닫혀 있었고, 그 위에 커튼이 가지런히 드리워 있었다. 역시 아주 깔끔하게 정돈되어 있었다. 그는 거실로 나와 한동안 서성거렸다. 마치 무언가를 망설이는 사람처럼. 그는 다시 방 안으로 들어갔다. 그리고 거기에서 자신의 침대를, 자신이 방금까지 누워 있었던 흔적들—이를테면 흐트러진 베개와 구겨져 있는 싸구려 이불 같은 것들—을 보았을 때, 그는 문득, 갑자기 아버지의 그 말이 생각났다. "운이 좋았다." 그는 아버지가 했던 말이 뜻하는 바를 그제야 정확하게 알 것 같았고, 그 말에 가슴 깊이 공감할 수 있을 것 같았다.

소설의 중력에 맞서 날아오르는

신수정(문학평론가)

1. 소설들 사이의 소설

어떤 작가에게 소설쓰기는 이 세상에 없는 완전히 새로운 무엇을 창조하는 행위이다. 그 또는 그녀는 신의 이름으로 글쓰기를 대리한다. 그들은 전지전능하며 그들이 창조한 인물에 관한 한 모르는 것이 없다. 우리는 이들을 천재 발명가라고 불러도 좋을 것이다. 그러나 어떤 작가들은 이 작가들의 완전무결한 욕망을 착각이라고 비웃는 데서 시작한다. 하늘 아래 새로운 것은 없다. 그들의 모토는 새로운 것의 발명이 아니라 익숙한 것의 새로운 발견이다. 관점을 달리함으로써, 각도를 조금 이동함으로써, 그들은 이제까지 보이지 않던 것들을 보이도록 만들 수 있다고 주장한다. 인물을 온전히 장악하거나 소설을 통해 인생을 반영하고자 하는 노력은 수면에 떠오르지도 않는다. 그들이 하는 유일한 일은 소설이 그것을 할 수 없다는 사실에 대한 입증

뿐이다.

손보미의 소설은 어디에 속할까? 일인칭보다 삼인칭을 즐겨 선택하고, 묘사 대신 주석적 서술에 의존하는 경향이 강한 그녀의 소설은 전능한 작가의 이야기 욕망과 떼려야 뗄 수 없는 관계를 형성하고 있는 것처럼 보이기도 한다. 기본적으로 그녀는 이야기를 꾸며내고 그것을 들려주는 고전적인 스토리텔러로서의 자질이 두드러진 것도 사실이다. 그러나 우리는 손보미의 소설들이 어디선가 들은 적이 있는 이야기, 무엇보다도 외국소설을 번역해놓은 듯한 분위기를 조장하고 있다는 사실 역시 간과할 수 없다. 그녀 스스로 밝히고 있는 것처럼, 레이먼드 챈들러로 대표되는 미국 추리소설은 손보미의 소설을 이해하고 공감하는 데 적절한 지표를 제공한다. 어떻게 보면 그녀의 소설들은 이 외국소설들에서 빌려온 모티프를 새롭게 가공하여 그녀만의 독특한 번안물로 재창조하는 데 모든 노력을 기울이고 있는 텍스트라고 할 만하다. 그녀의 소설들이 '한국소설'이라는 범주에서가 아니라 '소설' 혹은 '픽션'의 영역에서 다루어질 필요가 있는 것은 그 때문이다. 사정이 그러하다면, 그녀가 어떤 종류의 작가에 해당하는지 짐작하기는 어렵지 않을 것이다. 그녀는 발명가가 아니라 발견자에 가깝다.

그녀의 첫 소설집 『그들에게 린디합을』을 두고 제일 먼저 드는 생각도 바로 그런 것이다. 총 아홉 편의 단편으로 이루어진 이 소설집은 각기 독립적인 세계를 형성하고 있는 각 단편들의 유기적인 연관성, 서로 간의 간섭의 양상이 흥미롭다. 이 소설집의 문을 여는 첫 소설 「담요」와 가장 마지막에 자리잡고 있는 단편 「애드벌룬」의 관계만 해도 그렇다. 소설집 전체를 열고 닫는 기능 이외에도 이 두 작품은 많은 부분에서 더불어 생각해볼 거리를 던져준다. 무엇보다도 이들은 세부 디테일의 반복과 변주에 의존하는 바가 현저하다. 「담요」에서 록밴드 '파셀'의 공연이 파출소장 '장'의 아들이 숨지는 계기가 되었다면, 「애드벌룬」에서 그것은 아들이 아니라 아버지가 사고를 당해 죽을 때까지 지팡이에 의존하게 되는 사건으로 나타난다. 「담요」가 죽은 아들을 잊지 못하는 '아버지의 이야기'라면, 「애드벌룬」은 자기 대신 다른 사람이 죽었다고 자책하는 '아들의 이야기'다. (「담요」에서 이미 죽어버린) 아들은 (「애드벌룬」에서는 버젓이 살아남아) 자책에서 벗어나지 못하는 어른이 된다. 「담요」에서 아버지는 아들이 덮고 있던 담요를 손에서 놓지 못해 늘 지니고 다니는 반면, 「애드벌룬」에서 이 담요는 사고의 와중에 아들에 의해 분실된다. 「담요」의 서술자가 소설 속의 소설, 『난 리즈도 떠날 거야』의 '저자'라면, 「애드벌룬」의 이야기를 이끌어가는 '나'는 그 소설의 '번역자'다.

마치 거울을 마주세워놓고 있는 듯한 효과를 야기하는 이 반복과 변주는 비단 이들 소설에만 나타나는 것은 아니다. 몇몇 모티프들, 예컨대 작중인물들의 아지트가 되고 있는 '고메 식당'이나 〈달콤한 잠〉이라는 영화, '중력에 맞서 날아오를 것'이라는 노래가사 등 이 소설집은 서로 간의 영향관계를 떠나서는 생각할 수 없는 다양한 디테일들로 번득인다. 뫼비우스의 띠처럼 뒤엉킨 각각의 소설들은 그 자체 독립적인 한편 서로 긴밀한 유기적인 관계를 형성함으로써 이 소설집 전체에 하나의 통일된 이미지를 부여하는 데 기여한다. 따라서 이 소설집의 전체적인 의미를 파악하기 위해서는 각각의 소설들이 열어 보이고 있는 미시적인 세계뿐만 아니라 그것들이 모여 이룩한 어떤 거시적인 맥락 역시 주목할 필요가 있다. 도대체 왜 손보미는 이런 식으로 소설집을 구성한 것일까. 그녀에게 소설은 무엇인가. 한 가지 사안은 분명한 듯하다. 그녀는 우리 소설의 저수원 역할을 했던 한국적 현실이라는 그림자를 걷어내고 픽션들 사이를 자유롭게 유영하는 새로운 유형의 소설을 창안하기를 원했다. 물론 한국적 현실이 그녀의 소설의 밑거름으로 작용하고 있지 않다고 해서 그녀가 그것으로부터 완전히 자유롭다는 이야기는 아니다. 어느 누가 자신의 당대적 조건으로부터 온전히 자유로울 수 있겠는가. 어느 누구도 그럴 수 없는 게 사실이다. 그러나 우리는 적어도 손보미, 혹은 손보미로 대표되는 어떤 작가군들에 의해 한국소설이 우리만의 특수한 현실적 조건, 그 영원한 로컬리티로부터 벗어나 오로지 소설과 소설의 결합에 의해 또다른 소설의 탄생으로 이어지는 흥미로운 현장에 동참하게 되었다는 이야기를 할 수는 있을 것이다. 그것은 무엇을 의미하는가? 우리가 그녀의 소설을 읽어야 하는 이유다.

2. 서사의 공백, 언어로 표현할 수 없는

아무래도 표제작 「그들에게 린디합을」에서 시작하지 않을 수 없겠다. 가짜 인용문들, 이를테면 영화잡지 기자의 기사, 인터뷰 기록, 영화평론가의 평론 등 다양한 형태의 담론들을 총동원해 영화란 무엇인가에 대해 발언하고 있는 이 소설은 단연 손보미의 소설세계를 압축하고 있는 텍스트라고 할 만하다. 아마도 우리는 그녀의 다른 단편

「과학자의 사랑」에서 이 소설과 유사한 어떤 형식을 다시 조우하게
될 것이다. 고 길광용 감독과 그의 아내인 영화배우 허지민, 그리고
그의 조감독 출신의 다른 감독 문정우. 이 세 사람으로 대표되는 욕망
의 삼각관계는 「폭우」의 불행한 부부들의 이야기와 「침묵」 「육 인용
식탁」 「달콤한 잠—팽 이야기」 등의 남녀관계를 통해 다시 한번 재현
될 것이다. 그러나 이게 다가 아니다. 우리가 이 소설에 주목하는 이
유는 이런 형식적인 문제 이외에도 이 소설에 함축된 손보미의 서사
에 대한 입장과 서사 방법론 때문이기도 하다.

　「그들에게 린디합을」의 가장 중심이 되는 서사는 고 길광용 감독의
작품 〈댄스, 댄스, 댄스〉와 그의 조감독 출신 영화감독 문정우의 영
화로 알려진 〈그들에게 린디합을〉 사이의 관계에 대한 추리다. 대중
동원력이 뛰어난 스타 감독이었던 길광용 감독은 어느 날 "이 세상의
모든 춤을 아우르는 작품"을 만들겠다는 욕망에 사로잡혀 삼 년 동안
전 세계를 돌아다니며 촬영을 한 끝에 드디어 오 년 만에 〈댄스, 댄스,
댄스〉라는 다큐멘터리를 완성한다. 이 미친 열정 탓에 그는 건강과 돈
을 잃고 아내와도 이혼하게 된다. 심혈을 기울여 제작한 영화는 '백오
십 분의 재앙'이라는 혹평 속에 관객들의 외면을 받게 되고 몇 년 뒤
그는 스스로 목숨을 끊는다. 표면상 길감독의 영화 인생은 실패로 끝
나 것처럼 보인다. 그러나 그의 명성은 그의 조감독 출신 영화감독 문
정우가 그에게 바치는 영화 〈그들에게 린디합을〉을 개봉한 지 일 년
뒤부터 서서히 회복되기 시작한다. 춤에 관한 이미지들을 맥락 없이
흩뿌려놓았을 뿐이라는 오명 속에서 그 존재감을 상실했던 길감독의
영화는 〈그들에게 린디합을〉이 제작되고 그 영화와의 미묘한 연관성

이 인구에 회자되면서 재조명의 기회를 얻게 된 것이다. 심지어 이 영화가 길광용 감독의 유작이라는 사실이 알려짐과 동시에 이 영화에 대한 찬사는 오히려 극에 달하게 되기도 한다.

그렇다면 그가 진짜 하고 싶었던 이야기는 무엇일까? 다시 음악이 들리기 시작하고, 남녀가 댄스홀로 들어온다. 잠시 서로를 물끄러미 바라보다가 여자가 남자에게 다가가 그의 귀에 얼굴을 가까이 대고 무언가를 말한다. 다시 여자가 제자리로 돌아오고 그들이 춤을 막 시작하려는 순간, 영화는 끝난다. 여자는 남자에게 무슨 말을 했을까? 내가 생각하기에 바로 그것이, 그러니까 바로 이 십 분 남짓한 부분이 이 영화의 두 시간이 넘는 러닝타임 중에서 길감독이 말하고자 했던 진짜 이야기다.(「그들에게 린디합을」, 107~108쪽)

길광용 감독의 영화 〈댄스, 댄스, 댄스〉는 마지막 십 분에 이르러서야 두 남녀를 등장시킨다. 이 이전 백사십 분 동안 세계 각국의 춤들을 아무런 맥락도 없이 펼쳐 보이기만 하던 이 영화는 마지막 십 분을 남겨두고서야 마침내 일반적인 영화의 수순을 밟는다고 할 수 있다. 그러나 그렇다고 이 마지막 십 분 동안 그들에게 특별한 사건이 벌어지는 것은 아니다. 그들은 서로 마주보다가 귓속말을 나누고 막 춤을 추려다 스크린 바깥으로 사라진다. 정작 영화가 시작되려는 순간 영화가 끝나버린 것이다. 그들은 누구인지, 왜 춤을 추고 있는지 영화는 설명하지 않는다. 어쩌면 그들은 이전부터 아는 사이였을 수도 있고, 또 아는 사이 그 이상일 수도 있을 것이다. 영화는 이에 대해 어떠한 정보도 주지 않는다. 다만 그들 사이를 감도는 미묘한 기류만 보여줄 뿐이다. 그런데 이 불친절한 맥락은 〈그들에게 린디합을〉이 발표되고 영화감독 문정우와 길감독의 전처 허지민이 기자회견을 자처하여 자신들이 〈댄스, 댄스, 댄스〉의 마지막 장면에 등장하는 두 남녀라는 사실을 공공연하게 밝힌 다음 완전히 역전된다. 길감독은 자신의 아내와 그의 조감독 사이의 '멜로드라마'를 춤에 관한 '다큐멘터리' 속에 숨겨놓은 최고의 감독으로 재조명된다. 서술자 '나'가 이 마지막 십 분이야말로 길감독이 진정으로 말하고자 했던 진짜 이야기라고 주장하는 것은 바로 그 때문이다.

어쩌면 손보미는 모든 서사의 본질이 바로 그와 같다고 생각하고 있는지도 모르겠다. 공교롭게도 「그들에게 린디합을」에서 두 영화 사이의 모종의 연관을 최초로 제기한 평론의 제목 역시 '서사의 가장 마지막 기원'이었다. 그것은 '보편적인 영화'라는 제목을 달고 있는 영화잡지에 발표된 글이기도 했다! 그녀에게 서사란 기본적으로 '우리가 알지 못하는 이야기'에 다름아니다. 알려진 것과 달리, 언어란 말을 하면 할수록, 이야기를 들려주면 들려줄수록, 도저히 전달될 수 없는 공백을 만들어내는 아이러니컬한 매체다. 손보미는 서사의 전지전능함을 믿지 않는다. 서사란 다만 이야기될 수 없는 것을 이야기하려는 안간힘의 소산일 뿐이다. 그런 의미에서 서사가 할 수 있는 일이란 사건의 전말을 한눈에 담아내는 것이 아니라 단지 그 '어떤 것'이 있다는 것, 언어로 표현할 수 없는 그 어떤 감정의 간격이 있다는 것을 보여주는 것뿐이다. 여기에 손보미 소설의 서사 방식, 창작 방법론이 숨어 있다. 그녀는 「그들에게 린디합을」을 통해 이 사실을 말하고자 했다. 그러나 그녀는 그것 역시 '도저히 설명할 수 없는 어떤 공백'을 만들어낼 뿐임을 모르지 않았다. 그런 의미에서 그녀가 택한 방식은 정작 가장 중요한 말을 일부러 지연하거나 명확하게 공표하지 않는 방법이었다. 부정적인 것을 높이고 긍정적인 것을 끌어내리는 억양법의 발상 역시 마찬가지다. 소설의 정공법을 거슬러가기, 이른바 손보미 월드의 시작이다.

3. 모호하고도 애매한

「폭우」에는 두 쌍의 부부가 나온다. 이들은 여러 면에서 대조적이다. 한편에는 전형적인 부르주아 부부가 있다. 남편은 미국 유학을 다녀와 대학에서 강의를 하고 있으며 그보다 다섯 살 아래인 아내는 "전형적인 미인"은 아니지만 "얼굴을 보면 책이 빽빽하게 꽂힌 고급 원목 책장과 반들반들하게 닦인 값비싼 경첩, 혹은 작지만 격식 있는 티테이블이 연상되는 여자"(35쪽)이다. 다른 한편에는 규모가 작은 무역회사의 접수원으로 일하는 여자와 전자제품 판매원이었다가 사고로 시력을 잃고 맹인이 되어버린 남자 부부가 있다. 손보미는 서로 다른 두 계급의 부부를 순차적으로 교차해서 보여준다. 그렇다고 이 소설이 이러한 세팅으로 미루어 짐작할 수 있는 것처럼 계급 간의 취향과 삶의 질적 차이를 과장해서 보여주는 데 관심이 있는 것은 아니다. 「폭우」는 그들 사이에 존재하는 격차 따위는 아무것도 아니라는 듯 무심한 어조로 이들의 삶을 재현할 뿐이다. 부르주아 부부에게는 그들 나름의 라이프스타일이 있고 하층 노동계급 역시 그러하다. 부르주아 부부가 '고메 식당'에서 매달 마지막 주 화요일 저녁식사를 하는 것과 같은 일을 관례로 하고 있다면, 프롤레타리아 부부는 시력을 잃은 남편을 위해 아내가 라디오 방송국에 그의 사연을 타자로 쳐 보내는 일 등과 같은 삶의 세목들을 고수하고 있는 것이다. 그들은 각자의 삶, 그들 나름의 인생을 살고 있을 뿐이다. 어느 누구의 삶도 더 낫거나 덜하지 않다.

문제는 맹인의 아내가 대학교수 남편이 강의하는 구청의 '미국의 대중음악'이라는 강좌를 들으러 가기 시작하면서부터 발생한다. 아니다. 이렇게 말하는 것은 소설의 전반적인 분위기를 과장하는 것이 된다. 「폭우」는 우리가 알고 있는 소설적 발상, 즉 배경과 인물이 있고 그와 더불어 조만간 그들이 어울려 만들어내는 사건이 전개되고 절정에 이르며 마침내 대단원에 이르게 된다는 공식을 공공연하게 뒤집는 데서 그것의 존재 의의를 확인하고자 하는 소설이다. 따라서 부르주아 남자와 맹인 남편을 둔 하층 노동계급 여성의 만남이라는 사건을 서술하는 화자의 어조는 일생일대의 절망적 사건, 즉 어느 날 멀쩡하던 남자가 바닥에 넘어지면서 갑자기 시력을 잃게 되는 에피소드를 전달할 때와 마찬가지로 지극히 담담하고 일상적이다. 마치 그것이 소설의 핵심이 아니라는 듯이. 이제까지의 모든 소설에서 마르고 닳도록 재현된 서로 다른 계층 간의 사랑을 기대하는 것은 어불성설이라는 듯이.

그러나 그렇다고 해서 이들 부부의 가정에 아무런 일도 일어나지 않은 것은 아니다. 대학교수의 아내는 남편과 여자의 만남을 오해하고 그들을 미행한다. 바로 그날 혼자 방치된 그들의 어린 아들은 자신의 방에 불을 지른다. 맹인 부부의 집에 초대되어 갔다가 화재 소식을 듣고 급하게 집으로 돌아온 남편은 아내가 집을 비운 사이 일이 터졌다는 것을 알게 된다. 이 사실 앞에서 이 부부가 선택한 방법은 침묵이다. 그들은 이 사태에 대해 한 번도 서로에게 질문하지 않는다. 그들의 일상은 여느 때와 똑같이 흘러간다. 한 달에 한 번 '고메 식당'에 들러 식사를 하고 그곳의 주인 '미스터 장'에게 공부를 잘하는 아이들만이 진학할 수 있는 상급 기숙학교에 다니는 아들을 자랑하는 일이 지속된다. 그러나 이 '봉합'에도 한계가 있다. 폭우가 쏟아지는 날, 아들을 집에 데리고 와야 한다며 히스테릭하게 차를 몰던 아내는 마침내 남편에게 오랫동안 참아온 질문, 입에서 맴돌지만 결국은 하지 못했던 질문을 하고야 만다. "왜 내게 그날, 불이 났던 날 밤 어디에 있었는지 묻지 않는 거죠?"(49쪽)

「폭우」 역시 길광용의 영화 〈댄스, 댄스, 댄스〉의 엔딩처럼 대학교수 남자와 맹인의 아내가 어떤 사이인지 우리에게 이야기해주지 않는다. 아내의 채근에 남편이 그 여자와 자신은 어울리지 않는다고 항변하고 있음에도 불구하고, 우리는 이 엔딩 앞에서 그들이 과연 어떤 사이였는지, 그들의 만남이 어떤 성격의 것이었는지 구체적인 정보를 얻는 데 실패한다. 손보미는 인생의 가장 중대한 국면을 맞게 된 부르주아 부부를 폭우 속에 버려둔 채 그 장면으로부터 점프컷해 '고메 식당'의 주인 '미스터 장'의 시점으로 이동한 뒤 소설을 끝내는 방식을 선택한다.

부부가 돌아간 뒤, 미스터 장은 테이블을 정리하기 시작했다. (……) 비가 쏟아지고 있었고, 간간이 천둥 번개가 치고 있었다. 미스터 장은 자신과 상관없는 이 세상의 불행들, 이를테면 갑자기 불어난 물 때문에 떠내려가는 사람들과 부서진 간판의 파편이나 나무 때문에 다친 사람들, 혹은 들이친 물 때문에 집을 잃거나, 자동차를 잃어버린 사람들을 생각했다. 또한 이 시간에도 어디선가 일어나고 있을 범죄와 아이를 잃어버린 부모, 부모를 잃어버린 아이, 병으로 쓸쓸하게 죽어가는 사람들, 원치 않은 아이를 낳고 있는 여자들에 대해서도 생각했다. 그리고 폭우 속에서 슬픔과 분노 때문에 멈춰버린 사람들에 대해 생각했다.

미스터 장은 인스턴트커피를 한 모금 마셨고, 자신이 누리고 있는 이 평안한 삶에 깊이 감사했다.(「폭우」, 57~58쪽)

아내도 없고 자식도 없는 '미스터 장'은 인생의 느닷없는 '폭우' 속에 휘둘릴 수밖에 없는 '사람들'과 구별되는 '신'의 시점이라고 할 만하다. 따라서 그의 시점에 기댈 경우, 이 모든 인간사의 희노애락은 허망하고 무의미할 뿐이다. 대중음악 강사와 맹인의 아내가 서로 사랑한 것이든 아니든, 그들의 사랑이 불륜이든 아니든, 신에게는 그 어떤 것도 중요하지 않다. 그는 무심하게 자신의 일들을 처리해나갈 뿐이다. 그러나 역설적으로 우리는 이 신의 시선 속에 노출된 인간사의 '하찮음'으로 인해 인간의 삶을 감싸고 있는 감정의 충돌과 그것들이 불러일으키는 미세한 삶의 균열들, 그리고 그 징후들이 얼마나 소중한 것인지 깨닫게 된다. 이 깨달음은 거의 전율에 가깝다. 손보미는 정작 자세하게 진술해야 할 곳에서 갑작스럽게 중단하거나 비약함으로써 이 감정의 곡예를 역설적으로 이끌어내는 데 성공했다.

또다른 부부들의 이야기인 「육 인용 식탁」 역시 마찬가지다. 이 소설은 여러모로 「폭우」와 비교해볼 만한 부분이 적지 않다. 한과 그의 부인, 윤과 그의 부인, 그리고 '나'와 아내, 이렇게 세 쌍의 부부 가운데 윤네 부부와 화자의 부부가 서로 얽히고설키며 오해와 충돌을 감행하는 서사는 기본적으로 「폭우」의 그것과 다를 바 없다. 다만 여기는 세 쌍의 부부 모두 비슷한 삶의 유형을 보여주는 친구로 설정되어 있다는 점에서 「폭우」가 마련하고 있는 계급적 맥락은 많이 희석되어 있는 편이다. 그 대신 「육 인용 식탁」은 거대한 '육 인용 식탁'으로 상징되는 부르주아 계급의 일상과 그들의 부부관계에 초점이 맞춰져 있는 편이기는 하다. 그렇다면 「폭우」의 가난한 맹인 부부의 이야기는 손보미의 소설에서 이례적인 것인가. 그렇지는 않다. 일본 포르노 영화를 번역하는 여자와 알코올중독 남자의 결혼생활을 다루고 있는 「침묵」은 경제적 갈등과 알코올중독, 외도 등으로 신음하는 젊은 부부의 이야기라는 점에서 「육 인용 식탁」과 정반대 방향을 가리키고 있는 소설이라고 보아도 좋을 것이다.

어쨌든 「육 인용 식탁」이나 「침묵」 모두 부부간의 갈등과 균열을 소설의 중요 모티프로 채택하고 있는 작품들임에는 틀림없다. 「육 인용 식탁」은 친구들을 초대한 자리에서 화자 '나'와 친구 윤의 아내가 바람을 피우고 있다고 선언한 아내로 인해 모든 관계가 파탄에 이르게 되고, 「침묵」에서는 알코올중독자인 남편이 자신 몰래 술을 마시고 다른 여자들과 섹스를 했다고 믿는 아내의 좌절과 절망으로 인해 부부관계가 삐걱인다. 재미있는 것은 이 소설들에서도 이들 부부의 갈

등의 원인이라고 할 외도와 불륜의 실체가 명시적이지 않다는 점이다.「육 인용 식탁」의 '나'는 아내가 지난번 피크닉에서 그와 윤의 아내의 키스 장면을 목격했다고 이야기함에도 불구하고 정작 본인은 그 사실 자체가 기억조차 나지 않는다.「침묵」도 비슷하다. 아내는 남편이 술을 마시면 남자들과 싸우거나 여자들과 섹스를 하는 버릇이 있다고 믿고 있지만 정작 그 남편이 지난밤 아내의 상상과 같은 일을 저지르고 돌아다닌 것인지 확인되지 않는다. 이들 소설에서 외도는 아내들의 망상의 소산일 수도 있고, 그 반대로 실제 벌어진 사건일 수도 있다. 그 어떤 것도 명확하지 않다.

　손보미는 이 핵심적인 사건에 대한 진술을 포기하는 대신 이들 소설들에서 지엽적이라고 할 만한 것들을 자세하게 묘사하고 서술하는 데 총력을 기울인다.「육 인용 식탁」의 부자 장인이 사준 '식탁'에 대한 꼼꼼한 묘사("직사각형의 식탁은 여섯 명이 앉고 남을 정도로 거대하다. 식탁의 상단은 산호대리석으로 만들어져 있으며, 그 중앙에는 길쭉하게 이탈리아산 월넛 무늬목이 코팅되어 있다. 식탁의 하단은 최고급 너도밤나무인데 기하학적 무늬가 새겨져 있다. 식탁 의자의 쿠션은 최고급 악어가죽으로 만들어진 것인데 모두 여섯 개다."(140쪽))나「침묵」의 '세일즈맨'을 상대로 한 블랙유머("그는 코트를 벗으면 걸어주겠다고 했지만, 침대코트는 정중하게 거절했다. 그녀는 제발 꺼지시지, 라고 중얼거렸다. 침대코트는 그녀의 '제발 꺼지시지'를 '제발 앉으시지'라고 잘못 알아들어서 얼른 소파에 앉아버렸다."(74쪽)) 등이 그 대표적인 예들이다. 손보미는 부부라는 제도로 묶여 있는 두 남녀를 갈등으로 치닫게 만드는 사건에 대한 진술 대신 맥락 없는 사물(식탁)이나 느닷없는 인물

(세일즈맨)의 개입을 통해 이들에게 벌어진 사건의 징후와 맥락을 드러내려고 노력한다. 이른바 '사건' 대신 주체의 '감정'의 간격 보여주기가 여기에도 작동하고 있는 것이다. 우리가 육 인용의 화려한 식탁과 세일즈맨의 어눌한 말솜씨를 통해 막연하게나마 이들 소설에 나오는 부부들의 갈등의 근원을 짐작해볼 수 있는 것도 그 때문이다.

　이런 식의 소설 기법이 빛을 발하는 단편 가운데 하나로 「달콤한 잠—팽 이야기」를 들 수 있다. 이 소설은 한국인 할아버지와 영국인 할머니, 그리고 미국인 어머니의 피를 이어받은 '스티븐 길치 킴'이 '팽'이라는 이름으로 한국인 남자 정호와 살고 있는 집에 영국에서 그들의 오랜 친구 윌리엄이 방문하는 것으로 시작한다. 그리고 그들이 함께했던 영국에서의 추억, 특히 댄서 안나가 교통사고를 겪고 수녀가 되었다는 소식이 전해진다. 이 두 개의 서사는 일견 별다른 관련이 없어 보이기도 한다. 그러나 이 소설은 별다른 관련이 없어 보이는 두 개의 서사 속에 몇 가지 반전을 숨겨놓고 있어 흥미롭다. 우선, 팽의 성별. 「달콤한 잠」은 팽이 여자인지 남자인지 명확한 정보를 제공하지 않는다. 팽과 정호의 관계의 양상으로 미루어볼 때 팽은 여자일 가능성이 높다. 그러나 윌리엄과의 남성적 우정관계를 생각하면 팽은 남자일 확률이 높다. 소설은 처음부터 끝까지 팽의 성별을 숨김으로써 미묘한 긴장을 형성한다. 그런데 이 긴장은 댄서 안나의 이야기에 이르러 이상한 방식으로 해소된다. 안나가 사랑한 남자가 '게이'라고 진술되는 순간, 우리는 팽이 그 당사자가 아닐까 의심하게 된다. 만약 팽이 자신을 그토록 사랑했던 안나를 버리고 정호를 택해 한국으로 돌아와 살고 있는 것이라면 팽의 사연은 일종의 게이담으로 끝나버릴 공산이 크다. 실은 이 소설의 전반적인 구성은 팽이 게이라는 사실을 시인하는 방향으로 흘러가고 있는 것도 사실이다. 그러나 손보미는 소설이 끝날 때까지 이 사실에 대한 확인을 유보한다. 그 결과 팽은 여전히 남자일 수도 있고 아닐 수도 있으며, 안나의 지독한 사랑의 대상자였을 수도 있고 아닐 수도 있는 회색지대 속에 놓여 있게 된다. 이 몽롱하고도 모호한 상태를 '달콤한 잠'이라고 하지 않으면 무엇이라고 지칭할 것인가! 손보미는 이 '몽환' 속에 인물을 던져두고 팽의 가장 격렬한 사랑 이야기를 인편에 전해듣는 안부의 일종으로 슬쩍 흘리는 방식을 사용함으로써 자신의 소설을 진부한 게이담으로부터 벗어나도록 만들었다. 역발상이 성공의 포인트였던 셈이다.

4. 유쾌한 반전을 위하여

이제 부르주아 남성의 시선에 기대 부정적인 것을 드높이고 긍정적인 것을 낮추는 억양법적 발상에 대해 알아볼 차례다. 왜, 부르주아인가. 그것도 왜 남자의 관점을 채택해야만 하는가. 유사 이래 자신의 사생활을 가장 은밀하고 신비스러운 것으로 취급한 집단이 있다면 그것은 바로 부르주아계급일 것이다. 부르주아는 개인의 내면과 사생활을 수호하는 데 있어 다른 어떤 집단보다 적극적이었다. 그들에게 자아의 존엄이란 사적 생활의 옹호와 구별되지 않았다. 그들의 삶은 공적인 것과 사적인 것으로 구별되고 각각의 영역이 다른 영역을 침범하지 않도록 조치를 취했다. 이 과정에서 나온 것이 저 악명 높은 부르주아 가정이다. 공사 분리에 기초한 이 남녀 역할 분업의 세계는 안으로는 가부장을 정점으로 한 수직적 위계질서를 확립하고 밖으로는 자본주의 경제구조의 공고화에 기여한다. 손보미는 이 부르주아 가정의 규율을 내면화한 남성의 시선이야말로 현대인의 자부심과 공명심 이면에 존재하는 자가당착과 맹목을 포착하는 유용한 수단이 될 수 있다고 믿는다. 그리고 이 믿음은 실제 구체적인 작품의 성과에 있어 많은 부분 탁월한 효과를 거두고 있는 것이 사실이다.

「여자들의 세상」을 보자. 이 소설의 중심인물인 '그'와 그의 아내는 전형적인 중산층이라고 할 만하다. 그는 "국제금융로에 있는 외국계 금융회사에 팔 년째 근무"중이고 그의 아내는 "음대에서 바이올린을 전공"(113쪽)하였으나 결혼과 동시에 전업주부의 생활에 안착한 케이스다. 돈과 명예, 교육 정도 어느 하나 빠지지 않는 스펙을 소유한 '그'에게 아쉬운 것이 하나 있다면 자식이다. 이들 부부는 변함없는 사랑을 자랑하건만 어찌된 영문인지 아이가 생기지 않는다. 그러던 어느 날 그는 아마추어 오케스트라에서 작은 공연을 준비중인 아내의 부탁으로 문화계통에서 일하는 대학 동기를 만나게 된다. 이 대학 동기는 한때 그의 연인이었으나 삼 개월도 사귀지 않고 헤어진 여자다. 그는 그런 여자를 만난다는 것이 마음에 걸리지 않는 것은 아니나 사랑하는 아내의 간곡한 부탁을 들어주기 위해서 그녀를 만나지 않을 수 없다고 자기 합리화를 한다. 그녀를 만나는 횟수가 거듭될수록 그녀에 대한 그의 생각은 변해간다. 그는 그녀의 옷차림에 자극을 느끼고 상대를 배려하는 듯한 그녀의 매너를 자신에 대한 관심의 표현으로 오해한다. 그와 더불어 그는 아내의 외출에 부쩍 신경을 쓰고 그녀의 오케스트라 남자 단원들에 대한 질투에 몸 둘 바를 모르는 자신을 발견하게 된다. 여자 동창의 남자친구에 대해서도 마찬가지다. 그는 아무런 근거도 없이 그가 신이 없으며 부도덕한 놈이라고 확신한다. 세상은 나날이 탐욕으로 가득찬 지옥으로 변해가고 그는 사랑의 정절을 지키느라 홀로 외롭고 힘들다.

　　그는 더이상 참을 수가 없어져서 차창을 내리고 큰 소리로 욕설을 퍼부었다. 그는 신성한 사랑의 맹세와 서약이 점점 사라져가고 탐욕과 추악함으로 점철된 음란함만이 이 세계에 남아 있다고 느꼈다. 그가 눈을 돌리는 어디에나 그러한 끔찍한 것들이 있었다. 그는 언제 어디서나 그러한 것들을 볼 수 있었다. 저기에도! 저기에도! 저기에도! 그날 밤, 그는 화장실에 숨어서 울었다.(「여자들의 세상」, 126~127쪽)

손보미는 자기 안의 탐욕을 자기 바깥의 어떤 것으로 투사하는 이 남자의 내면을 빌려 이 남자의 자가당착과 맹목을 통렬하게 풍자한다. 그는 자기 안의 탐욕에 시달리면 시달릴수록 타인을 탓하고 세상을 저주한다. 이 '싸움'이 쉬울 리 없다. 그는 밤이 되면 혼자 화장실에 숨어 운다! 이 부르주아 남성의 세상에 대한 자가당착과 그에 어울리지 않는 연약하고도 비굴한 내면 사이의 불균형은 이 소설이 포착해낸 득의의 영역이라고 하지 않을 수 없다. 손보미는 자신의 내면을 침범하는 온갖 사악한 탐욕들에 대항하여 자신의 가정을 온전히 지켜내고자 하는 그의 '투쟁'을 신성한 사랑의 수호자가 거치게 마련인 '시험'의 일종으로 '미화'하기까지 한다. 그는 끊임없이 자신의 행위를 합리화하고 세상의 모든 악에 대한 적개심을 숨기지 않는다. 그가 자신의 영웅적 면모를 강조하면 할수록 그의 내면은 한없이 쪼그라들고 위축된다. 그리고 마침내 아내에 대한 그의 사랑마저도 허울에 불과했다는 사실이 폭로된다. 그가 사랑한 것은 그가 만들어낸 아내의 가상에 다름아닙니다. "그는 푸른 드레스를 입은 자신의 아내를, 약간 허영기 있는 성격을, 바이올린을 켤 때마다 미세하게 움직이는 팔뚝의 근육을, 나긋나긋하고 조용한 말투를, 아이를 낳은 적이 없는 탄력 있는 아름다운 몸을, 자신의 얼굴을 닦아주던 저 세심한 손길을 진심으로 사랑한다고, 그리고 그 사랑을 방해할 수 있는 것은 이 세상엔 없다"(134~135쪽)고 착각하는 것일 뿐이다.

이 자가당착적 사랑은 「과학자의 사랑」에서도 통렬하게 반복된다. 가상의 과학자 고든 굴드를 만들어내고 『포퓰러 사이언스』라는 잡지의 기고문을 통해 그의 일생을 되돌아보는 형식을 취하고 있는 이 소설은 손보미의 특장 가운데 하나라고 할 '번역문' 투에 가장 적합한 스타일을 선택했다고 할 수 있다. 사실, 이 소설의 일차적인 매력은 이 가상의 이야기를 실제의 이야기로 믿게 만드는 그럴듯한 디테일에서 오는 것이기도 하다. 고든 굴드가 누군가. 그는 '굴드 트라이앵글' 이론을 확립한 과학자이자 '칼텍의 대모'로 이름을 날린 부자 상속녀 비비안의 남편이다. 평생 조금의 한눈도 팔지 않고 연구에 매진하여 그의 이론의 최대 맹점인 '백억분의 일'의 오차를 해결하고자 노력하였으며 비비안의 남편으로서 양심에 꺼리는 불성실한 행위는 감히 상상조차 해보지 못한 위인이기도 하다. 말하자면, 그의 인생은 연구와 가정으로 이루어졌다고 해도 과언이 아니다. 그런데 이런 사람이 평생에 걸쳐 그의 가정부인 에밀리 로즈에게 스물여섯 통의 편지를 보냈다는 사실이 밝혀진다. 물론 편지의 내용은 에밀리에 대한 훈계와 교화, 자신의 이론에 대한 설파 등으로 이루어져 있어 정상적인 의미에서라면 연서라고 할 수도 없는 것이지만 그의 아내 비비안은 이 사실을 알고 그에게 이혼을 요청한다. 그러나 굴드는 이혼하기 전이나 이혼한 후나 자신이 사랑한 것은 오로지 비비안뿐이었다고 회고한다. 연구와 가정생활에 실패한 말년의 굴드를 넉넉하게 포용하고 살뜰하게 보살펴준 것은 가정부 에밀리였음에도 불구하고 그는 평생 그녀가 자신을 사랑했으며 그를 유혹했다고 믿고 있었던 것이다.

「과학자의 사랑」은 자신이 누구인지, 자신의 행위가 어떤 영향을 미칠 것인지, 자신이 사랑하는 사람이 누구인지 결코 알지 못하는 부르주아 지식인 남자의 맹목이 우스꽝스럽게 풍자되는 소설이다. 고든 굴드는 천재이자 도덕주의자인 것으로 재현되지만 소설이 진행되면 될수록 이 천재 도덕주의자 굴드의 삶은 자가당착에 빠지게 되고 오히려 그가 계몽의 대상으로만 여겼던 가정부 에밀리의 삶은 자비와 사랑으로 빛나게 되는 결과를 가져온다. 그는 끝내 '사랑'이 무엇인지 모른 채 죽었다. 그것은 그의 삶이 "백억분의 일"이라는 오차를 해결하지 못한 것과 정확하게 동궤다. 이 순간 이 소설의 제목 '과학자의 사랑'은 역설로 빛난다. 손보미는 이 블랙유머를 통해 남성들의 맹목을 감싸안는 '여자들의 세상'을 마침내 서사의 표면으로 밀어올리는 데 성공했다. 유쾌한 반전이다.

5. 다시 린디합을—'백억분의 일'의 오차와 함께 춤을

「그들에게 린디합을」에 따르면 스윙댄스의 가장 대표적인 장르인 린디합(Lindy hop)의 명칭이 어디에서 유래했는지 정확하게 알고 있는 사람은 그리 많지 않다. 대부분의 댄스가 몸의 미를 최대화하려고 노력하는 것과 달리 이 춤은 몸의 들썩거림을 과장함으로써 경쾌하고도 우스꽝스러운 일상의 변화를 추구하려고 한다는 점에서 'hop'이라는 명칭이 나왔다고 생각하는 경우가 적지 않다. 그러나 실상은 이런 것과 아무런 상관이 없다. 손보미는 '린디합'이라는 명칭이 단순한 우연의 산물이었음을 강조한다. '그때' '마침' 옆에 있던 단어들이 결합되어 '린디합'이라는 새로운 형태의 언어를 태동시켰을 뿐이라는 것이다. '린디합'에 대한 이런 식의 정의는 손보미의 소설에도 어느 정도 부합한다. 손보미의 소설은 소설의 정공법, 그 뿌리깊은 중력에 저항해 그 틀에서 벗어나기를 열망한다. 소설이 그토록 경원하고 혐오해마지않는 '그때' '마침'의 우연을 자신의 소설을 형성하는 가장 근원적인 상상력으로 채택하는 것은 바로 그 때문이다. 그녀는 무엇을 묘사하고 서술하든 마치 우연히 알게 되었다거나 우연히 손에 잡혔기 때문이라는 태도를 취한다. 그녀의 소설 속에 자주 등장하는 '어느 날'은 이 정신의 소산이다. 그 어느 것도 정해진 원칙이 없다. 우연히 알게 되고 우연히 사랑에 빠지며 우연히 시력을 잃게 된다.

그러나 돌이켜보면 삶이란 이런 우연의 연속인지도 모른다. 한 치 앞을 알 수 없는 한갓 인간의 시점에서 삶을 지배하는 어떤 법칙을 포착하려고 하는 것은 과욕일 가능성도 없지 않다. 설혹 이 삶을 구획

하는 거대 이론을 포착했다고 한들 그것이 우리 삶의 온갖 미혹들을 제대로 설명해주기에는 역부족일 것임에 틀림없다. 누구의 삶에서든 '백억분의 일'의 오차는 항존한다. 이 오차를 해결하기 위해 평생을 옭아매는 것은 어리석기 그지없다. 소설의 정신은 이 '백억분의 일'의 오차와 함께 간다. 이 '오차'야말로 소설이 추구하는 가장 강력한 삶의 무기다. 그런 의미에서 소설은 이 오차를 해명하려고 할 필요가 없다. 이 오차를 없애려고 노력하는 순간 소설은 여타 과학 담론과 구별되지 않는다. 손보미는 누구보다도 이 사실을 잘 알고 있는 작가다. 그녀는 말한다.

이 지구에는 백억분의 일 오차—일명 '고든 굴드의 트라이앵글', 중력에 저항하는 지역이 실제로 존재한다. 지금 알려진 것은 다섯 군데이다. 그 지역은 천분의 일 밀리미터에 불과한 크기이지만 문자 그대로 몸이 공중으로 떠오르는 말로 표현할 수 없는 행복한 경험을 가능하게 해주는 공간임과 동시에 발을 잘못 들여놓으면 죽음을 맞이할 수도 있는 위험한 공간이기도 하다.(「과학자의 사랑」, 189쪽)

이 깜찍한 사기 앞에서 한국소설은 그간의 오차에 대한 자의식에서 벗어나 '문자 그대로 몸이 공중으로 떠오르는 말로 표현할 수 없는 행복한 경험'을 하게 될지도 모른다. 소설의 중력에 맞서 날아오르기 위해서 손보미가 선택한 이 '백억분의 일'의 오차는 우리 소설에 작은 숨통을 틔우며 또다른 소설을 예비하는 텍스트로 기능하게 될 것이다. 물론, 우리는 알고 있다. 그것은 '발을 잘못 들여놓으면 죽음을 맞이할 수도 있는 위험 공간'이라는 사실을. 그러나 위험을 두려워하는 순간, 우리는 다시 가라앉게 된다. 손보미는 이 위험 지대 위에서 몸을 들썩거리며 유쾌한 춤을 추는 린디합퍼다. 그녀의 춤과 더불어 우리 소설은 '천분의 일 밀리미터'의 가능성의 세계를 확보한다. 사정이 그러하다면, 그녀의 춤은 박수를 받아도 좋을 것이다. 더 높이 유쾌하게 날아오르도록.

작가의 말

내가 태어나서 두번째로 쓴 소설을 읽은 선배 하나는 내게 진정성이 없다고 말했다. 당시 나는 그 말의 속뜻을 알지 못했지만 어쨌든 나쁜 말이라는 것은 알았고, 당연히 무척 분개했다. 나중에 그 선배는 그 말을 사과했지만, 그때쯤에는 나도 그가 어떤 뜻으로 그런 말을 했는지 대략 짐작할 수 있었다. 이를테면 나는 나 자신이 잘 모르는 것을 쓰는 것에 대해 아무런 거리낌이 없었다. 매일 무임승차하는 소년과 전철 승무원에 대한 이야기, 아내가 도망간 흥신소 직원의 이야기, 무능한 건축가 이야기 같은 걸, 그냥 내 마음대로 썼다. 결혼생활이 어떤 것인지도 모르면서 나는 이미 스물세 살 때부터 부부 이야기를 쓰기 시작했다.

이런 나의 성향이 옳은 건지 그른 건지는 모르겠지만, 이 작품집에 첫번째로 실린 「담요」는 철저히 그런 성향에서 탄생한 소설이다. 나중에 이 소설이 동아일보 신춘문예에 당선되었을 때, 이 작품을 심사한 선생님은 내게 "경찰에 대해 전혀 알지 못한 채로 썼지요?"라고 물었다. 맞는 말이었다. 나는 경찰이 어떤 식으로 승진하는지, 몇 교대 근무를 하는지 그런 것도 몰랐다. 심지어는 경찰이 야간순찰을 하는지, 또 아버지가 아들의 장례식을 치르지 않아도 좋은지, 무명작가가 작품 하나 발표하고 갑자기 스타덤에 오를 수 있는 것인지도 잘 몰랐다. 모르면서 그냥 썼다. 물론, 이 소설이 당선되는 과정에서 나는 그런 세심한 관심이나 사전 조사 없이 쓴다는 것이 소설에 치명적인 약점이 될 수 있다는 것을 배웠다.

이 작품집에 실린 소설 속 인물은 총 서른일곱 명이다. 주요인물만 그렇다는 말이다. 이들 중 내가 가장 좋아하는 인물은 「달콤한 잠─팽 이야기」의 '팽'이다. 이 작품집에 실린 다른 작품들에 비하면 중량감이 적다고 할 수도 있지만 '팽'이라는 인물이 내 안에서 꽤 선명했기 때문에 쓰는 데 그리 오랜 시간이 걸리지 않았다. 「침묵」이나, 「육 인용 식탁」, 「담요」도 굉장히 빨리 쓴 작품에 속한다. 그에 비하면 「폭우」와 「여자들의 세상」은 굉장히 힘들게 썼다. 둘 다 작품을 다 쓰고 마침표를 딱, 찍었을 때가 선명하게 기억이 난다. 「과학자의 사랑」과 「그들에게 린디합을」은 내가 가장 자신 있는 형식으로 쓴 소설이다. 앞으로 이런 형식의 소설을 더 쓸 수 있을지는 모르겠다. 내가 가장 좋아하는 소설은 아마도(부디 '아마도'라는 이 부사에 주목해달라) 「애드벌룬」인 것 같다. 이 소설을 쓰면서 나는 거의 처음으로 소설 속 주인공의 마음을 생생하게 느꼈다. 「애드벌룬」을 쓰면서 느꼈던 그 감정을 될 수 있는 한 오랫동안 간직하고 싶다.

　이 작품집은 「담요」로 시작해서 「애드벌룬」으로 끝난다. 이 두 소설은 서로 다른 우주를 살아간 동일인물—'장'과 '장'의 아들—에 대한 이야기이다. 나는 이런 식의 이야기를 좋아한다. 이 우주 너머의 다른 우주를 살아가고 있는 '나'에 대해 생각하는 걸 좋아한다. 다른 우주에서 열심히, 전력을 다해 내가 살아가고 있다고 생각하면 왠지 안심이 된다. 이곳에서 내가 게으름을 조금 부려도 괜찮을 테니 말이다.

　내가 소설을 쓰는 데 영감을 준 많은 사람들이 있다. 그중 특별히 언급하고 싶은 사람은 필립 말로와 존 치버, M. 나이트 샤말란, 그리고 J. J. 에이브럼스이다. 세상을 보는 통찰력을 주신 아버지와 문장을 쓰는 능력을 주신 어머니를 비롯한 가족들에게 사랑을 보낸다.
　그리고, 물고기군. 단언컨대 물고기군이 없었다면 이 작품집은 나오지 못했을 것이다.

| 수록 작품 발표 지면 |

담요 ······ 2011년 동아일보 신춘문예 당선작

폭우 ······ 『문학동네』 2011년 가을호

침묵 ······ 『21세기문학』 2009년 여름호

그들에게 린디합을 ······ 『현대문학』 2011년 4월호

여자들의 세상 ······ 『문학들』 2011년 겨울호

육 인용 식탁 ······ 문장 웹진 2011년 8월호

과학자의 사랑 ······ 『현대문학』 2012년 6월호

달콤한 잠─팽 이야기 ······ 『21세기문학』 2011년 겨울호

애드벌룬 ······ 『세계의문학』 2012년 가을호

문학동네 소설집
그들에게 린디합을
ⓒ 손보미 2013

1판 1쇄 2013년 8월 6일
1판 9쇄 2025년 4월 23일

지은이 손보미
책임편집 황예인 | 편집 김내리 이경록 백다흠
디자인 김이정 유현아 | 저작권 박지영 형소진 오서영
마케팅 정민호 서지화 한민아 이민경 왕지경 정유진 정경주 김수인 김혜원 김예진 나현후
        이서진
브랜딩 함유지 박민재 이송이 김희숙 박다솔 조다현 김하연 이준희
제작 강신은 김동욱 이순호 | 제작처 상지사

펴낸곳 (주)문학동네 | 펴낸이 김소영
출판등록 1993년 10월 22일 제2003-000045호
주소 10881 경기도 파주시 회동길 210
전자우편 editor@munhak.com | 대표전화 031) 955-8888 | 팩스 031) 955-8855
문학동네카페 http://cafe.naver.com/mhdn
인스타그램 @munhakdongne | 트위터 @munhakdongne
북클럽문학동네 http://bookclubmunhak.com

ISBN 978-89-546-2151-9 03810

www.munhak.com